●植《うえ》

↓92ページ

夏の季《き》語《ご》だよ。

コス■ス

↓105ページ

秋の季《き》語《ご》だよ。

湯■うふ

↓123ページ

冬の季《き》語《ご》だよ。

山ね■る

↓122ページ

冬の季《き》語《ご》だよ。

つくつくぼ■し

↓107ページ

秋の季《き》語《ご》だよ。

まんさ■

↓81ページ

春の季《き》語《ご》だよ。

鏡《かがみ》●き

↓124ページ

新年の季《き》語《ご》だよ。

や■かり

↓82ページ

春の季《き》語《ご》だよ。

■わせみ

↓87ページ

夏の季《き》語《ご》だよ。

※写真は、ある季《き》語《ご》をあらわしています。

●に漢字、■にひらがなかカタカナを入れて、その季《き》語《ご》をつくりましょう。

写真で読み解く

俳句・短歌・歳時記大辞典

監修　塩見恵介

監修《かんしゅう》の言葉

雪だるま
↓123ページ

日本人は文字をもつ前から五音、七音のリズムで歌をうたってきました。短歌はそのような伝統《でんとう》から生まれてきた、千年以上《いじょう》の歴史《れきし》をもつ表現《ひょうげん》形式です。季節《きせつ》の移《うつ》ろいへの繊細《せんさい》な気づき、どの時代でも人が生きていく上でさけて通れない、人を愛《あい》する気持ちや別《わか》れのつらさなどの心の動きを、短い言葉で表現《ひょうげん》しています。宮廷《きゅうてい》で貴族《きぞく》が活やくした平安時代には、短歌は上流階級《かいきゅう》のたしなみとして、なくてはならない教養《きょうよう》でした。時代が下ると、たとえば藤原定家《ふじわらのていか》がまとめあげた『小倉百人一首《おぐらひゃくにんいっしゅ》』などが世に広まって、多くの庶民《しょみん》も短歌に触《ふ》れ、読んだりつくったりすることで楽しむようになりました。現代《げんだい》に近づくにつれて、より日常的《にちじょうてき》な心を、普段《ふだん》づかいの言葉で短歌にすることで、ますます身近になってきています。

俳句《はいく》は、短歌の上《かみ》の句《く》(五・七・五)と下《しも》の句《く》(七・七)をちがう人が読む「連歌《れんが》」という形式から上《かみ》の句《く》が独立《どくりつ》して生まれました。生まれたのは五百年ほど前で短歌よりは新しい形式です。複数《ふくすう》の人でつくるこの形式は「俳諧《はいかい》」とよばれ、最初《さいしょ》の五・七・五は「発句《ほっく》」とよばれました。「俳句《はいく》」とよばれるようになったのは百年ほど前からです。

さて、言葉には二つの役割《やくわり》があります。一つは正しい情報《じょうほう》を他人に上手に伝《つた》える「伝達《でんたつ》」手段《しゅだん》としての役割《やくわり》です。もう一つは、言葉を通じていろんなことを想像《そうぞう》してイメージさせる「表現《ひょうげん》」としての役割《やくわり》です。短歌(五・七・五・七・七)や俳句《はいく》(五・七・五)は、後者のねらいをもつ表現《ひょうげん》形式です。言葉のもついろいろな意味を、リズムを通じて、読む人がイメージをふくらませていく。それが短歌や俳句《はいく》という短《たん》詩《し》の魅力《みりょく》です。

たとえば「雪」という言葉は、辞書《じしょ》で引くと、「水蒸気《すいじょうき》が空気中で昇華《しょうか》し結晶《けっしょう》となって降《ふ》る白いもの」と書かれています。こうした意味とは別《べつ》に、都会の人は雪遊びやスキーを思いうかべてうきうきするかもしれません。雪国で育った人は雪下ろしや吹雪《ふぶき》など、過酷《かこく》なイメージをもつかもしれません。受けとる言葉のイメージは人それぞれです。例《れい》をあげましょう。

古池《ふるいけ》や蛙《かわず》飛《と》びこむ水《みず》の音《おと》　松尾芭蕉《まつおばしょう》

この「蛙《かわず》」はどんな蛙《かわず》でしょうか。一匹《ぴき》でしょうか、たくさんでしょうか。こたえはありません。読んだ人がさまざまに想像《そうぞう》をふくらませていいのです。

俳句《はいく》ではつくったり読んだりする上で、五・七・五のリズム以外《いがい》に季語《きご》(季節《きせつ》の言葉)を大切にしてください。季語《きご》は、豊《ゆた》かな四季《しき》の中で人びとが、先人の思いと照《て》らし合わせながら、多くの意味をもたせてきました。例《たと》えば「桜《さくら》」。この花をみて、「きれいだ」と思う以外《いがい》にも「すぐに散《ち》って惜《お》しい」、「入学式が華《はな》やぐ」など、さまざまな思いをするでしょう。これも、先人がつくってきたイメージを我《われ》われが知らず知らず受けついでいるものです。

本書は、古くから読みつがれてきた多くの短歌や俳句《はいく》を、写真とともに紹介《しょうかい》しています。季節《きせつ》の言葉を中心にまとめていますが、その中で紹介《しょうかい》されている作品もぜひ読み味わって自由に想像《そうぞう》をふくらませてください。そして、本書で紹介《しょうかい》している季語《きご》や作品をもとに、短歌や俳句《はいく》をつくってみてください。短歌や俳句《はいく》は言葉のデザインです。先人が育《はぐく》んできた言葉に自分の思いや生き方などを寄《よ》りそわせることで、世界が今までと変《か》わって見えたらすてきですね。

塩見恵介《しおみけいすけ》

桜《さくら》もち
↓74ページ

古池《ふるいけ》や蛙飛《かわずと》びこむ水《みず》の音《おと》
↓68ページ

写真で読み解《と》く 俳《はい》句《く》・短歌・歳《さい》時《じ》記《き》大《だい》辞《じ》典《てん》 目《もく》次《じ》

こま
⬇125ページ

くり
⬇105ページ

この辞典《じてん》の使《つか》い方

この本は、短歌、俳句《はいく》の意味や解説《かいせつ》、および季語《きご》の分類《ぶんるい》や意味などをまとめた「歳時記《さいじき》」からなる辞典《じてん》です。前半(10～69ページ)では、※短歌と俳句《はいく》を、「食べ物」や「生き物」といったテーマで集めて紹介《しょうかい》しています。後半(70～130ページ)では、季語《きご》を季節別《きせつべつ》五十音順《おんじゅん》に紹介《しょうかい》しています。短歌や俳句《はいく》、季語《きご》がどこにのっているかわからないときは、さくいん(134～143ページ)を引くとべんりです。

※短歌のページでは、「仲間《なかま》の短歌」のほかに、そこにふくまれない百人一首を分類《ぶんるい》した「そのほかの百人一首」というページをもうけ、百人一首を全首取り上げています。

仲間《なかま》の短歌（10～47）

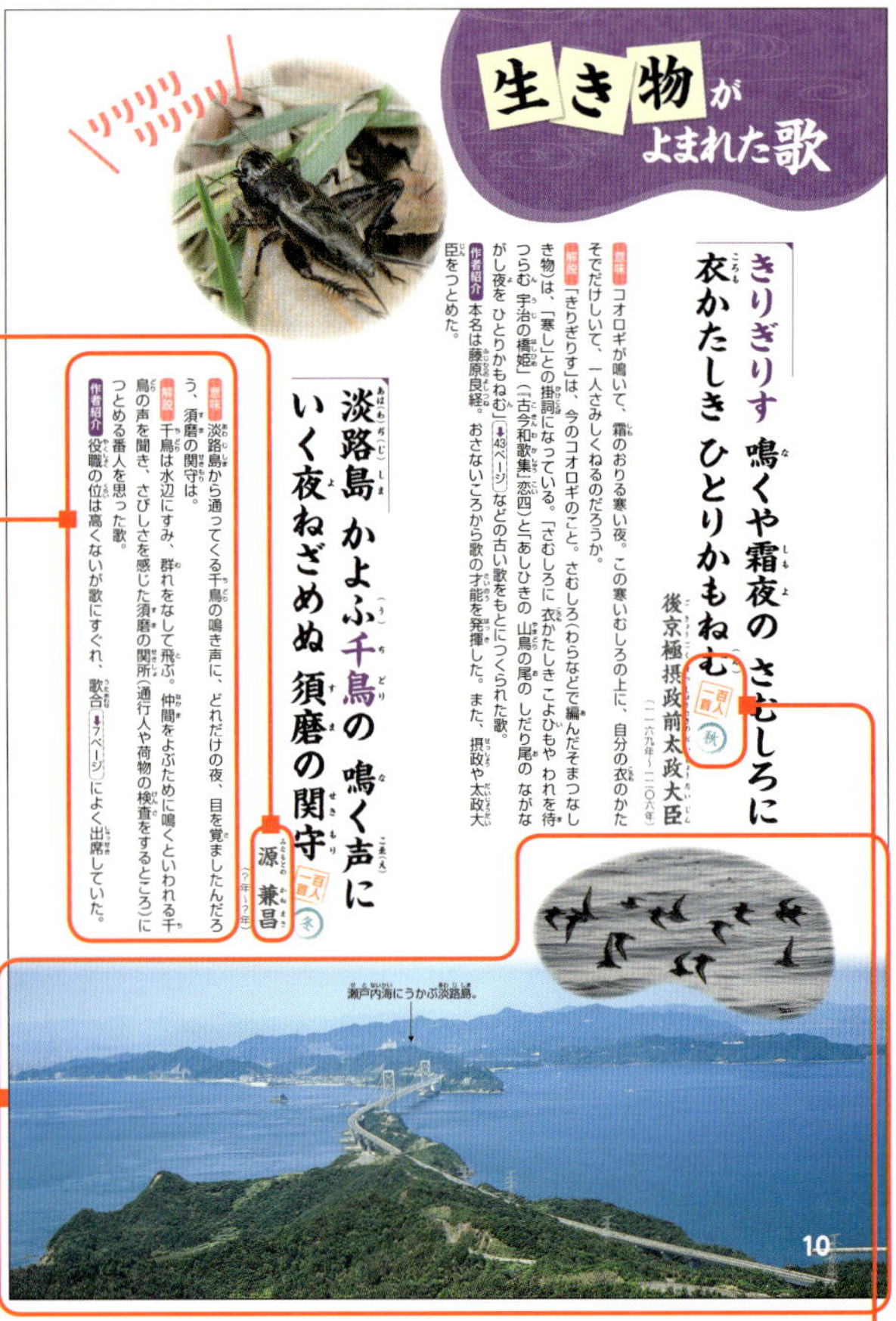

生き物がよまれた歌
きりぎりす 鳴くや霜夜のさむしろに 衣かたしき ひとりかもねむ
後京極摂政前太政大臣
淡路島 かよふ千鳥の 鳴く声に いく夜ねざめぬ 須磨の関守
源兼昌
瀬戸内海にうかぶ淡路島。
10

仲間《なかま》の俳句《はいく》（50～69）

植物の俳句 ～草花編～
山路来て何やらゆかしすみれ草
松尾芭蕉
冬菊のまとふはおのがひかりのみ
水原秋櫻子
菜の花や月は東に日は西に
与謝蕪村
54

歌の分類《ぶんるい》をマークで示《しめ》しています

百人一首のほかに、『万葉集《まんようしゅう》』、『古今和歌集《こきんわかしゅう》』、『新古今和歌集《しんこきんわかしゅう》』にのっている歌、江戸《えど》時代につくられた歌、近《きん》・現代《げんだい》につくられた歌に分類《ぶんるい》しています。さらに、一部の歌には、部立《ぶだて》(歌のテーマ)を示《しめ》すマークを入れています。

歌の分類《ぶんるい》

江戸　古今集　百人一首　新古今集　万葉集　近・現代

歌の部立《ぶだて》

恋　旅　別れ　雑　春　夏　秋　冬

俳句《はいく》に出てくる季語《きご》の季節《きせつ》をマークで示《しめ》しています

※この本では、季語《きご》を春、夏、秋、冬、新年に分類《ぶんるい》しています。

春　夏　秋　冬　新年

意味　俳句《はいく》の意味。言葉を補《おぎな》い、古語は現代《げんだい》語にして俳句《はいく》を訳《やく》しています。

解説　その俳句《はいく》が生まれた背景《はいけい》や、俳句《はいく》に出てくる言葉などを説明《せつめい》しています。

季語　俳句《はいく》の季語《きご》、およびその季語《きご》をくわしく説明《せつめい》しているページを示《しめ》しています。

意味

歌の意味。言葉を補《おぎな》い、古語は現代語《げんだいご》にして歌を訳《やく》しています。

解説

その歌の生まれた背景《はいけい》や、歌に出てくる古語、使われている表現技法《ひょうげんぎほう》などを説明《せつめい》しています。

作者紹介

歌の作者の本名や役職《やくしょく》、この本に出てくるそのほかの作者との関連《かんれん》などを説明《せつめい》しています。

作者名

歌、俳句《はいく》をつくった人の名前。

写真

俳句《はいく》、短歌、季語《きご》をよりよく理解《りかい》するための写真。俳句《はいく》と短歌には、その意味をイメージするものや、じっさいの情景《じょうけい》などをのせています。季語《きご》には、季語《きご》となるものの写真をのせています。

見出し語

この本で調べることができる季語《きご》。春・夏・秋・冬・新年ごとに五十音順《おんじゅん》にならべてあります。

まめ知識

見出しの言葉や俳句《はいく》、歌、作者などに関連《かんれん》するおもしろい知識《ちしき》など。

季《き》節《せつ》別《べつ》五十音《おん》順《じゅん》歳《さい》時《じ》記《き》辞《じ》典《てん》（70～130ページ）

季語《きご》の分類《ぶんるい》をマークで示《しめ》しています

一般《いっぱん》に、季語《きご》は内容《ないよう》によって次の七つに分類《ぶんるい》することができます。

時候　天文　地理　生活

行事　動物　植物

解説

季語《きご》の意味を説明《せつめい》しています。関連《かんれん》する季語《きご》になる言葉なども紹介《しょうかい》しています。

例句

見出しの季語《きご》や、関連《かんれん》する季語《きご》が使われている俳句《はいく》を紹介《しょうかい》しています。

意味

例句《れいく》に言葉を補《おぎな》い、古語は現代語《げんだいご》にして訳《やく》しています。その歌が生まれた背景《はいけい》などを解説《かいせつ》している場合もあります。

この本の表記について

- 短歌と俳句《はいく》の表記は、それぞれ底本《ていほん》に準《じゅん》じて記しています。底本《ていほん》は、巻末《かんまつ》の参考文献《さんこうぶんけん》を参照《さんしょう》してください。
- 俳句《はいく》と短歌を歴史的《れきしてき》かなづかいで表記している部分は、（）で現代《げんだい》かなづかいのふりがなを入れてあります。意味、解説、まめ知識では、（）に入れずに現代《げんだい》かなづかいのふりがなを記しています。
- 俳句《はいく》は、漢字のふりがなをすべて現代《げんだい》かなづかいで記しています。
- 短歌は一般的《いっぱんてき》に一行で記すものですが、この本では読みやすさを重視《じゅうし》して、一部の歌には五・七・五・七・七の間にアキを入れてあります。さらに、上《かみ》の句《く》と下《しも》の句《く》で改行《かいぎょう》し、二行で記しました。ただし、作者が三行で書いたものは、三行で記しています。

短歌って何だろう？

短歌のルールや歴史《れきし》などを紹介《しょうかい》するよ。
まずは、古くから親しまれてきた短歌のことを知ろう。

「三十一文字《みそひともじ》」の歌

短歌は、五音・七音・五音・七音・七音の合計三十一音でつくる歌です。初《はじ》めの五・七・五の部分を「上の句《かみのく》」、あとの七・七の部分を「下の句《しものく》」といいます。この音の数を守れば、ほかには特《とく》にルールがなく、自由につくれます。

三十一の音でつくるため、短歌は「三十一文字《みそひともじ》」ともよばれます。五・七・五・七・七のリズムは声に出して読むと調子もよく、古くから現在《げんざい》まで多くの歌人が、自然《しぜん》や恋《こい》、身のまわりのできごとなど、さまざまな内容《ないよう》を三十一文字《みそひともじ》にして歌っています。

例

上の句《かみのく》
東《ひんがし》の（五音）
野《の》にかぎろひ《い》の（七音）
立《た》つ見《み》えて（五音）

下の句《しものく》
かへ《え》り見《み》すれば（七音）
月《つき》かたぶきぬ（七音）

柿本人麻呂《かきのもとのひとまろ》 （↓24ページ）

短歌の歴史《れきし》

短歌は「和歌」とよばれる歌の一種《いっしゅ》です。和歌は、中国《ちゅうごく》から入ってきた漢詩に対し、日本でよまれた詩《し》歌《か》のことをいったもので、五音と七音の組み合せでつくられた歌です。短歌のほかにも、五・七の句《く》を三回以上《いじょう》くり返し最後《さいご》を七音の句《く》で結《むす》ぶ「長歌」、五・七・七・五・七・七でつくる「旋頭歌《せどうか》」、五・七・七でつくる「片歌《かたうた》」などがあります。短歌やそのほかの和歌がいつごろ生まれたのか、はっきりしたことは分かっていませんが、今からおよそ一三〇〇年前の奈《な》良《ら》時代にはすでによまれていました。

平安時代になると、かな文字が広まったことなどから、和歌は貴族《きぞく》の間で流行し、「勅撰和歌集《ちょくせんわかしゅう》（天皇《てんのう》や上皇《じょうこう》の命令《めいれい》でつくる和歌集）」や、「私家集《しかしゅう》（一人の和歌だけを集めたもの）」も多くつくられるようになります。そのような歌集の多くは、歌をテーマごとに分類《ぶんるい》してのせています。これを「部立《ぶだて》」といい、そのふり分けは撰者《せんじゃ》の考えによります。しだいに短歌以外《いがい》の和歌がよまれなくなり、和歌といえばおもに短歌のことをさすようになりました。鎌倉《かまくら》時代や室町時代の武士《ぶし》社会になっても、短歌は教養《きょうよう》として、平安時代の歌をお手本にしてよみつがれます。

明治《めいじ》時代になると、伝統《でんとう》にとらわれず、新しい表《ひょう》現方法《げんほうほう》を取り入れる運動が起こり、短歌の世界はより多くの人が親しめるものへと広がったのです。

三大和歌集の特徴《とくちょう》

	成立《せいりつ》時代	編者《へんじゃ》	特徴《とくちょう》	歌風
万葉集《まんようしゅう》	奈良《なら》時代後期に編《あ》まれた。	大伴家持《おおとものやかもち》といわれている。	●日本最古《さいこ》の歌集。 ●皇族《こうぞく》から農民《のうみん》までの歌がのっている。 ●二十巻《かん》、約《やく》四五〇〇首。	●力強く、「ますらをぶり《お》（男性的《だんせいてき》）」といわれる。 ●そぼくで、率直《そっちょく》に表現《ひょうげん》している。
古今和歌集《こきんわかしゅう》	平安時代初期に編《あ》まれた。	紀貫之《きのつらゆき》・紀友則《きのとものり》 凡河内躬恒《おおしこうちのみつね》・壬生忠岑《みぶのただみね》	●最初《さいしょ》の勅撰和歌集《ちょくせんわかしゅう》。 ●歌の整理分類《ぶんるい》がされた。 ●二十巻《かん》、約《やく》一一〇〇首。	●優雅《ゆうが》で、「たをやめぶり《お》（女性的《じょせいてき》）」といわれる。 ●表現《ひょうげん》に技巧《ぎこう》をこらしている。
新古今和歌集《しんこきんわかしゅう》	鎌倉《かまくら》時代初期に編《あ》まれた。	藤原定家《ふじわらのていか》など六人	●八番目の勅撰和歌集《ちょくせんわかしゅう》。 ●本歌取り《ほんかどり》（↓8ページ）の歌が多い。 ●二十巻《かん》、約《やく》一九八〇首。	●しみじみと奥深《おくぶか》い。 ●物事を象徴的《しょうちょうてき》に表現《ひょうげん》している。

百人一首って何だろう？

和歌を集めた百人一首が生まれた背景《はいけい》や、選《えら》ばれている歌の特徴《とくちょう》、歌人について紹介《しょうかい》するよ。

藤原定家《ふじわらのていか》が選《えら》んだ『小倉百人一首《おぐらひゃくにんいっしゅ》』

すぐれた歌人百人の歌を一首ずつ選《えら》び、集めたものを「百人一首」といいます。もっとも有名なのが『小倉百人一首《おぐらひゃくにんいっしゅ》』で、ふつう百人一首といえば『小倉《おぐら》百人一首《ひゃくにんいっしゅ》』のことをさします。

百人一首を選《えら》んだのは鎌倉《かまくら》時代の歌人で、『新古《しんこ》今和歌集《きんわかしゅう》』の撰者《せんじゃ》の一人でもある藤原定家《ふじわらのていか》（↓22ページ）です。もとは、親しかった宇都宮頼綱《うつのみやよりつな》から「別荘《べっそう》のふすまにはる色紙のための歌を選《えら》んでほしい」とお願《ねが》いをされて選《えら》んだものといわれます。

所蔵：フェリス女学院大学附属図書館

藤原定家《ふじわらのていか》。頼綱《よりつな》のために歌を選《えら》んだことが、定家《ていか》の日記『名月《めいげつ》記《き》』に書かれている。

定家《ていか》がその歌を、京都《きょうと》の小倉山《おぐらやま》のふもとにある山荘《さんそう》で百首選《えら》んだとされることから小倉百人一首《おぐらひゃくにんいっしゅ》とよばれるようになりました。江戸《えど》時代には「歌かるた」として広まり、今でも親しまれています。

歌のテーマは恋《こい》や四季《しき》など

百人一首は、『古今和歌集《こきんわかしゅう》』をふくむ十冊《さつ》の「勅撰《ちょくせん》和歌集《わかしゅう》」におさめられている歌から選《えら》ばれています。百人一首の歌をもとの歌集で分類《ぶんるい》されたテーマで分けると、「恋《こい》」「春」「夏」「秋」「冬」「旅」「別《わか》れ」と、そのほかのことがらをよんだ「雑《ぞう》」の八つになり、「恋《こい》」が百首のうち四十三首をしめています。四季《しき》の歌は全部で三十二首あり、「秋」が十六首、「春」「冬」がそれぞれ六首、「夏」が四首。歌を選《えら》んだ定家《ていか》は、秋の自然《しぜん》を味わい深いものとして好《この》んだことがわかります。

『小倉百人一首《おぐらひゃくにんいっしゅ》』の歌は、テーマごとではなく年代《ねんだい》順《じゅん》でならべられ、飛鳥《あすか》時代の天智天皇《てんじてんのう》（↓36ページ）から始まり、鎌倉《かまくら》時代の順徳天皇《じゅんとくてんのう》（↓37ページ）で終わっています。また、前後に関《かか》わりの深い歌人が置《お》かれているのも特徴《とくちょう》の一つです。

百人一首の歌人

平安時代から鎌倉《かまくら》時代にかけて、貴族《きぞく》の間で「歌《うた》合《あわせ》」といわれる遊びが盛《さか》んに行われました。歌合《うたあわせ》とは、歌人が左右にわかれ、定められた題材《だいざい》に合わせた歌をよみ合い勝負するもので、歌人たちはそこで実力を競《きそ》い合うようになりました。とりわけすぐれた歌人は「歌仙《かせん》」とよばれ、尊敬《そんけい》されました。和歌が盛《さか》んによまれるようになったこの時代の歌が、百人一首に多く選《えら》ばれています。

百人一首の歌人の名前の多くは、「大納言《だいなごん》」や「朝《あ》臣《そん》」のような役職名《やくしょくめい》をつけて書かれていますが、これは、当時はそのように書かれるのが一般的《いっぱんてき》だったからです。女性《じょせい》の場合は父や夫《おっと》、息子の役職名《やくしょくめい》などでよばれることもありました。百人には天皇《てんのう》から僧《そう》侶《りょ》まで、さまざまな身分の歌人が選《えら》ばれていますが、ほかの歌集に比《くら》べて皇族《こうぞく》の歌が多く選《えら》ばれていたり、二十一人もの女性《じょせい》の歌が入っていることが、百人一首の特徴《とくちょう》の一つとなっています。

六歌仙《ろっかせん》と三十六歌仙《さんじゅうろっかせん》

平安時代の前期に活やくした紀貫之《きのつらゆき》（↓13ページ）が『古今《こきん》和歌集《わかしゅう》』の序文《じょぶん》で紹介《しょうかい》した、平安初期のすぐれた六人の歌人を「六歌仙《ろっかせん》」といいます。喜撰法師《きせんほうし》、小野小町《おののこまち》、僧正《そうじょう》遍昭《へんじょう》、在原業平《ありわらのなりひら》、文屋康秀《ふんやのやすひで》、大友黒主《おおとものくろぬし》の六人で、大友黒《おおとものくろ》主《ぬし》の歌だけ百人一首に選《えら》ばれていません。この六歌仙《ろっかせん》に対して、平安中期に活やくした藤原公任《ふじわらのきんとう》（↓41ページ）がまとめた『三十六人撰《さんじゅうろくにんせん》』の三十六人の歌人は、「三十六歌仙《さんじゅうろっかせん》」といわれ、百人一首にも二十五人が選《えら》ばれています。

短歌の表現《ひょうげん》

掛詞《かけことば》

一つの言葉に、二つ以上《いじょう》の意味をもたせる表現方法《ひょうげんほうほう》。音が同じで、異《こと》なる意味をもつ言葉を使う。歌にさまざまな思いを重ね合わせることができる。

例

大江山《おおえやま》 いく野《の》の道《みち》の 遠《とお》ければ
まだふみもみず 天《あま》の橋立《はしだて》

行く
生野
文
踏み

小式部内侍《こしきぶのないし》

↓15ページ

本歌取《ほんかど》り

すでに知られている歌をなぞったり、その一部をそのまま使う方法《ほうほう》。もとの歌にこめられた意味や、その歌の世界が取り入れられ、歌に広がりができる。『新古今和歌集《しんこきんわかしゅう》』の時代に多く用いられた表現《ひょうげん》。

例

見《み》せばやな 雄島《おじま》のあまの そでだにも
ぬれにぞぬれし 色《いろ》は変《かわ》はらず

殷富門院大輔《いんぷもんいんのたいふ》

↓45ページ

（本歌）松島《まつしま》や 雄島《おじま》のいそに あさりせし
あまのそでこそ かくはぬれしか

源《みなもとの》 重之《しげゆき》

枕詞《まくらことば》

ある言葉の前において、その言葉を導《みちび》き出したり、飾《かざ》ったりする言葉のこと。一般的《いっぱんてき》に五音の言葉で、どの言葉にかかるかが決まっている。

例

石走《いわばし》る 垂水《たるみ》の上《うえ》の さわらびの
萌《も》え出《い》づる春《はる》に なりにけるかも

志貴皇子《しきのみこ》

↓12ページ

代表的《だいひょうてき》な枕詞《まくらことば》

枕詞《まくらことば》	かかる語
あかねさす	君・日・昼・むらさき
足引《あしひき》の	峰《みね》・山
青丹《あおに》よし	奈良《なら》
石走《いわばし》る	垂水《たるみ》・滝《たき》
唐衣《からころも》	着る・すそ・そで
黒髪《くろかみ》の	乱《みだ》れ
白妙《しろたえ》の	衣《ころも》・雲・そで・たもと・雪
玉の緒《お》の	絶《た》ゆ・継《つ》ぐ・長し・短し
たらちねの	母
ちはやぶる	宇治《うじ》・氏《うじ》・神
ぬばたまの	黒・夢《ゆめ》・夜
ひさかたの	天・雨・雲・光・星
水鳥の	立つ・うき寝《ね》・青葉・鴨《かも》
ももしきの	大宮

序詞《じょことば》

言葉を導《みちび》き出すために、その言葉の前に置《お》かれる句《く》。枕詞《まくらことば》と似《に》ているが、二句《く》（五・七）以上《いじょう》の言葉で、作者が自由に考えることができる。

例

由良《ゆら》の門《と》を わたる舟人《ふなびと》 かぢをたえ
ゆくへ《え》も知《し》らぬ 恋《こい》の道《みち》かな

曾禰好忠《そねのよしただ》

↓30ページ

縁語《えんご》

一首の中に、意味の上で縁《えん》（何らかの関係《かんけい》）をもつ言葉を重ねて使うことで、イメージを深める表現方法《ひょうげんほうほう》。『古今和歌集《こきんわかしゅう》』よりあとの歌に多く見られる。

例

※下線部のように髪《かみ》に関《かか》わる言葉を重ねている。

長《なが》からむ 心《こころ》も知《し》らず 黒髪《くろかみ》の
乱《みだ》れて けさは ものをこそ思《おも》へ《え》

待賢門院堀河《たいけんもんいんのほりかわ》

↓42ページ

体言止《たいげんど》め

歌の最後《さいご》を体言（名詞《めいし》）で終わりにする表現方法《ひょうげんほうほう》。そのあとにまだ続《つづ》くような、余韻《よいん》が残《のこ》る。『新古今和歌集《しんこきんわかしゅう》』に多く使われている。

例

見《み》わたせば 花《はな》も紅葉《もみじ》も なかりけり
浦《うら》の苫屋《とまや》の 秋《あき》の夕《ゆう》ぐれ

藤原定家《ふじわらのていか》

↓22ページ

歌枕《うたまくら》

歌によまれている地名や名所のこと。それぞれの場所には人びとが思いえがくイメージがあり、その味わいを歌に盛《も》りこむことができる。

例

田子《たご》の浦《うら》に　うちいでてみれば　白《しろ》たへ《え》の
富士《ふじ》の高《たか》ねに　雪《ゆき》は降《ふ》りつつ

山部赤人《やまべのあかひと》

↓19ページ

① 小倉山《おぐらやま》 ↓34ページ
② 逢坂《おうさか》 ↓26・35・40ページ
③ 宇治山《うじやま》 ↓14ページ
④ 宇治川《うじがわ》 ↓42ページ
⑤ 泉川《いずみがわ》・みかの原 ↓41ページ
⑥ 三笠山《みかさやま》・春日《かすが》 ↓15ページ
⑦ 奈良《なら》 ↓32ページ
⑧ 初瀬《はつせ》 ↓34ページ
⑨ 天の香具山《あまのかぐやま》 ↓27ページ
⑩ 竜田川《たつたがわ》 ↓13・17ページ
⑪ 三室山《みむろやま》 ↓13ページ
⑫ 高師の浜《たかしのはま》 ↓31ページ
⑬ 住の江《すみのえ》 ↓16ページ
⑭ 難波江《なにわえ》・難波潟《なにわがた》 ↓16・31・44ページ
⑮ 猪名《いな》 ↓38ページ
⑯ 有馬山《ありまやま》 ↓38ページ

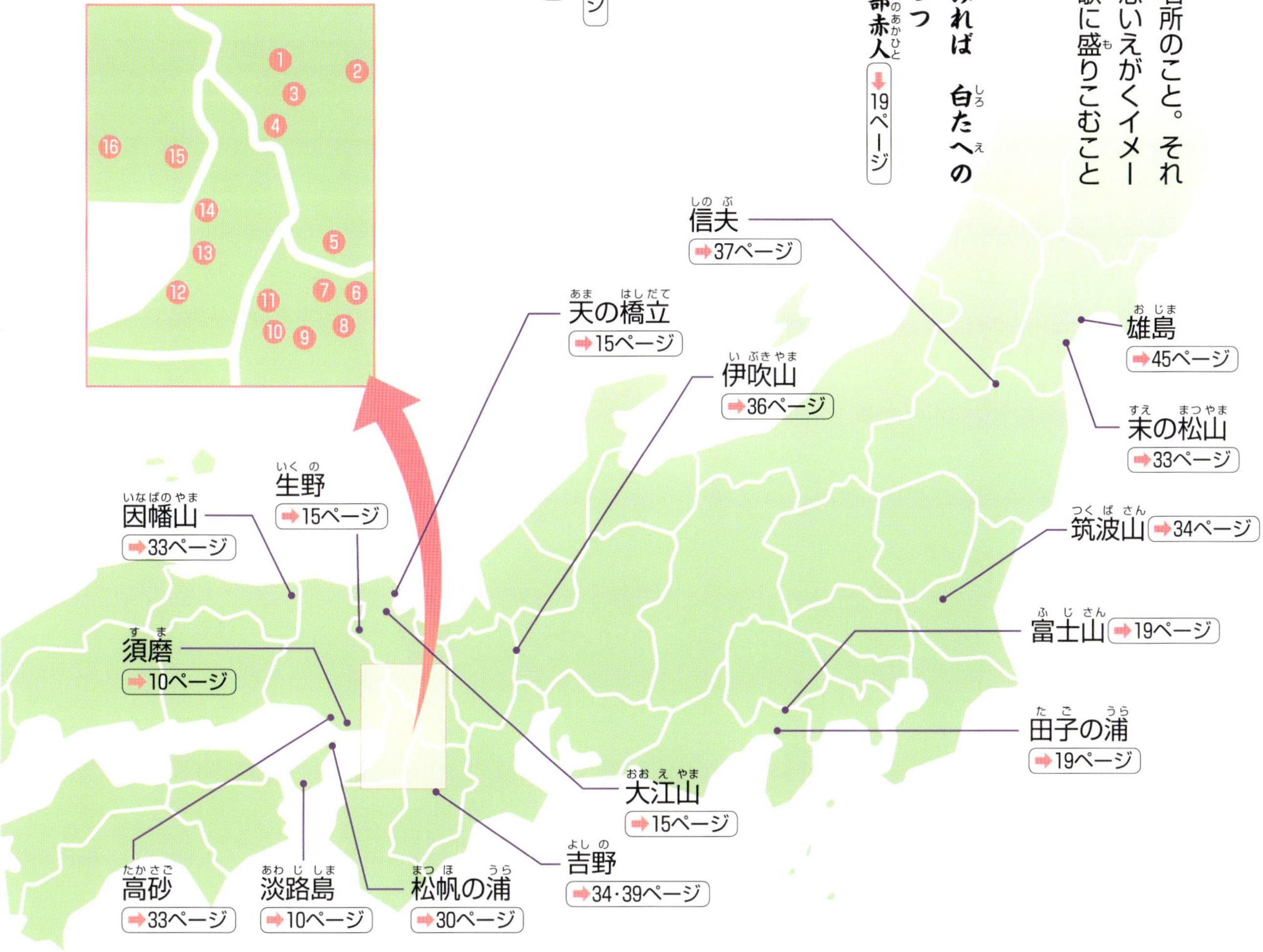

倒置法《とうちほう》

意味を強め、リズムを整えたりするために、言葉の順番《じゅんばん》をふつうとは逆《ぎゃく》に置《お》く方法《ほうほう》。主語と述語《じゅつご》（動作やようすをあらわす言葉）を入れかえたりする。

例

金色《こんじき》の　ちひさき鳥《とり》の　かたちして
銀杏《いちょう》ちるなり　夕日《ゆうひ》の岡《おか》に

与謝野晶子《よさのあきこ》

↓23ページ

破調《はちょう》

五・七・五・七・七の音のリズムを破《やぶ》る表現方法《ひょうげんほうほう》。音が決まった数より多いことを「字余《じあま》り」、少ないことを「字たらず」という。

例

ふるさとの（5）　山《やま》に向《むか》ひて（7）　言《い》ふことなし（6）
ふるさとの山《やま》は（8）　ありがたきかな（7）

石川啄木《いしかわたくぼく》

↓14ページ

口語調《こうごちょう》

ふだん話しているような言葉づかいで表現《ひょうげん》する方法《ほうほう》。短歌が身近に感じられ、わかりやすくなる。口語調《こうごちょう》でよまれた短歌を「口語短歌《こうごたんか》」ともいう。俵万智《たわらまち》↓28ページの歌集『サラダ記念日《きねんび》』は、口語調《こうごちょう》でよまれた歌集の代表作の一つ。

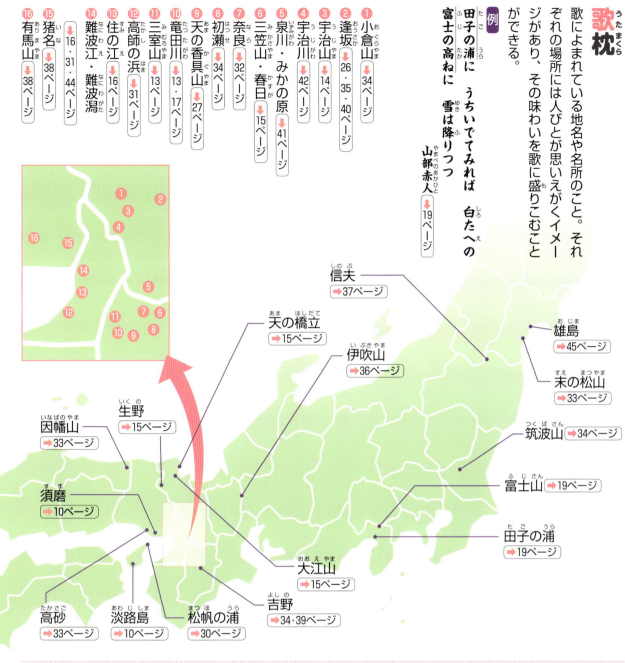

生き物がよまれた歌

きりぎりす 鳴《な》くや霜夜《しもよ》の さむしろに 衣《ころも》かたしき ひとりかもねむ(ん)

後京極摂政前太政大臣《ごきょうごくせっしょうさきのだいじょうだいじん》
(一一六九年～一二〇六年)
百人一首 秋

意味 コオロギが鳴いて、霜《しも》のおりる寒い夜。この寒いむしろの上に、自分の衣《ころも》のかたそでだけしいて、一人さびしくねるのだろうか。

解説 「きりぎりす」は、今のコオロギのこと。さむしろ(わらなどで編《あ》んだそまつなしき物)は、「寒し」との掛詞《かけことば》になっている。「さむしろに 衣《ころも》かたしき こよひもや われを待《ま》つらむ《ん》 宇治《うじ》の橋姫《はしひめ》」(『古今和歌集《こきんわかしゅう》』恋《こい》四)と「あしひきの 山鳥《やまどり》の尾《お》の しだり尾《お》の ながながし夜《よ》を ひとりかもねむ《ん》」(⬇43ページ)などの古い歌をもとにつくられた歌。

作者紹介 本名は藤原良経《ふじわらのよしつね》。おさないころから歌の才能《さいのう》を発揮《はっき》した。また、摂政《せっしょう》や太政大臣《だいじょうだいじん》をつとめた。

淡路島《あは(わ)ぢ(じ)しま》 かよふ(う)千鳥《ちどり》の 鳴《な》く声《こゑ(え)》に いく夜《よ》ねざめぬ 須磨《すま》の関守《せきもり》

源《みなもとの》 兼昌《かねまさ》
(?年～?年)
百人一首 冬

意味 淡路島《あわじしま》から通ってくる千鳥《ちどり》の鳴き声に、どれだけの夜、目を覚《さ》ましたんだろう、須磨《すま》の関守《せきもり》は。

解説 千鳥《ちどり》は水辺にすみ、群《む》れをなして飛《と》ぶ。仲間《なかま》をよぶために鳴くといわれる千《ち》鳥《どり》の声を聞き、さびしさを感じた須磨《すま》の関所《せきしょ》(通行人や荷物の検査《けんさ》をするところ)につとめる番人を思った歌。

作者紹介 役職《やくしょく》の位《くらい》は高くないが歌にすぐれ、歌合《うたあわせ》(⬇7ページ)によく出席《しゅっせき》していた。

瀬戸内海《せとないかい》にうかぶ淡路島《あわじしま》。

キョッキョッ
キョキョキョキョキョ！

ほととぎす 鳴《な》きつるかたを ながむれば ただありあけの 月《つき》ぞ残《のこ》れる

後徳大寺左大臣《ごとくだいじのさだいじん》（一一三九年〜一一九一年）

百人一首 夏

意味 ホトトギスの鳴き声がしたので、そちらを見たけれど、もうそこにホトトギスのすがたはなくて、ただ有明《ありあけ》の月が空に残《のこ》っているだけだ。

解説 ホトトギスは初夏《しょか》に日本にやってくるわたり鳥で、美しい声で鳴く。動きがすばやいので、すがたはなかなか見られない。夏を告《つ》げる鳥として親しまれ、平安時代の貴族《きぞく》たちは、その年初《はじ》めての鳴き声を楽しみにしていたという。有明《ありあけ》の月（↓24ページ）は、明け方の空にまだうかんでいる月のこと。

作者紹介 本名は藤原実定《ふじわらのさねさだ》。詩歌《しいか》や楽器《がっき》の演奏《えんそう》にすぐれていた。百人一首の撰者《せんじゃ》、藤原定家《ふじわらのていか》（↓22ページ）のいとこ。

奥山《おくやま》に もみぢ《(じ)》ふみわけ 鳴《な》く鹿《しか》の 声《こゑ(え)》聞《き》く時《とき》ぞ 秋《あき》は悲《かな》しき

猿丸大夫《さるまるだゆう》（?年〜?年）

百人一首 秋

意味 人里からはなれた奥深《おくぶか》い山で、一面に散《ち》ったもみじをふみ分けながら鳴くシカの、声を聞くときこそ、秋の悲しさがいっそう感じられるものだ。

解説 秋になると、オスのシカはメスのシカをさがして、ピーッと高い声で鳴くとされる（ほかのオスをいかくして鳴いているときもある）。しきつめられたもみじをふむ音、シカのさびしそうな声など、秋の景色《けしき》が目にうかぶような歌。もみじをふみ分けているのは、シカではなく人だという解釈《かいしゃく》もある。この歌の「もみぢ」は、もとはハギの黄葉《こうよう》をさしていたとされる。

作者紹介 三十六歌仙《さんじゅうろっかせん》（↓7ページ）の一人にもなっているすぐれた歌人だが、正体はなぞで伝説的《でんせつてき》な人物。名前は「さるまるだいふ」とも読む。

植物がよまれた歌

きみがため 春《はる》の野《の》にいでて 若菜《わかな》つむ わが衣手《ころもで》に 雪《ゆき》は降《ふ》りつつ

百人一首 春

光孝天皇《こうこうてんのう》
（八三〇年〜八八七年）

意味 あなたに差《さ》し上げるため、春の野に出て若菜《わかな》をつんでいる私《わたし》のそでに、雪がしきりにふりかかっている。

解説 「若菜《わかな》」は、春の七草《ななくさ》（→127ページ）などに代表される万病にきくといわれる食用の草をさす。新春に若菜《わかな》を食べて一年の健康《けんこう》を願《ねが》うならわしがあった。大切な人の長生きを願《ねが》い、若菜《わかな》をおくるときにそえた歌。「衣手《ころもで》」はそでのこと。「つつ」は「〜し続《つづ》ける」という意味で使われる言葉。

作者紹介 おさないころからとてもかしこく、学問を好《この》んだ。五十五歳《さい》で天皇《てんのう》となる。「小松帝《こまつのみかど》」ともよばれる。

春の七草《ななくさ》

石走《いは(わ)ばし》る 垂水《たるみ》の上《うへ(え)》の さわらびの 萌《も》え出《い》づ(ず)る春《はる》に なりにけるかも

万葉集 春

志貴皇子《しきのみこ》
（?年〜七一六年ごろ）

意味 水が流れ落ちる滝《たき》のほとりのワラビが、芽《め》を出す春になったのだなあ。

解説 「よろこびの御歌《みうた》」という題がついている歌。春が来たことを喜《よろこ》んだ歌だと考えられる。「垂水《たるみ》」は滝《たき》、「垂水《たるみ》の上」は滝《たき》のほとりのこと。「石走《いわばし》る」は垂水《たるみ》にかかる枕詞《まくらことば》で、もとは、水が岩に当たりしぶきをあげて流れるようすをあらわす言葉。「さわらび」の「さ」は、若《わか》い、時期が早いことを意味する。

作者紹介 天智天皇《てんじてんのう》の皇子《おうじ》。死後、息子が光仁天皇《こうにんてんのう》となった。『万葉集《まんようしゅう》』に六首の歌がある。

あらしふく 三室《みむろ》の山《やま》の もみぢ《(じ)》葉《ば》は 竜田《たつた》の川《かは(わ)》の にしきなりけり

百人一首 秋

能因法師《のういんほうし》（九八八年～？年）

意味 強い風がふき散《ち》らした三室山《みむろやま》のもみじが、竜《たつ》田川《たがわ》の水面《みなも》に落ちて、まるで美しい錦《にしき》のようだ。

解説 「竜田川《たつたがわ》」は、奈良県《ならけん》の三室山《みむろやま》のふもとを流れる川で、昔からもみじの名所として知られる。「嵐《あらし》」は山をふく強い風のことで、散《ち》らされたもみじが水面《みなも》で豪華《ごうか》な錦《にしき》（金、銀などさまざまな糸でつくる絹織物《きぬおりもの》）のようになっているのを発見し、その景色《けしき》のすばらしさをよんだ歌。「三室《みむろ》の山」と「竜田《たつた》の川」が歌枕《うたまくら》となり、山と川をくらべている。

作者紹介 中国《ちゅうごく》の詩や歴史《れきし》を学んだが、二十六歳《さい》のころ出家。あちこち旅をして歌をよんだ。出家前の名前は 橘 永愷《たちばなのながやす》。

人《ひと》はいさ 心《こころ》も知《し》らず ふるさとは 花《はな》ぞ昔《むかし》の 香《か》ににほ《(お)》ひ《(い)》ける

百人一首 春

紀 貫之《きのつらゆき》（八六八年ごろ～九四五年ごろ）

意味 あなたの気持ちは、さてどうだろう。心の中まではわからないけれど、なじみ深いこの土地では、梅《うめ》の花が昔と変《か》わらないかおりで咲《さ》いている。

解説 奈良県《ならけん》の長谷寺《はせでら》にお参《まい》りする度《たび》に泊《と》まっていた宿を久《ひさ》しぶりに訪《おとず》れると、宿の主人が「この通り、昔のまま宿はあるのに（なぜ、いらっしゃらなかったのですか）」とやんわり文句《もんく》を言った。それに対して、咲《さ》いていた梅《うめ》の枝《えだ》を折《お》ってよんだという歌。この歌の「花」は梅《うめ》をさしている。

作者紹介 三十六歌仙《さんじゅうろっかせん》（→7ページ）の一人。『古今和歌集《こきんわかしゅう》』の編集《へんしゅう》にたずさわった中心人物。かな文字で書かれた日記『土佐日記《とさにっき》』の作者としても有名。

ひさかたの 光《ひかり》のどけき 春《はる》の日《ひ》に しづ《(ず)》心《ごころ》なく 花《はな》の散《ち》るらむ《(ん)》

百人一首 春

紀 友則《きのとものり》（？年～九〇七年ごろ）

意味 日の光がおだやかにふりそそぐ、こんなにのどかな春の日に、どうして落ち着きなく桜《さくら》の花は散《ち》っているのだろう。

解説 風もないのに、散《ち》り急《いそ》ぐ桜《さくら》の花を残念《ざんねん》がってよんだ歌。平安時代には、一般的《いっぱんてき》に「花」といえば桜《さくら》の花をさした。「しづ心《ずごころ》」は静《しず》かに落ち着いた心のことで、桜《さくら》を人間にたとえている。

作者紹介 三十六歌仙《さんじゅうろっかせん》の一人。『古今和歌集《こきんわかしゅう》』の撰者《せんじゃ》の一人だったが、完成《かんせい》しないうちに亡《な》くなった。紀貫之《きのつらゆき》のいとこ。

山がよまれた歌

岩手山《いわてさん》

提供：（公財）盛岡観光コンベンション協会

姫神山《ひめかみさん》

喜撰山《きせんやま》（宇治山《うじやま》）

ふるさとの 山《やま》に向《むか》ひ（い）て
言《い》ふ（う）ことなし
ふるさとの 山《やま》はありがたきかな

近・現代

石川啄木《いしかわたくぼく》（一八八六年～一九一二年）

意味 ふるさとの山と向き合っていると、何も言葉が出ない。ふるさとの山は、本当にありがたいものだなあ。

解説 いろいろとつらいことがあっても、ふるさとの変《か》わらない景色《けしき》を見ていると、それだけで胸《むね》がいっぱいになり、気持ちが安らぐといった、ふるさとへの思いをよんでいる。「ふるさとの山」は、啄木《たくぼく》が少年時代に親しんだ岩手山《いわてさん》と姫神山《ひめかみさん》をさしている。

作者紹介 本名は石川一《いしかわはじめ》。岩手県《いわてけん》生まれ。歌集『一握《いちあく》の砂《すな》』で歌人として有名になった。ふるさとをよんだ歌を多く残《のこ》している。病気のため、二十六歳《さい》で亡《な》くなる。

わがいほ（お）は 都《みやこ》のたつみ しかぞ住《す》む
世《よ》をうぢ（じ）山《やま》と 人《ひと》はいふ（う）なり

百人一首　雑

喜撰法師《きせんほうし》（?年～?年）

意味 私《わたし》の庵《いおり》は都の南東にあって、このように心静《こころしず》かにくらしている。なのに、世間の人びとは、世の中がつらくなって宇治山《うじやま》にくらしていると言っているそうだ。

解説 「いほ」はお坊《ぼう》さんなどが住む、小さな小屋のこと。「たつみ」は南東をさし、その方角には宇治山《うじやま》（今の喜撰山《きせんやま》）がある。「うぢ」は「憂《う》し（つらい）」と地名の「宇治《うじ》」の両方の意味をもたせた掛詞《かけことば》になっている。都からはなれてくらす自分を人びとがうわさしていることを知り、山の中で安らかにくらしていることをよんだ歌。

作者紹介 六歌仙《ろっかせん》（⬇7ページ）の一人。僧《そう》として、宇治山《うじやま》に住んでいたことしかわかっていない。

まめ知識　啄木《たくぼく》のふるさとの山、岩手山《いわてさん》と姫神山《ひめかみさん》

啄木《たくぼく》が歌によんだふるさとの山は、岩手山《いわてさん》と姫神山《ひめかみさん》のこと。この二つの山は、もともと夫婦《ふうふ》だったという伝説《でんせつ》があるよ。でも、姫神山《ひめかみさん》がとてもやきもちをやくので、岩手山《いわてさん》は姫神山《ひめかみさん》を追い出すよう家来に言いつけた。ところが姫神山《ひめかみさん》は、遠くに行くのをいやがり、川をへだてて岩手山《いわてさん》の目の前に座《すわ》ってしまう。岩手山《いわてさん》はすごく怒《おこ》って家来の首をはね、その首は岩《いわ》手山《てさん》の南側のふもとにコブのようにくっついて山（鞍掛山《くらかけやま》）になったといわれているよ。

天《あま》の橋立《はしだて》

天《あま》の橋立《はしだて》(京都府《きょうとふ》)は日本三景《さんけい》の一つ。ほかの二つは松島《まつしま》(宮城県《みやぎけん》)と厳島《いつくしま》(広島県《ひろしまけん》)だよ。

大江山《おほ(お)えやま》 いく野《の》の道《みち》の 遠《とほ(お)》ければ まだふみもみず 天《あま》の橋立《はしだて》

百人一首　雑

小式部内侍《こしきぶのないし》
(?年〜一〇二五年)

意味 大江山《おおえやま》を越《こ》え、生野《いくの》を通って行く丹後国《たんごのくに》までの道のりはとても遠いので、私《わたし》はまだ天《あま》の橋立《はしだて》に行ったこともないし、母からの文《ふみ》(手紙)も見ていない。

解説 歌合《うたあわせ》 ↓7ページ で、藤原定頼《ふじわらのさだより》 ↓42ページ に「お母さんのもとへ使いを出し、代わりに歌をつくってもらいましたか」とからかわれたときにこの歌をよみ、定頼《さだより》をやりこめたとして知られる歌。母の和泉式部《いずみしきぶ》は、そのとき天《あま》の橋立《はしだて》のある丹後国《たんごのくに》(今の京都府《きょうとふ》北部)にいた。「いく野」は「生野《いくの》(今の京《きょう》都府福知山市《とふふくちやまし》)」と「行く」、「ふみもみず」は「踏《ふ》みも見ず」と「文《ふみ》も見ず」の掛詞《かけことば》になっている。

作者紹介 おさないころから歌の才能《さいのう》を発揮《はっき》したが、若《わか》くして亡《な》くなった。和泉式部《いずみしきぶ》 ↓44ページ の娘《むすめ》。

天《あま》の原《はら》 ふりさけ見《み》れば 春日《かすが》なる 三笠《みかさ》の山《やま》に いでし月《つき》かも

百人一首　旅

安倍仲麿《あべのなかまろ》
(七〇一年ごろ〜七七〇年)

意味 大空をあおいで遠くを見わたすと、昔、春日《かすが》にある三笠《みかさ》の山に出ていた月と同じ月が出ているなあ。

解説 唐《とう》(今の中国《ちゅうごく》)で長年くらす作者が、美しい月を見て、昔、ふるさとの春日《かすが》で見た月を思い出し、よんだ歌とされる。「天《あま》の原」の「原」は大きく広がっているようすをあらわし、「天《あま》の原」で大空という意味。春日《かすが》は今の奈良県《ならけん》、春日大社《かすがたいしゃ》の辺り。

作者紹介 若《わか》くして遣唐使《けんとうし》に選《えら》ばれ、唐《とう》にわたり皇帝《こうてい》に仕えて活やくした。船の難破《なんぱ》で帰国できず、唐《とう》で亡《な》くなった。

まめ知識　春日大社《かすがたいしゃ》と遣唐使《けんとうし》

春日大社《かすがたいしゃ》は、奈良《なら》に都がある時代に、国の平和と国民《こくみん》の幸せを願《ねが》って、古くから神様がいる山とされてきた御蓋山《みかさやま》(三笠山《みかさやま》)のふもとにつくられたよ。唐《とう》(今の中国《ちゅうごく》)の文化を知るために、唐《とう》にわたる遣唐使《けんとうし》たちも、出発前にはこの春日大社《かすがたいしゃ》で航海《こうかい》の無事《ぶじ》を願《ねが》ったとされている。遣唐使《けんとうし》には役人だけでなく、留《りゅう》学生《がくせい》や留学僧《りゅうがくそう》も多くいたよ。

提供：春日大社　撮影：桑原英文

隠岐島《おきのしま》の島後《とうご》の西岸。

川・海がよまれた歌

わびぬれば 今《いま》はた同《おな》じ 難波《なには(わ)》なる みをつくしても あは《(わ)》む《(ん)》とぞ思《おも》ふ《(う)》

元良親王《もとよししんのう》（八九〇年〜九四三年）

百人一首　恋

意味 二人のうわさが広まり、これほど思いなやんでいるのだから、今となってはどうなっても同じことだ。難波《なにわ》の澪標《みおつくし》のように、自分の身をほろぼしてでもあなたに会いたいと思っている。

解説 宇多天皇《うだてんのう》の女御《にょうご》（天皇《てんのう》の妻《つま》の候補《こうほ》）・京極御息所《きょうごくのみやすどころ》との密会《みっかい》が発覚《はっかく》してしまったときにおくった歌。「みをつくしても」は「澪標《みおつくし》（船の水路に立てられた目印《めじるし》のためのくいのこと）」と「身をつくし」の掛詞《かけことば》。

作者紹介 多くの女性《じょせい》と恋《こい》をし、その歌のやりとりが多く残《のこ》っている。陽成天皇《ようぜいてんのう》（↓34ページ）の皇子《おうじ》。

住《すみ》の江《え》の 岸《きし》による波《なみ》 よるさへ《(え)》や 夢《ゆめ》のかよひ路《(い)ぢ(じ)》 人《ひと》めよくらむ《(ん)》

藤原敏行朝臣《ふじわらのとしゆきあそん》（?年〜九〇一年ごろ）

百人一首　恋

意味 住《すみ》の江《え》の岸に波が寄せる「よる」ではないが、昼だけでなく「よる（夜）」の夢《ゆめ》の中で私《わたし》のところに通う道でさえも、どうしてあなたは人目をさけようとするのだろう。

解説 人目を気にするように夢《ゆめ》の中にも出てきてくれない相手を、女性《じょせい》の立場に立ってよんだ歌。「夢《ゆめ》のかよひ路《いじ》」は、思いをよせる人のもとへ通う夢《ゆめ》の中の道。相手も自分を思っていると夢《ゆめ》に出るとされた。人目を気にして夢《ゆめ》に出ないのは、自分のほうとする解釈《かいしゃく》もある。

作者紹介 三十六歌仙《さんじゅうろっかせん》（↓7ページ）の一人。書道の才能《さいのう》にも長《た》けていた。

わたの原《はら》 八十島《やそしま》かけて こぎいでぬと 人《ひと》には告《つ》げよ あまのつりぶね

参議篁《さんぎたかむら》（八〇二年〜八五二年）

百人一首　旅

意味 広がる海のずっと先にあるたくさんの島じまを目指し、今こぎ出していったよと、どうか都の人に伝《つた》えておくれ。漁師《りょうし》のつり船よ。

解説 作者が隠岐《おき》（島根県《しまねけん》の沖《おき》にうかぶ島じま）に流されるときによんだ歌。「わた」は海をあらわし、「わたの原」で大海原《おおうなばら》という意味。「八十島《やそしま》」の「八十《やそ》」は数が多いことをあらわす。「あま」は漁師《りょうし》のこと。小さな船で広い海に出て行くさびしさが感じられる。

作者紹介 本名は小野篁《おののたかむら》。参議《さんぎ》は役職《やくしょく》の名前。遣唐使《けんとうし》に選《えら》ばれ、それをこばんだことで隠《お》岐《き》に流された。漢詩文や書道でも有名。

ザザ〜

ちはやぶる 神代《かみよ》も聞《き》かず 竜田川《たつたがは(わ)》

からくれなゐ《(い)》に 水《みづ(ず)》くくるとは

百人一首 秋

在原業平朝臣《ありわらのなりひらあそん》（八二五年～八八〇年）

意味 ふしぎなことが多くあったという神様の時代でも、聞いたことがない。もみじが竜田川《たつたがわ》をからくれないの色にしぼり染《ぞ》めにするとは。

解説 じっさいに、川を見ながらよんだのではなく、屏風《びょうぶ》にえがかれていた竜田川《たつたがわ》のもみじを見てよんだ歌。「ちはやぶる」は「神」にかかる枕詞《まくらことば》。「からくれなゐ《い》」は、あざやかな赤色をあらわす。「くくる」は布《ぬの》を糸でくくってから染《そ》める「しぼり染《ぞ》め」のことで、竜田川《たつたがわ》を織物《おりもの》に見立てている。

作者紹介 六歌仙《ろっかせん》⬇7ページ、三十六歌仙《さんじゅうろっかせん》の一人。美男子で歌の才能《さいのう》にすぐれ、『伊勢物語《いせものがたり》』の主人公とされる。平城天皇《へいぜいてんのう》の孫《まご》、在原行平《ありわらのゆきひら》⬇33ページの弟にあたる。

まめ知識

『伊勢物語《いせものがたり》』の主人公は在原業平《ありわらのなりひら》!?

『伊勢物語《いせものがたり》』は、平安時代に書かれたとされ、作者もわかっていない。ある男性《だんせい》の一生を、恋愛《れんあい》を中心にえがいた物語で、その主人公と考えられているのが、在原業平《ありわらのなりひら》なんだ。一二五段《だん》の短い物語が、和歌とともにおさめられているよ。

瀬《せ》をはやみ 岩《いは(わ)》にせかるる 滝川《たきがは(わ)》の

われても末《(え)》に あは《(わ)》む《(ん)》とぞ思《おも》ふ《(う)》

百人一首 恋

崇徳院《すとくいん》（一一一九年～一一六四年）

意味 川の流れが速いので、岩にせき止められて滝川《たきがわ》が二つに分かれる。その流れがまた一つにもどるように、今は別《わか》れなければならなくても、いつかまた必《かなら》ず会おうと思う。

解説 愛《あい》する人とはなればなれになるけれど、また必《かなら》ず会おうという気持ちを、激《はげ》しい川の流れに重ね合わせてよんだ恋《こい》の歌。「瀬《せ》」は川が浅《あさ》く、流れの速いところ。「せかるる」はせき止められるということ。「われても」には、水が分かれることと、愛《あい》し合う二人が別《わか》れることの、両方の意味をもたせている。

作者紹介 崇徳天皇《すとくてんのう》。五歳《さい》で天皇《てんのう》になるが、父・鳥羽上皇《とばじょうこう》の命令《めいれい》により、弟に位《くらい》をゆずる。保元《ほうげん》の乱《らん》を起こし、その争《あらそ》いに負けて讃岐《さぬき》（今の香川県《かがわけん》）に流された。

天気がよまれた歌

むら雨《さめ》の つゆもまだ干《ひ》ぬ まきの葉《は》に きり立《た》ちのぼる 秋《あき》の夕《ゆふ(う)》ぐれ

百人一首　秋

寂蓮法師《じゃくれんほうし》
（一一三九年～一二〇二年）

意味 にわか雨が通りすぎて、そのつゆもまだかわいていないまきの葉に、霧《きり》が立ちのぼっている秋の夕暮《ゆうぐ》れよ。

解説 「むら雨《さめ》」は、秋のにわか雨や通り雨のこと。「まき」はスギやヒノキなど、木材《もくざい》としてすぐれた常緑樹《じょうりょくじゅ》。雨がふったあと、ぬれているまきの葉から白く霧《きり》が立ちのぼっていく、静《しず》かな山林の美しい秋の夕暮《ゆうぐ》れのようすをよんだ歌。

作者紹介 藤原定家《ふじわらのていか》（↓22ページ）のいとこ。藤原俊成《ふじわらのとしなり》（↓40ページ）の養子《ようし》になるが、のちに出家した。出家前の名前は藤原定長《ふじわらのさだなが》。

くれなゐ（い）の 二尺《にしゃく》伸《の》びたる 薔薇《ばら》の芽《め》の 針《はり》やはら（わ）かに 春雨《はるさめ》のふる

近・現代

正岡子規《まさおかしき》
（一八六七年～一九〇二年）

意味 バラの芽《め》が赤く、二尺《しゃく》ほどの高さにのびた。その芽《め》の針《はり》はまだやわらかそうで、そこに春の雨がふりそそいでいる。

解説 やわらかいバラの新芽《しんめ》に春の雨が細くやさしくふりそそいでいるようすに、みずみずしさを感じられる歌。二尺《しゃく》はおよそ六十センチメートル。「針《はり》」はバラのトゲのことで、新芽《しんめ》のころはさわってもあまり痛《いた》くない。「庭前即景《ていぜんそっけい》」という題でよまれた十首のうちの一首。

作者紹介 ↓132ページ

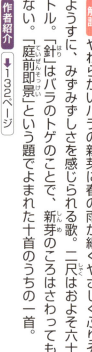

静岡市《しずおかし》の薩埵峠《さったとうげ》から見える富士山《ふじさん》。この峠《とうげ》からの景色《けしき》を歌によんだともいわれている。

田子《たご》の浦《うら》に うちいでてみれば 白《しろ》たへ《(え)》の 富士《ふじ》の高《たか》ねに 雪《ゆき》は降《ふ》りつつ

百人一首 冬

山部赤人《やまべのあかひと》（?年～?年）

意味 田子《たご》の浦《うら》に出てながめてみると、まっ白な富士山《ふじさん》の高い峰《みね》が見え、そこには雪がふり続《つづ》いているようだ。

解説 この歌が、初《はじ》めにおさめられた『万葉集《まんようしゅう》』では、「田子《たご》の浦《うら》ゆ うちいでて見《み》みば 真白《ましろ》にそ 富士《ふじ》の高《たか》ねに 雪《ゆき》は降《ふ》りける（田子《たご》の浦《うら》を出てながめてみると、まっ白に、富士山《ふじさん》の高い峰《みね》に雪がふっている）」と、白さと感動を直接的《ちょくせつてき》に表現《ひょうげん》した歌だった。それが、『新古今和歌集《しんこきんわかしゅう》』と百人一首では、幻想的《げんそうてき》で優美《ゆうび》な表現《ひょうげん》に改変《かいへん》された。「白たへ《え》」はまっ白いという意味で、雪にかかる枕詞《まくらことば》。田子《たご》の浦《うら》は、今の静岡県静岡市《しずおかけんしずおかし》の海岸辺りのこと。

作者紹介 三十六歌仙《さんじゅうろっかせん》（↓7ページ）の一人。『万葉集《まんようしゅう》』に長歌十三首、短歌三十七首がのっている。柿本人麻呂《かきのもとのひとまろ》（↓24ページ）とともに歌聖《かせい》とたたえられる。名前は山辺赤人《やまべのあかひと》とも書く。

心《こころ》あてに 折《を(お)》らばや折《を(お)》らむ《(ん)》 初霜《はつしも》の おきまどは《(わ)》せる 白菊《しらぎく》の花《はな》

百人一首 秋

凡河内躬恒《おおしこうちのみつね》（?年～?年）

意味 もし折《お》るのなら、あてずっぽうに折《お》ってみようか。初霜《はつしも》がおりて、その白い霜《しも》と見分けがつかなくなっている白菊《しらぎく》の花よ。

解説 冬の寒さと白菊《しらぎく》の白さ、清《きよ》らかさをよんだ歌。「心あてに」はあてずっぽうにという意味。「おきまどはせ《わ》る」は、（霜《しも》が）おりてまぎらわしくしているということで、霜《しも》と白菊《しらぎく》、どちらもまっ白で区別《くべつ》がつかないようすをあらわしている。

作者紹介 三十六歌仙《さんじゅうろっかせん》の一人。また、『古今和歌集《こきんわかしゅう》』の撰者《せんじゃ》の一人で、紀貫之《きのつらゆき》（↓13ページ）とならぶすぐれた歌人とされていた。

風がよまれた歌

嵐＝風＋山

ふくからに 秋《あき》の草《くさ》木《き》の しを《(お)》るれば むべ山風《やまかぜ》を あらしといふ《(う)》らむ《(ん)》

文屋康秀《ふんやのやすひで》（?年～?年）

百人一首 秋

意味 山からの風がふくと、すぐに秋の草木がしおれてしまう。なるほど、だから山からふく風のことを嵐《あらし》というのだろう。

解説 草木を荒《あ》らしてしまう風、その激《はげ》しい風は山の風だから「山」と「風」という字を合わせて「嵐《あらし》」なのだ、という言葉遊びをよみこんだ歌。「ふくからに」の「からに」は「〜するとすぐに」という意味をあらわす。「むべ」は「なるほど」という意味。

作者紹介 六歌仙《ろっかせん》（↓7ページ）の一人。小野小町《おののこまち》（↓27ページ）と歌をやりとりするなどの交流があったことが知られている。文屋朝康《ふんやのあさやす》（↓40ページ）の父。

あまつ風《かぜ》 雲《くも》のかよひ《(い)》路《ぢ(じ)》 ふきとぢ《(じ)》よ を《(お)》とめの姿《すがた》 しばしとどめむ《(ん)》

僧正遍昭《そうじょうへんじょう》（八一六年～八九〇年）

百人一首 雑

意味 空をふく風よ、雲の中の通《とお》り路《みち》をふき閉《と》ざしてしまってくれ。天女《てんにょ》のような舞姫《まいひめ》たちのすがたをもう少しの間とどめておきたいのだ。

解説 天女《てんにょ》が舞《ま》いおりてきたという伝説《でんせつ》をもとにした舞台《ぶたい》「五節《ごせち》の舞《まい》」を見てよまれた歌。美しく舞《ま》う少女たちが舞台《ぶたい》から去ろうとしているのを惜《お》しみ、もう少し見ていたいという気持ちを歌にしている。「雲のかよひ路《いじ》」は雲の中にある天と地上をつなぐ道のこと。天女《てんにょ》がそこを行き来すると考えられていた。

作者紹介 六歌仙《ろっかせん》、三十六歌仙《さんじゅうろっかせん》（↓7ページ）の一人。桓武天皇《かんむてんのう》の孫《まご》で、素性法師《そせいほうし》（↓38ページ）の父。僧《そう》になる前の名前は良岑宗貞《よしみねのむねさだ》。名前を遍照《へんじょう》と書くこともある。

まめ知識 文字遊びのある歌

「山＋風＝嵐」というように、二つの字を組み合わせてできる漢字などを歌によみこむ「文字遊び」は、文屋康秀《ふんやのやすひで》が活やくしたころに流行した。たとえば、紀貫之《きのつらゆき》（↓13ページ）がよんだ「雪降《ゆきふ》れば 木毎《きごと》に花《はな》ぞ 咲《さ》きにける いづ《ず》れを梅《うめ》と わきて折《お》らまし（雪がふって木毎《きごと》に花が咲《さ》いたようだ。どの木を本当の梅《うめ》だと区別《くべつ》して折《お》ったらいいか）」もその一つ。「木＋毎＝梅」となるね。

夏《なつ》のかぜ 山《やま》よりきたり 三百《さんびゃく》の 牧《まき》の若馬《わかうま》 耳《みみ》ふかれけり

近・現代

与謝野晶子《よさのあきこ》（一八七八年〜一九四二年）

意味 夏の風が山からふいてきて、牧場《まきば》にいるたくさんの若《わか》い馬が耳をふかれている。

解説 青あおとした草が広がる牧場《まきば》、たくさんの美しい若馬《わかうま》、そこにふいてくるさわやかな夏の風を感じさせる歌。一九〇五年、雑誌《ざっし》『中学世界《ちゅうがくせかい》』六月号に発表され、翌年《よくとし》、歌集『舞姫《まいひめ》』におさめられた。

作者紹介 本名は与謝野晶《よさのしょう》。今の大阪府《おおさかふ》生まれ。文芸雑誌《ぶんげいざっし》『明星《みょうじょう》』で活やく。その雑誌《ざっし》を取りまとめた与謝野鉄幹《よさのてっかん》と結婚《けっこん》した。歌集『みだれ髪《がみ》』が有名。

秋来《あきき》ぬと 目《め》にはさやかに 見《み》えねども 風《かぜ》の音《おと》にぞ おどろかれぬる

古今集 秋

藤原敏行《ふじわらのとしゆき》（?年〜九〇一年ごろ）

意味 秋がやってきたと目にははっきりとは見えないけれど、風の音を聞いて、はっと秋を感じた。

解説 立秋の日によまれた歌。立秋では、まだ紅葉《こうよう》も始まっていない。目には感じない秋の気配を、風の音に感じとったという歌。「さやかに」ははっきりしているということ。「おどろかれぬる」は自然《しぜん》に気づかされるという意味。

作者紹介 百人一首では藤原敏行朝臣《ふじわらのとしゆきあそん》と書かれている。 ↓16ページ

まめ知識 天女《てんにょ》すがたの少女が舞《ま》う「五節《ごせち》の舞《まい》」

収穫《しゅうかく》を祝《いわ》う冬の宮中《きゅうちゅう》行事、新《にい》嘗祭《なめさい》と豊明《とよのあかり》の節会《せちえ》のあとに行われていた「五節《ごせち》の舞《まい》」。この舞《まい》は、天武天皇《てんむてんのう》が吉野《よしの》に行ったとき、日暮《ひぐ》れに琴《こと》をひいていると、天女《てんにょ》が舞《ま》いおりてきてそでをふったという伝説《でんせつ》にもとづいているよ。

『五節舞之図』所蔵：東京都立中央図書館

夕《ゆう》暮《ぐ》れがよまれた歌

見《み》わたせば 花《はな》も紅葉《もみぢ(じ)》も なかりけり 浦《うら》の苫屋《とまや》の 秋《あき》の夕《ゆふ(う)》ぐれ

新古今集 秋

藤原定家《ふじわらのていか》（一一六二年～一二四一年）

意味 見わたしてみると、美しい花（桜《さくら》）も、もみじも何もない。でも、とても味わい深い、海辺の苫屋《とまや》だけが見える秋の夕暮《ゆうぐ》れよ。

解説 はなやかなものがない、さみしく静《しず》かな秋の夕暮《ゆうぐ》れに、しみじみとした味わいがあることをよんだ歌。『新古今和歌集《しんこきんわかしゅう》』の中で、「三夕《さんせき》の歌」といわれる、秋の夕暮《ゆうぐ》れがよまれた三首のうちの一首。「苫屋《とまや》」はそまつな小屋。

作者紹介 『小倉百人一首《おぐらひゃくにんいっしゅ》』の撰者《せんじゃ》で、『新古今和歌集《しんこきんわかしゅう》』では中心となってまとめた。百人一首では権中納言定家《ごんちゅうなごんていか》の名前で、「来《こ》ぬ人《ひと》を ↓30ページ」の歌をのせている。藤原俊成《ふじわらのとしなり》 ↓40ページ の息子。名前の定家《ていか》は「さだいえ」とも読む。

まめ知識 秋のさびしさをよんだ「三夕《さんせき》の歌」

寂蓮法師《じゃくれんほうし》 ↓18ページ の「さびしさは その色《いろ》としも なかりけり まき立《た》つ山《やま》の 秋《あき》の夕《ゆう》ぐれ（さびしさを感じさせるのはどの色というものではなかった。何ともさびしいまきの立つ山の秋の夕暮《ゆうぐ》れよ）」、西行法師《さいぎょうほうし》 ↓38ページ の「心《こころ》なき 身《み》にもあはれ《わ》は 知《し》られけり しぎたつ沢《さわ》の 秋《あき》の夕暮《ゆうぐ》れ（出家して、ものあわれと無《む》縁《えん》の身でも、このしみじみとした味わいは感じられる。しぎの飛《と》び立つ沢《さわ》の秋の夕暮《ゆうぐ》れよ）」、そして定家《ていか》の「見わたせば」の三首が「三夕《さんせき》の歌」。どれも、秋の夕《ゆう》暮《ぐ》れのさびしさをよんでいるよ。

校庭《こうてい》の地《じ》ならし用《よう》のローラーに 座《すわ》れば世界中《せかいじゅう》が夕焼《ゆうや》け

近・現代

穂村弘《ほむらひろし》（一九六二年生まれ）

意味 校庭の地ならしをした大きなローラーに座《すわ》ったら、夕焼《ゆうや》けに包《つつ》まれた。今、世界中が夕焼《ゆうや》けなんだろう。

解説 「夏時間」と題された歌の一つで、夏の夕焼《ゆうや》けの情景《じょうけい》をよんでいる。ローラーできれいにならした校庭で、世界中の「今」を想像《そうぞう》している。ローラーの上で一人の世界にいる、小学生ほどの子どもの感覚《かんかく》をもって、よまれた歌。

作者紹介 北海道生まれ。歌集『シンジケート』でデビュー。歌集のほか、エッセイ集や対談集、絵本の翻訳《ほんやく》など多くの著書《ちょしょ》がある。

金色《こんじき》の ちひ《(い)》さき鳥《とり》の かたちして
銀杏《いちょう》ちるなり 夕《ゆう》日《ひ》の岡《おか》に

近・現代

与謝野晶子《よさのあきこ》
（一八七八年～一九四二年）

意味 きらきらと金色にかがやく小さな鳥の形をして、イチョウの葉が舞《ま》い散《ち》っている。夕日がさしこむおかに。

解説 黄色く色づき、ひらひらと散《ち》るイチョウの葉を「金色《こんじき》の小さな鳥のかたち」とたとえた歌。秋の夕日がさすおかと舞《ま》い散《ち》るイチョウの葉、とても美しい風景《ふうけい》が感じられる。のちに、「夕日の岡《おか》に」を「岡《おか》の夕日に」と改《あらた》めている。

作者紹介 ⬇21ページ

さびしさに 宿《やど》を立《た》ちいでて ながむれば
いづ《(ず)》こも同《おな》じ 秋《あき》の夕《ゆふ(う)》ぐれ

百人一首 秋

良暹法師《りょうぜんほうし》
（?年～?年）

意味 さびしさにたえられなくなって、家を出て辺りを見わたしてみたけれど、どこもみな同じようにさびしいものだ。秋の夕暮《ゆうぐ》れは。

解説 「宿」は、作者が一人でくらす庵《いおり》（小屋）のこと。暗くなるのも早い秋の夕暮《ゆうぐ》れは、現代《げんだい》でもさびしさを感じやすいとき。家の中も外も、同じように静《しず》まりかえった秋の夕暮《ゆうぐ》れ。多くの僧侶《そうりょ》が修行《しゅぎょう》する比叡山延暦寺《ひえいざんえんりゃくじ》をはなれて、山の中にある庵《いおり》でよまれたことを考えると、さびしさがよく伝《つた》わってくる。

作者紹介 比叡山延暦寺《ひえいざんえんりゃくじ》の僧侶《そうりょ》で、年をとってからは大原《おおはら》で静《しず》かにくらしたとされる。くわしいことはよくわかっていない。

月がよまれた歌

夏《なつ》の夜《よ》は まだよひ（い）ながら 明《あ》けぬるを 雲《くも》のいづ（ず）こに 月《つき》やどるらむ（ん）

百人一首　夏

清原深養父《きよはらのふかやぶ》（?年～?年）

意味 夏の夜は短くて、まだ夜になったばかりだと思っていたらもう明けてしまった。すると、月は雲のどのあたりに宿をとっているのだろうか。

解説 月を見て夜をすごし、その明け方によんだとされる歌。夏の夜があまりに短いので、月が西の空まで動くひまがないのではないか、今、月は見えないけれど、雲のどのあたりにとどまっているのかというように、月を人間のようにたとえてよんでいる。

作者紹介 琴《こと》の演奏《えんそう》にもすぐれ、紀貫之《きのつらゆき》（⬇13ページ）とも親交があった。清少納言《せいしょうなごん》（⬇26ページ）の曽祖父《そうそふ》にあたる。

まめ知識　月のよび方

短歌には、月がよくよまれるよ。新《しん》月《げつ》、三日月《みかづき》、上弦《じょうげん》の月、十三夜月《じゅうさんやづき》、満《まん》月《げつ》（望月《もちづき》）など、月には見え方や見える時期によっていろいろなよび方がある。百人一首に出てくるのは「有明《ありあけ》の月（⬇11、38、39ページ）」と「夜半《よわ》の月（⬇26、39ページ）」。「有明《ありあけ》の月」は、夜明けの空にまだ残《のこ》っている月のことで「暁月夜《あかつきづくよ》」ともいう。「夜半《よわ》の月」は、夜《よ》半《わ》（夜中）に出ている月のことだよ。

※新月《しんげつ》は、太陽の光の影響《えいきょう》で地球からは見えなくなる。

三日月《みかづき》

上弦《じょうげん》の月

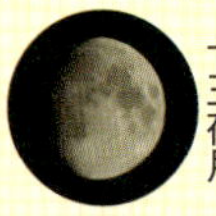
十三夜月《じゅうさんやづき》

満月《まんげつ》

東《ひむ（ん）がし》の 野《の》にかぎろひ（い）の 立《た》つ見《み》えて かへ（え）り見《み》すれば 月《つき》かたぶきぬ

万葉集

柿本人麻呂《かきのもとのひとまろ》（?年～?年）

意味 東の野に朝の光がさすのが見えて、ふり返って見ると月は西にかたむいている。

解説 当時、十歳《さい》だった軽皇子《かるのみこ》（のちの文武天皇《もんむてんのう》）のおともで狩《か》りに出かけたときによんだ歌。「かぎろひ（い）」は夜が明けるころ、東の空にさすほのかに赤い光のこと。広い野に朝がやってくるときの、のぼる太陽としずむ月、その自然《しぜん》の美しさを感じさせるとともに、やがて軽皇子《かるのみこ》の時代がやってくるということもあらわした歌とされる。

作者紹介 三十六歌仙《さんじゅうろっかせん》（⬇7ページ）の一人。『万葉集《まんようしゅう》』の代表的《だいひょうてき》な歌人。長歌にもすぐれ、歌聖《かせい》といわれ尊敬《そんけい》された。百人一首では、「あしひきの（⬇43ページ）」の歌が選《えら》ばれている。

提供：EditZ

病《や》める児《こ》は ハモニカを吹《ふ》き 夜《よ》に入《い》りぬ もろこし畑《ばた》の 黄《き》なる月《つき》の出《で》

近・現代

北原白秋《きたはらはくしゅう》
（一八八五年〜一九四二年）

意味 病気の子どもがハーモニカをふいているうちに、いつしか夜になった。近くのもろこし畑が黄色にそまりながら、今、月がのぼってくる。

解説 病気の子どもがふくハーモニカの、もの悲しい音色が聞こえる。いつしか日が暮《く》れて夜になり、もろこし畑には月がのぼっているという、童話の世界のような場面をよんだ歌。

作者紹介 本名は北原隆吉《きたはらりゅうきち》。福岡県《ふくおかけん》生まれ。詩や短歌だけでなく、「雨ふり」など今でも親しまれている数多くの童謡《どうよう》も残《のこ》している。

秋風《あきかぜ》に たなびく雲《くも》の たえ間《ま》より もれいづ《（ず）》る月《つき》の かげのさやけさ

百人一首

秋

左京大夫顕輔《さきょうのだいぶあきすけ》
（一〇九〇年〜一一五五年）

意味 秋風にたなびいている雲の切れ間から、こぼれてくる月の光の、何と明るくすみきっていることか。

解説 秋の夜空にうかぶ雲、その間からさしてくる月の光のすみきった美しさ、それを見たときの感動がそのままあらわされている歌。「たなびく」は横に長くのびること。「月のかげ」とは、月の光のこと。「さやけさ」は、すみわたっているという意味。

作者紹介 本名は藤原顕輔《ふじわらのあきすけ》。和歌をよむ作法などを伝《つた》える歌道の家の一つ、六条家《ろくじょうけ》の継承者《けいしょうしゃ》。藤原清輔《ふじわらのきよすけ》（➡41ページ）の父。

もろこしはイネの仲《なか》間《ま》。茎《くき》は三メートルほどまでのびる。タカキビともいうよ。

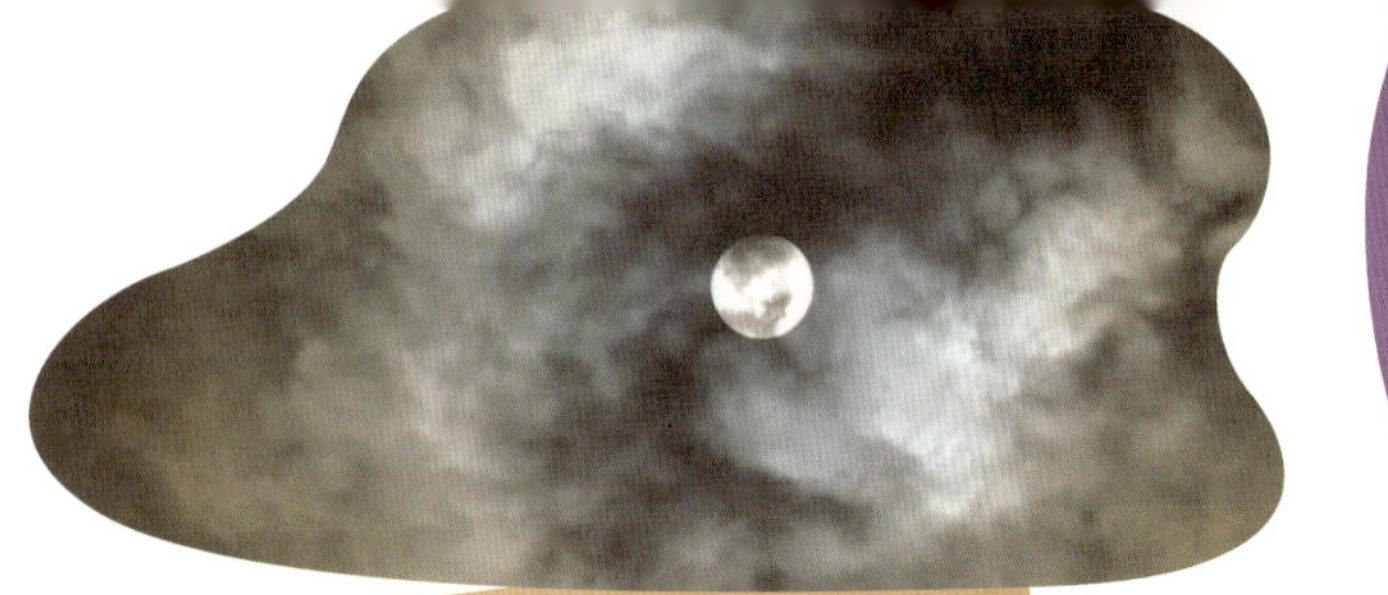

女流歌人がつくった歌

『紫式部図（画・土佐光起）』所蔵：石山寺

めぐりあひ《(い)》て 見《み》しやそれとも わかぬ間《ま》に 雲《くも》がくれにし 夜半《よは(わ)》の月《つき》かな

紫《むらさき》 式部《しきぶ》（九七〇年ごろ〜?年）

百人一首　雑

意味　せっかく久《ひさ》しぶりに会えたのに、見たのかどうかわからないくらい、あなたはあわただしく帰ってしまった。さっと雲にかくれてしまう夜中の月のように。

解説　久《ひさ》しぶりにたずねて来てくれたなつかしい友だちが、あわただしく帰ってしまったことを残念《ざんねん》がってよんだ歌。友だちを、すぐに雲にかくれてしまう月にたとえている。「夜半《よわ》」は、夜中のこと。

作者紹介　文学的《ぶんがくてき》な才能《さいのう》にすぐれ、一条天皇《いちじょうてんのう》の中宮《ちゅうぐう》（妻《つま》）・彰子《しょうし》に仕えた。『源氏物語《げんじものがたり》』の作者として有名。大弐三位《だいにのさんみ》（↓38ページ）の母。

夜《よ》をこめて 鳥《とり》のそら音《ね》は はかるとも よに逢坂《あふ(おう)さか》の 関《せき》はゆるさじ

清少納言《せいしょうなごん》（?年〜?年）

百人一首　雑

意味　夜がまだ明けないうちに、ニワトリの鳴きまねをしてだまそうとしても、逢坂《おうさか》の関《せき》はだまされず、私《わたし》があなたに逢《あ》うことも決してない。

解説　ある夜、作者をたずねてきて、まだ夜が明けないうちに帰ってしまった男性《だんせい》とのやりとりでよまれた歌。「ニワトリの声にせかされた」「また会いたい」と言ってよこす相手に、にげるためニワトリの鳴きまねをして函谷関《かんこくかん》を開かせたという中国《ちゅうごく》の昔の話にたとえて、うそをついてもだまされないと伝《つた》えたもの。

作者紹介　漢詩文などの才能《さいのう》にあふれ、一条天皇《いちじょうてんのう》の中宮《ちゅうぐう》（妻《つま》）・定子《ていし》に仕えた。『枕草子《まくらのそうし》』の作者として有名。清原元輔《きよはらのもとすけ》（↓33ページ）の娘《むすめ》。

『清少納言（画・上村松園）』
所蔵：公益財団法人 北野美術館

まめ知識　女流歌人がつくった文学作品『源氏物語《げんじものがたり》』と『枕草子《まくらのそうし》』

平安時代を代表する女流歌人、紫《むらさき》 式部《しきぶ》と清少納言《せいしょうなごん》。紫《むらさき》 式部《しきぶ》は『源氏物語《げんじものがたり》』、清少納言《せいしょうなごん》は『枕草子《まくらのそうし》』を書き、才能《さいのう》にあふれた二人はライバルのような関係《かんけい》だったともいわれているよ。『源《げん》氏物語《じものがたり》』は美男子の主人公、光源氏《ひかるげんじ》のはなやかな恋愛《れんあい》や生活をえがいた長編小説《ちょうへんしょうせつ》、『枕草子《まくらのそうし》』は自然《しぜん》や日々《ひび》のできごとなどについて見聞きしたこと、感じたことを記した随筆《ずいひつ》。どちらも平安女流文学の傑作《けっさく》で、今でも読みつがれているよ。

『佐竹本三十六歌仙絵巻』
所蔵：秋田県立図書館

花《はな》の色《いろ》は 移《うつ》りにけりな いたづ（ず）らに わが身《み》世《よ》にふる ながめせし間《ま》に

小野小町《おののこまち》（?年～?年）

百人一首 春

意味 桜《さくら》の花の色は、むなしくあせてしまった。長雨《ながあめ》がふり続《つづ》くのをぼんやりとながめながら、物思いにふけっている間に。

解説 色あせた桜《さくら》の花に、自分の美しさのおとろえを重ねてよんだ歌。また、桜《さくら》の花が散《ち》るはかなさをうたった歌とも、いわれている。「ふる」は「（雨が）ふる」と「経《ふ》る（年月が経《た》つこと）」、「ながめ」は「長雨《ながあめ》」と「ながめ」の掛詞《かけことば》になっている。

作者紹介 六歌仙《ろっかせん》、三十六歌仙《さんじゅうろっかせん》⇩ともに7ページの一人。たいへんな美人と伝《つた》えられ、多くの伝《でん》説《せつ》が残《のこ》っているが、たしかなことはわからない。

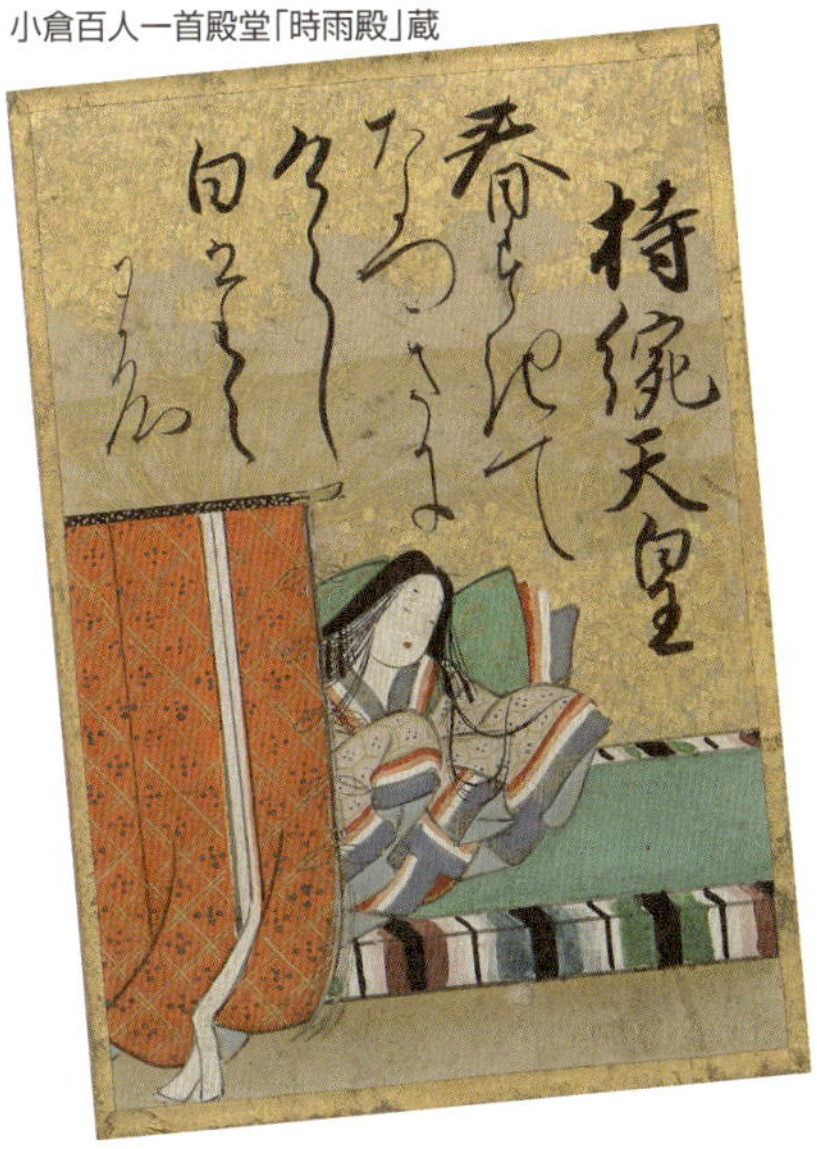

百人一首かるた（江戸時代）
小倉百人一首殿堂「時雨殿」蔵

春《はる》過《す》ぎて 夏《なつ》来《き》にけらし 白《しろ》たへ（え）の 衣《ころも》ほすてふ（ちょう） 天《あま》の香具山《かぐやま》

持統天皇《じとうてんのう》（六四五年～七〇二年）

百人一首 夏

意味 春がすぎて、夏がやって来たらしい。夏になるとまっ白な衣《ころも》を干《ほ》すというのだから、天《あま》の香具山《かぐやま》に。

解説 夏にはまっ白な衣《ころも》が干《ほ》されるという香具山《かぐやま》に、白い衣《ころも》が干《ほ》されているのを見て、夏を感じてよんだ歌。「天《あま》の香具山《かぐやま》」は今の奈良県《ならけん》にある低《ひく》い山。持統天皇《じとうてんのう》の時代にできた藤原京《ふじわらきょう》の東にある。

作者紹介 天智天皇《てんじてんのう》⇩36ページの皇女《おうじょ》で、天武天皇《てんむてんのう》の皇后《こうごう》。夫《おっと》の政治《せいじ》を助け、夫《おっと》の死後はその政治《せいじ》を引きつぎ、藤原京《ふじわらきょう》をつくるなどした。

まめ知識 中国《ちゅうごく》に伝《つた》わる「函谷関《かんこくかん》の鶏鳴《けいめい》」

清少納言《せいしょうなごん》が歌によんだ函谷関《かんこくかん》の話は、中国に伝《つた》わる「函谷関《かんこくかん》の鶏鳴《けいめい》」という話。ほかの国につかまり、函谷関《かんこくかん》までにげてきた孟嘗君《もうしょうくん》という政治家《せいじか》が、朝にニワトリが鳴かないと開かない関《せき》所《しょ》の門を、ニワトリの鳴きまねがうまい者のおかげで夜中に開《あ》けさせることができ、無事《ぶじ》に通《つう》過《か》したという話だよ。

家族・人を想う歌

「この味《あじ》がいいね」と君《きみ》が言《い》ったから七月六日《しちがつむいか》はサラダ記念日《きねんび》

近・現代

俵万智《たわらまち》
（一九六二年生まれ）

意味 私《わたし》のつくったこのサラダの味がいい、と君が言ってくれたから、七月六日の今日を私《わたし》の中でサラダの記念《きねん》日《び》としよう。

解説 何気ない日に、何気ない料理《りょうり》であるサラダの記念《きねん》日《び》を創設《そうせつ》するところが楽しい歌。七月六日は七夕《たなばた》の前日なので、「君」は恋人《こいびと》のことだろう。

作者紹介 大阪府《おおさかふ》生まれ。高校で国語の先生をつとめた。歌集『サラダ記念日《きねんび》』で、歌人として有名になる。日常《にちじょう》の会話を歌に入れたものに「「寒いね」と話しかければ「寒いね」と答える人のいるあたたかさ」などもある。

たは《（わ）》むれに母《はは》を背負《せお》ひ《（い）》て そのあまり軽《かろ》きに泣《な》きて 三歩《さんぼ》あゆまず

近・現代

石川啄木《いしかわたくぼく》
（一八八六年〜一九一二年）

意味 ふざけて母をおぶってみたら、あまりにも母のからだが軽かったので、思わず泣《な》けてしまい、三歩も歩くことができなかった。

解説 苦労《くろう》をしてきたためにとても軽くなってしまった母。その母に苦労《くろう》をかけるばかりで、何も親孝行《おやこうこう》ができない自分が情《なさ》けないという、切ない気持ちをよんだ歌。じっさいに母をおぶってよんだ歌ではないとされる。

作者紹介 ➡14ページ

霞立《かすみた》つ ながき春日《はるび》に こどもらと 手毬《てまり》つきつつ この日《ひ》暮《く》らしつ

江戸 春

良寛《りょうかん》（一七五八年〜一八三一年）

意味 かすみがたなびく長い春の一日を、子どもたちと手まりをつきながら、今日をくらしてしまったなあ。

解説 山にくらしている作者が、春に里をおりてみると、子どもたちが手まりをしていたので、自分も仲間《なかま》に加《くわ》わってしまったことをうたっている。「霞立《かすみた》つ」、「手毬《てまり》つきつつ」、「この日暮《ひく》らしつ」と、句《く》の終わりに「つ」が置《お》かれ、リズムが心地よい。この歌は、良寛《りょうかん》自筆の歌集『布留散東《ふるさと》』におさめられている。良寛《りょうかん》の弟子・貞心尼《ていしんに》がまとめた『蓮《はちす》の露《つゆ》』では、「春日に」が「春日を」になっている。

作者紹介 越後国《えちごのくに》(今の新潟県《にいがたけん》)生まれ。江戸《えど》時代の僧侶《そうりょ》。漢詩や和歌などを数多く残《のこ》した。出家前の名前は山本栄蔵《やまもとえいぞう》。

良寛《りょうかん》が大切にしていた手まり。いつも手まりを持ち歩いていたといわれているよ。

所蔵：燕市分水良寛資料館
提供：燕市教育委員会

たのしみは まれに魚《うを(お)》烹《に》て 児《こ》ら皆《みな》が うましうましと 言《い(い)》ひて食《く(う)》ふ時《とき》

江戸 雑

橘《たちばな》 曙覧《あけみ》（一八一二年〜一八六八年）

意味 楽しみは、たまに魚を煮《に》て、それを子どもたちみんながおいしい、おいしいと言って食べるときだ。

解説 魚を煮《に》ることもたまにしかできないが、それを喜《よろこ》んで食べる子どものすがたを楽しみにしている。貧《まず》しい生活でも、明るさを失《うしな》わない気持ちが感じられる。「独楽吟《どくらくぎん》」という五十二首の連作《れんさく》の中の一首。

作者紹介 越前国《えちぜんのくに》(今の福井県《ふくいけん》)生まれ。江戸《えど》時代の歌人、国学者。身近なわかりやすい言葉で、日常《にちじょう》生活のようすを歌によんだ。

> **まめ知識**
>
> **日常《にちじょう》生活の中にある楽しみをよんだ「独楽吟《どくらくぎん》」**
>
> 橘《たちばな》 曙覧《あけみ》がよんだ「独楽吟《どくらくぎん》」は、すべての歌が「たのしみは」で始まり、「とき」で終わっている。日々《ひび》の生活にある、小さな楽しみをよんでいるよ。ほかに、「たのしみは 朝《あさ》おきいでて 昨日《きのう》まで 無《な》かりし花《はな》の 咲《さ》ける 見《み》る時《とき》」などがある。

海がよまれた歌

世《よ》の中《なか》は　常《つね》にもがもな　なぎさこぐ
あまのを《(お)》ぶねの　綱手《つなで》かなしも　旅

鎌倉右大臣《かまくらのうだいじん》
（一一九二年～一二一九年）

意味　世の中はずっと変《か》わらずにいてほしい。今、なぎさをこいでいく漁師《りょうし》の小舟《こぶね》が綱手《つなで》で引かれているようすを見ていると、しみじみとして心が動かされる。

解説　「あま」は漁師《りょうし》、「綱手《つなで》」は船の先にくくりつけて船を引く綱《つな》。争《あらそ》いがたえなかった時代に、おだやかな日常《にちじょう》が永遠《えいえん》に続《つづ》いてほしいと強く願《ねが》った歌。

作者紹介　本名は源実朝《みなもとのさねとも》。藤原定家《ふじわらのていか》（↓22ページ）に和歌の教えを受けた。父は鎌倉幕府《かまくらばくふ》を開いた源頼朝《みなもとのよりとも》で、実朝《さねとも》は鎌倉幕府《かまくらばくふ》第《だい》三代将軍《だいしょうぐん》。

由《ゆ》良《ら》の門《と》を　わたる舟人《ふなびと》　かぢ《(じ)》をたえ
ゆくへ《(え)》も知《し》らぬ　恋《こひ(い)》の道《みち》かな　恋

曾禰好忠《そねのよしただ》
（?年～?年）

意味　由良《ゆら》の海《かい》きょうをわたる船人が、船をこぐためのかじをなくしてただようように、どうなるのかわからない私《わたし》の恋《こい》の道だ。

解説　「門《と》」は、潮《しお》の流れが速い海《かい》きょうや瀬戸《せと》のこと。「かぢ《じ》」は櫓《ろ》や櫂《かい》のこと。先が見えない恋《こい》の不安《ふあん》を、とほうにくれて海をただよう船人の気持ちにたとえている。「かぢ《じ》をたえ」を、かじをつなぐ緒《お》（ひも）が切れて船がこげなくなってしまったと解釈《かいしゃく》することもできる。

作者紹介　丹後国《たんごのくに》（今の京都府《きょうとふ》）の下級役人で、変《か》わり者とされた。自由で新しい歌をよみ、その才能《さいのう》は後世でみとめられた。

わがそでは　潮干《しほ(お)ひ》に見《み》えぬ　沖《おき》の石《いし》の
人《ひと》こそ知《し》らね　乾《かわ》く間《ま》もなし　恋

二条院讃岐《にじょういんのさぬき》
（?年～一二一七年ごろ）

意味　私《わたし》のそでは、海の潮《しお》が引いたときにも見えない沖《おき》の石のようだ。人には知られていないけれど、いつもなみだでぬれていて、かわくひまもない。

解説　悲しい恋《こい》で流れるなみだをぬぐうため、いつもぬれているそでを、海の中でいつもぬれている沖《おき》の石にたとえた歌。

作者紹介　二条天皇《にじょうてんのう》に仕えたのち、後鳥羽天皇《ごとばてんのう》（↓40ページ）の中宮《ちゅうぐう》（妻《つま》）・任子《にんし》に仕えた女性《じょせい》。多くの歌合《うたあわせ》（↓7ページ）によばれ、出家してからも活やくした。

来《こ》ぬ人《ひと》を　まつほの浦《うら》の　夕《ゆふ(う)》なぎに
焼《や》くやもしほ《(お)》の　身《み》もこがれつつ　恋

権中納言定家《ごんちゅうなごんていか》
（一一六二年～一二四一年）

意味　いつまで待っても来ない人を待ちながら、まつほの浦《うら》で夕なぎのときに焼《や》く藻塩《もしお》のように、私《わたし》の身も恋《こい》にこがれている。

解説　「もしほ《お》（藻塩《もしお》）」は海藻《かいそう》を焼《や》いてつくる塩《しお》のこと。来ない人を「まつ（待つ）」と「まつほ（松帆《まつほ》）の浦《うら》」が掛詞《かけことば》。夕なぎとは、風や波がやんだ静《しず》かな夕方のこと。

作者紹介　本名は藤原定家《ふじわらのていか》（↓22ページ）。

藻塩《もしお》に使われていたとされるホンダワラ。
提供：京都府農林水産技術センター海洋センター

風《かぜ》をいたみ 岩《いは(わ)》うつ波《なみ》の おのれのみ くだけてものを 思《おも》ふ《(う)》ころかな 恋

源重之《みなもとのしげゆき》（?年～一〇〇三年ごろ）

意味 風が激《はげ》しいため、岩に打ちつける波がくだけ散《ち》るように、私《わたし》だけが心もくだけ散《ち》るほど思いなやんでいるのだなあ。

解説 実らない恋《こい》をあらわした歌。くだけ散《ち》る波を自分に、波が何度あたっても動くことのない岩を好《す》きな女性《じょせい》にたとえている。

作者紹介 三十六歌仙《さんじゅうろっかせん》（↓7ページ）の一人。旅の歌を多くよんだ。今残《のこ》っているもっとも古い「百首歌《ひゃくしゅうた》（百首の和歌をまとめたもの）」の作者。

音《おと》に聞《き》く 高師《たかし》の浜《はま》の あだ波《なみ》は かけじやそでの ぬれもこそすれ 恋

祐子内親王家紀伊《ゆうしないしんのうけのきい》（?年～?年）

意味 うわき者とうわさの高いあなたの言葉など、心にかけないようにしよう。あとで、なみだでそでをぬらすことになってはいけないから。

解説 歌合《うたあわせ》で男の人からのさそいの歌に返した歌。そでがぬれてはこまるから波にかからないようにしよう、とよみながらさそいをことわっている。「高師《たかし》の浜《はま》」は歌枕《うたまくら》で、今の大阪《おおさか》府堺市《ふさかいし》から高石市《たかいしし》辺りの海岸。

作者紹介 祐子内親王《ゆうしないしんのう》（御朱雀天皇《ごすざくてんのう》の皇女《おうじょ》）に長く仕えた女性《じょせい》。一宮紀伊《いちのみやきい》ともよばれる。多くの歌合《うたあわせ》で歌をよんだ。

『六十余州名所図会《ろくじゅうよしゅうめいしょずえ》 和泉《いずみ》 高師《たかし》のはま（画・歌川広重《うたがわひろしげ》）』
高師《たかし》の浜《はま》は、白い砂浜《すなはま》と松《まつ》が美しい海岸だったといわれている。

難《な》波江《には(わ)え》の あしのかりねの 一《ひと》よゆゑ《(え)》 みをつくしてや 恋《こ》ひ《(い)》わたるべき 恋

皇嘉門院別当《こうかもんいんのべっとう》（?年～?年）

意味 難波《なにわ》の入《い》り江《え》の、アシの刈《か》り根《ね》の一節《ひとふし》のように短いたった一夜のことで、これから澪標《みおつくし》のように身をつくして恋《こい》し続《つづ》けるのでしょうか。

解説 一夜会っただけの旅人を思う切ない歌。「かりねの一《ひと》よ」は「刈《か》り根《ね》の一節《ひとよ》」と「仮寝《かりね》の一夜《ひとよ》」、「みをつくし」は「澪標《みおつくし》（↓16ページ）」と「身をつくし」の掛詞《かけことば》。

作者紹介 崇徳天皇《すとくてんのう》（↓17ページ）の皇后《こうごう》（妻《つま》）・聖子《せいし》（皇嘉門院《こうかもんいん》）に仕えた女性《じょせい》。のちに出家したとされる。

アシは水辺に生えるイネの仲間《なかま》。

わたの原《はら》 こぎいでて見《み》れば ひさかたの 雲居《くもゐ(い)》にまがふ《(ごう)》 おきつ白波《しらなみ》 雑

法性寺入道前関白太政大臣《ほっしょうじにゅうどうさきのかんぱくだいじょうだいじん》（一〇九七年～一一六四年）

意味 大海原《おおうなばら》に船でこぎ出して、ずっと遠くを見わたしてみると、はるかかなたでは雲と見まちがうような沖《おき》の白波《しらなみ》が立っている。

解説 青い空と海、白い雲と波で、広い海の美しく雄大《ゆうだい》な景色《けしき》が思いうかぶ歌。「海上遠望《かいじょうのえんぼう》」という題で、崇徳天皇《すとくてんのう》（↓17ページ）の前でよんだもの。

作者紹介 本名は藤原忠通《ふじわらのただみち》。法性寺《ほっしょうじ》で出家し、法性寺殿《ほっしょうじどの》ともよばれた。書道の才《さい》能《のう》もあり、法性寺流《ほっしょうじりゅう》を開いた。前大僧正慈円《さきのだいそうじょうじえん》（↓35ページ）の父。

そのほかの百人一首 樹《じゅ》木《もく》がよまれた歌

も　ろともに　あは《(わ)》れと思《おも》へ《(え)》　山桜《やまざくら》　花《はな》よりほかに　知《し》る人《ひと》もなし　雑

前大僧正行尊《さきのだいそうじょうぎょうそん》（一〇五五年〜一一三五年）

意味 私《わたし》がお前をしみじみとなつかしむように、私《わたし》のことを思ってくれ、山桜《やまざくら》よ。花のお前のほかに、私《わたし》の心をわかってくれる者はいないのだから。

解説 奈良県《ならけん》にある大峰山《おおみねさん》でのきびしい修行《しゅぎょう》中、山桜《やまざくら》を見てよんだ歌。山奥《やまおく》では、人知れず咲《さ》いている花くらいしか心を通わせるものがないと、桜《さくら》によびかけている。

作者紹介 若《わか》くして出家し、各地《かくち》できびしい修行《しゅぎょう》をした僧侶《そうりょ》。病気や災《わざわ》いをはらう加持祈禱《かじきとう》の力で名高かった。名前に「前《さきの》」をつけずに表記することもある。

高《たか》砂《さご》の　尾《を(お)》の　へ《(え)》の桜《さくら》　咲《さ》きにけり　とやまのかすみ　立《た》たずもあらなむ《(ん)》　春

権中納言匡房《ごんちゅうなごんまさふさ》（一〇四一年〜一一一一年）

意味 遠くに見える高い山の峰《みね》に桜《さくら》が咲《さ》いたよ。里に近い山のかすみよ、あの花が見えなくなってしまうから、どうか立たずにいてほしい。

解説 かすみを人にたとえてよびかけ、桜《さくら》の美しさをうたっている。「高砂《たかさご》」は高い山、「とやま(外山《とやま》)」は人里に近い山のこと。遠くに見える桜《さくら》と近くのかすみで、景色《けしき》を対比《たいひ》させている。

作者紹介 本名は大江匡房《おおえのまさふさ》。おさないころからさまざまな才能《さいのう》を発揮《はっき》し、異例《いれい》の早さで高い地位《ちい》までのぼった。赤染衛門《あかぞめえもん》（↓39ページ）のひ孫《まご》。

い　にしへ《(え)》の　奈良《なら》の都《みやこ》の　八重《やへ(え)》ざくら　けふ《(きょう)》九重《ここのへ(え)》に　にほ《(お)》ひ《(い)》ぬるかな　春

伊勢大輔《いせのたいふ》（?年〜?年）

意味 昔、奈良《なら》の都で咲《さ》いていた桜《さくら》が、今日はこの京都《きょうと》にある宮中《きゅうちゅう》で、より美しく咲《さ》きほこっていることよ。

解説 宮中《きゅうちゅう》におくられてきた奈良《なら》の八重《やえ》桜《ざくら》を受け取るときによんだ歌。「九重《ここのえ》」は宮中《きゅうちゅう》をあらわす言葉で、「にほひ《おい》」は美しく咲《さ》くという意味。

作者紹介 一条天皇《いちじょうてんのう》の中宮《ちゅうぐう》(妻《つま》)・彰子《しょうし》に仕えた女性《じょせい》。和泉式部《いずみしきぶ》（↓44ページ）や紫式部《むらさきしきぶ》（↓26ページ）とも親しくしていた。大中臣《おおなかとみの》能宣《よしのぶ》（↓43ページ）の孫《まご》。

花《はな》さそふ《(う)》　あらしの庭《には(わ)》の　雪《ゆき》ならで　ふりゆくものは　わが身《み》なりけり　雑

入道前太政大臣《にゅうどうさきのだいじょうだいじん》（一一七一年〜一二四四年）

意味 桜《さくら》の花をさそって散《ち》らす強風がふく庭に、雪のようにふっているのは花びらではなくて、年をとってふりゆく私《わたし》の身なのだ。

解説 桜《さくら》の花が散《ち》る庭の美しさと、年老《としお》いたさびしさを感じさせる歌。「ふりゆく」は、花が散《ち》る「降《ふ》りゆく」と、年をとる「古《ふ》りゆく」の掛詞《かけことば》。

作者紹介 本名は藤原公経《ふじわらのきんつね》。西園寺公経《さいおんじきんつね》ともよばれる。鎌倉幕府《かまくらばくふ》と深い関係《かんけい》をもち、大きな権力《けんりょく》をにぎった。

立《た》ち別《わか》れ いなばの山《やま》の みねにおふ《(う)》る まつとし聞《き》かば 今帰《いまかへ(え)》り来《こ》む《(ん)》（別れ）

中納言行平《ちゅうなごんゆきひら》（八一八年～八九三年）

意味 あなたと別《わか》れて因幡《いなば》の国に行くけれど、その因幡《いなば》の山の峰《みね》に生えている松《まつ》のように、私《わたし》の帰りを待つと聞いたら、すぐにでも帰るだろう。

解説 新しい勤《つと》め先である因幡《いなば》の国（今の鳥取県《とっとりけん》）へ旅立つとき、見送る人たちによんだ歌。「いなば」は「因幡《いなば》」と「往《い》なば（行ったなら）」、「まつ」は「松《まつ》」と「待つ」の掛詞《かけことば》。

作者紹介 本名は在原行平《ありわらのゆきひら》。在原業平《ありわらのなりひら》（17ページ）の兄。最古《さいこ》の歌合《うたあわせ》（7ページ）といわれる「在民部卿家歌合《ざいみんぶきょうけうたあわせ》」（八八四～八八七年）を開いた。

山川《やまがは(わ)》に 風《かぜ》のかけたる しがらみは 流《なが》れもあへ《(え)》ぬ もみぢ《(じ)》なりけり（秋）

春道列樹《はるみちのつらき》（?年～九二〇年）

意味 山の中を流れる川に、風がかけたしがらみは、流れようとして流れきれずに川《かわ》面《も》にたまっているもみじだったのだな。

解説 「しがらみ」は、川の中に打ったくいに竹などを横にして結《むす》びつけ、流れをせき止めるもの。風で川に落ちたもみじをしがらみにたとえた歌。

作者紹介 『古今和歌集《こきんわかしゅう》』などに歌が数首残《のこ》っているが、くわしいことはあまり知られていない。

たれをかも 知《し》る人《ひと》にせむ《(ん)》 高砂《たかさご》の 松《まつ》も昔《むかし》の 友《とも》ならなくに（雑）

藤原興風《ふじわらのおきかぜ》（?年～?年）

意味 いったいだれを親しい友人としたらいいのか。私《わたし》と同じように長寿《ちょうじゅ》の高《たか》砂《さご》の松《まつ》だって、昔からの友人ではないのに。

解説 年をとり、親しい人たちがみないなくなってしまったという、さびしい気持ちをよんだ歌。「高砂《たかさご》」は松《まつ》の名所で、今の兵庫県高砂市《ひょうごけんたかさごし》の辺り。

作者紹介 三十六歌仙《さんじゅうろっかせん》（7ページ）の一人。『古今和歌集《こきんわかしゅう》』を代表する有名な歌人で、琴《こと》の演奏《えんそう》にもすぐれていた。

ちぎりきな かたみにそでを しぼりつつ 末《すゑ(え)》の松山《まつやま》 波《なみ》こさじとは（恋）

清原元輔《きよはらのもとすけ》（九〇八年～九九〇年）

意味 かたくちかい合いましたね。おたがいになみだでぬれたそでを何度もしぼりながら、末《すえ》の松山《まつやま》を決して波《なみ》が越《こ》さないように、二人の心も変《か》わらないと。

解説 かたく約束《やくそく》したのに、女性《じょせい》が心変《こころが》わりしたことをうらめしく思っている歌。失恋《しつれん》した男性《だんせい》に代わって、元輔《もとすけ》がよんだ。「かたみに」はおたがいにという意味。

作者紹介 三十六歌仙《さんじゅうろっかせん》の一人。『万葉集《まんようしゅう》』に初《はじ》めて訓点《くんてん》（漢字だけの文を読むためにつける文字や記号などのこと）をつけ、『後撰和歌集《ごせんわかしゅう》』を撰集《せんしゅう》した「梨壺《なしつぼ》の五人」の一人。清少納言《せいしょうなごん》（26ページ）の父。

そのほかの百人一首 山がよまれた歌

み吉野《よしの》の 山《やま》の秋風《あきかぜ》 さよふけて ふるさと寒《さむ》く 衣《ころも》うつなり 秋

参議雅経《さんぎまさつね》（一一七〇年～一二二一年）

意味 吉野山《よしのやま》の秋風は夜がふけるとともにより寒くふき、昔は天《てん》皇《のう》の離宮《りきゅう》があったこの古い里は寒ざむとして、衣《ころも》を打つ砧《きぬた》の音が聞こえてくる。

解説 「衣《ころも》うつ」は、衣《ころも》を砧《きぬた》（石や木の台）に置《お》いて木の棒《ぼう》でたたき、やわらかくしたり、つやを出すこと。秋風がふく寒い夜に、その音がひびいてくるわびしさを感じさせる歌。

作者紹介 本名は藤原雅経《ふじわらのまさつね》。藤原俊成《ふじわらのとしなり》（↓40ページ）に和歌を学んだ。けまり（シカの革《かわ》でつくったまりを、地面につかないように高くけり上げる遊び）の才能《さいのう》もあり、飛鳥井流《あすかいりゅう》を開いた。『新古今和歌《しんこきんわか》集《しゅう》』の撰者《せんじゃ》の一人。

小《を(お)》倉山《ぐらやま》 みねのもみぢ《(じ)》葉《ば》 心《こころ》あらば 今《いま》ひとたびの みゆき待《ま》たなむ《(ん)》 秋

貞信公《ていしんこう》（八八〇年～九四九年）

意味 小倉山《おぐらやま》の峰《みね》のもみじよ。もしも、心があるのならば、もう一度天皇《てんのう》のみゆきがあるまで、散《ち》らずに待っていてほしい。

解説 「みゆき」は、天皇《てんのう》や上皇《じょうこう》（天皇《てんのう》の位《くらい》をゆずったあとのよび名）の外出のこと。天皇《てんのう》が行くまで散《ち》らないでと、もみじによびかけている。

作者紹介 本名は藤原忠平《ふじわらのただひら》。藤原《ふじわら》氏《し》が栄《さか》える基礎《きそ》を築《きず》き、長く政権《せいけん》の座《ざ》についた。菅原道真《すがわらのみちざね》（↓35ページ）を大宰府《だざいふ》に左遷《させん》した藤原時平《ふじわらのときひら》の弟。

筑《つく》波嶺《ばね》の みねより落《お》つる みなの川《がは(わ)》 恋《こひ(い)》ぞつもりて ふちとなりぬる 恋

陽成院《ようぜいいん》（八六八年～九四九年）

意味 筑波山《つくばさん》の峰《みね》から流れ落ちるみなの川《がわ》の水が、だんだん積《つ》もってふちとなるように、あなたへの恋心《こいごころ》も積《つ》もってふちのように深くなってしまった。

解説 山頂《さんちょう》から細く流れ出す川が、やがて強く激《はげ》しく流れ、深いふちとなることに、つのる恋心《こいごころ》をたとえた歌。「筑波嶺《つくばね》」は茨城県《いばらきけん》にある筑波山《つくばさん》のこと。

作者紹介 陽成天皇《ようぜいてんのう》。九歳《さい》で天皇《てんのう》になるが、病のため十七歳《さい》のときに藤原《ふじわら》氏によって退位《たいい》させられた。元良親王《もとよししんのう》（↓16ページ）の父。

うかりける 人《ひと》を初瀬《はつせ》の 山《やま》おろしよ はげしかれとは 祈《いの》らぬものを 恋

源俊頼朝臣《みなもとのとしよりあそん》（一〇五五年～一一二九年）

意味 つれないあの人が私《わたし》を思ってくれるように、初瀬《はつせ》の観音様《かんのんさま》に祈《いの》ったのに。初瀬《はつせ》の山おろしよ、ますます激《はげ》しくつれなくなれとは祈《いの》っていないのに。

解説 「初瀬《はつせ》」は奈良県《ならけん》にある十一面観音《じゅういちめんかんのん》で有名な長《は》谷寺《せでら》のこと。「山おろし」は山からふいてくる冷《つめ》たい風。その風に向かって、祈《いの》りと現実《げんじつ》のちがいをなげいている。

作者紹介 多くの歌合《うたあわせ》（↓7ページ）で判者《はんじゃ》（歌を判定《はんてい》する人）をつとめ、『金葉和歌集《きんようわかしゅう》』を撰定《せんてい》した。俊恵法《しゅんえほう》師《し》（↓43ページ）の父。

奈良県《ならけん》にある長谷寺《はせでら》の本堂《ほんどう》。

このたびは ぬさもとりあへ《（え）》ず 手向山《たむけやま》
もみぢ《（じ）》のにしき 神《かみ》のまにまに 旅

菅家《かんけ》（八四五年～九〇三年）

意味 今回の旅ではぬさの用意もできなかった。かわりに手向山《たむけやま》の錦《にしき》のようなもみじを手向《たむ》けるので、神様、どうぞお心のままにお受け取りください。

解説 旅のとちゅう、もみじの見事な美しさを見て感動し、よまれた歌。「ぬさ」は色とりどりの布《ぬの》や紙を切ったもので、神様へのささげもの。旅の安全を祈《いの》るときにも神様にささげた。「たび」は「旅」と「度《たび》」の掛詞《かけことば》。

作者紹介 本名は菅原道真《すがわらのみちざね》。学者の家に生まれ、学問や書道などにとてもすぐれていた。高い位《くらい》まで出世するも、九州の大宰府《だざいふ》（役所）に左遷《させん》される。

今では、棒《ぼう》に紙《かみ》や布《ぬの》を

山里《やまざと》は 冬《ふゆ》ぞさびしさ まさりける
人《ひと》めも草《くさ》も かれぬと思《おも》へ《（え）》ば 冬

源宗于朝臣《みなもとのむねゆきあそん》（?年～九三九年）

意味 山里は、冬になるとさびしさがいちだんと強く感じられるものだ。めったに人も訪《おとず》れなくなり、草も枯《か》れてしまうと思うと。

解説 山里の冬のさびしさをしみじみとよんだ歌。「かれ」は、人が来なくなることを意味する「離《か》れ」と、草がかれる「枯《か》れ」の掛詞《かけことば》。

作者紹介 三十六歌仙《さんじゅうろっかせん》（⬇7ページ）の一人。光孝天皇《こうこうてんのう》（⬇12ページ）の孫《まご》だったが、源《みなもと》の姓《せい》をあたえられて皇族《こうぞく》から外《はず》れ、出世にめぐまれなかった。

名《な》にしおはば《（わ）》 逢坂山《あふ（おう）さかやま》の さねかづら《（ず）》
人《ひと》に知《し》られで くるよしもがな 恋

三条右大臣《さんじょうのうだいじん》（八七三年～九三二年）

意味 逢坂山《おうさかやま》のさねかずらが、逢《あ》ってねるという意味をその名前にもつならば、そのつるをたぐりよせるように、だれにも知られずあなたに逢《あ》いに行ける方法《ほうほう》があればいいのに。

解説 女性《じょせい》におくった恋《こい》の歌。「逢坂山《おうさかやま》」と「逢《あ》う」、「さねかづら《ず》」と「さ寝《ね》（ともにねること）」、「繰《く》る（つるをたぐること）」と「来る」が掛詞《かけことば》となっている。

作者紹介 本名は藤原定方《ふじわらのさだかた》。京都府《きょうとふ》の三条《さんじょう》に邸宅《ていたく》があったため、三条右大臣《さんじょうのうだいじん》とよばれた。楽器《がっき》の演奏《えんそう》にもすぐれていた。

おほ《（お）》けなく うき世《よ》の民《たみ》に おほ《（お）》ふ《（う）》かな
わが立《た》つそまに すみ染《ぞ》めのそで 雑

前大僧正慈円《さきのだいそうじょうじえん》（一一五五年～一二二五年）

意味 身のほどもわきまえないことだけれど、このつらい世の中を生きる人たちをおおってあげたい。比叡山《ひえいざん》に住み始めた私《わたし》のこのすみ染《ぞ》めのそでで。

解説 仏教《ぶっきょう》の力で世の人を救《すく》いたいと願《ねが》っている歌。「わが立つそま」は天台宗《てんだいしゅう》の総本山《そうほんざん》、比叡山延暦寺《ひえいざんえんりゃくじ》のことをさす。「すみ染《ぞ》め」は僧《そう》が着る衣《ころも》のことで、「住み初《ぞ》め」と掛詞《かけことば》になっている。

作者紹介 政治的《せいじてき》に権力《けんりょく》のある家に生まれ、若《わか》くして出家した。歴史書《れきししょ》『愚管抄《ぐかんしょう》』の作者。藤原忠通《ふじわらのただみち》（⬇31ページ）の息子。

◀比叡山《ひえいざん》延暦寺《えんりゃくじ》。

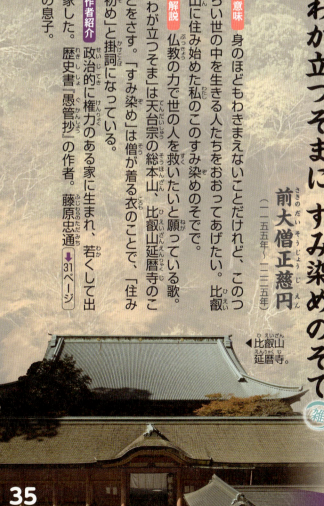

そのほかの百人一首

草がよまれた歌

夕《ゆふ(う)》されば 門田《かどた》の稲葉《いなば》 おとづ《(ず)》れて あしのまろやに 秋風《あきかぜ》ぞふく

秋

大納言経信《だいなごんつねのぶ》（一〇一六年～一〇九七年）

意味 夕方になると、家の前にある田んぼの稲葉《いなば》にそよそよと音を立て、あしぶきのこの小屋を秋風がふきわたっていく。

解説 「田家秋風《でんかのあきかぜ》」を題材《だいざい》によまれた歌。「門田《かどた》」は家の門のすぐ前に広がる田んぼ、「あしのまろや」はあしぶきのそまつな小屋のこと。

作者紹介 本名は源経信《みなもとのつねのぶ》。漢詩、和歌、楽器《がっき》の演奏《えんそう》にすぐれ、藤原公任《ふじわらのきんとう》41ページとならび「三《さん》船《せん》の才」とよばれた。源俊頼《みなもとのとしより》34ページの父。

ちぎりおきし させもがつゆを 命《いのち》にて あは《(わ)》れことしの 秋《あき》もいぬめり

雑

藤原基俊《ふじわらのもととし》（一〇六〇年～一一四二年）

意味 約束《やくそく》してくれた、させも草のつゆのようなめぐみの言葉を、命のようにたよりにしてきたのに、今年の秋もむなしくすぎていくようだ。

解説 自分の息子を名誉《めいよ》ある役に選《えら》んでほしいと藤原忠通《ふじわらのただみち》31ページにお願《ねが》いし、まかせておけと言われたのに、今年もまた選《えら》んでくれなかったことをよんだ歌。させも草はさしも草ともいい、ヨモギのことをさす。

作者紹介 政治的《せいじてき》に力のある家に生まれるが、出世できなかった。藤原定家《ふじわらのていか》22ページより少し前の時代に、源俊頼《みなもとのとしより》34ページとならび、歌の世界の中心人物だった。

秋《あき》の田《た》の かりほ《(お)》のいほ《(お)》の とまをあらみ わが衣手《ころもで》は つゆにぬれつつ

秋

天智天皇《てんじてんのう》（六二六年～六七一年）

意味 秋の田にある仮小屋《かりごや》の、屋根をおおったとまの編《あ》み目《め》があらいので、すき間から落ちてくるつゆに私《わたし》の衣《ころも》のそでがぬれていく。

解説 『小倉百人一首《おぐらひゃくにんいっしゅ》』の第一首目。作者不明《ふめい》の歌が、天智《てんじ》天皇《てんのう》の作といわれるようになったとされる。当時、秋になると収穫《しゅうかく》前のイネの番をする仮《かり》の小屋が建《た》てられた。「とま」はスゲやカヤを編《あ》んでつくった屋根のこと。

作者紹介 天皇《てんのう》になる前は中大兄皇子《なかのおおえのおうじ》とよばれ、天皇《てんのう》を中心とした国づくりを進める「大化《たいか》の改新《かいしん》」を行《おこな》った。持統天皇《じとうてんのう》27ページの父。

かくとだに えやは《(わ)》いぶきの さしも草《ぐさ》 さしもしらじな 燃《も》ゆる思《おも》ひ《(い)》を

恋

藤原実方朝臣《ふじわらのさねかたあそん》（？年～九九八年）

意味 こんなにも思っているということさえ言えないのだから、伊吹山《いぶきやま》のさしも草のように燃《も》える私《わたし》の思いを、あなたは知らないだろう。

解説 初《はじ》めて気持ちを打ち明けるときにおくった歌。「さしも草」はヨモギのことで、ヨモギの葉を乾燥《かんそう》させてつくる「もぐさ」はお灸《きゅう》に使われる。燃《も》える思いを、お灸《きゅう》の火にたとえている。

作者紹介 恋《こい》のうわさが多いはなやかな存在《そんざい》だったが、宮中《きゅうちゅう》でもめごとを起こし、地方に左遷《させん》され、その地で亡《な》くなった。

八《や》重《へ(え)》むぐら　しげれる宿《やど》の　さびしきに
人《ひと》こそ見《み》えね　秋《あき》は来《き》にけり　秋

恵《え》慶《ぎょう》法《ほう》師《し》
（?年～?年）

意味　つる草がいくえにも生いしげっているこのさびしい家には、人はだれもたずねて来ないが、それでも秋だけはやって来たのだなあ。

解説　「宿」は、源　融《みなもとのとおる》が建《た》てた河原院《かわらのいん》をさす。昔は栄《さか》えていた河原院《かわらのいん》が今では荒《あ》れてしまい、秋の訪《おとず》れがいっそうさびしさを増《ま》している。「むぐら」はつるのある雑草《ざっそう》。

作者紹介　播磨国《はりまのくに》（今の兵庫県《ひょうごけん》）で講師《こうじ》（僧侶《そうりょ》を監督《かんとく》する人）をつとめたといわれている。多くの歌人と交流があった。

あさぢ《(じ)》ふ《(う)》の　小《を(お)》野《の》のしの原《はら》　忍《しの》ぶれど
あまりてなどか　人《ひと》の恋《こひ(い)》しき　恋

参《さん》議《ぎ》等《ひとし》
（八八〇年～九五一年）

▲チガヤの花穂《かすい》。

意味　丈《たけ》の低《ひく》いチガヤが生えている小野のしの原の「しの」のように、あなたへの思いをかくして忍《しの》んできたが、もうたえきれない。どうしてこんなに恋《こい》しいのだろう。

解説　チガヤはイネの仲間《なかま》で、屋根などに用いられていた。「小野《おの》」は野原、「しの原《はら》」はしの（細い竹）が生えているところ。美しい景色《けしき》に重ねて恋心《こいごころ》をよんだ歌。

作者紹介　本名は　源　等《みなもとのひとし》。『後撰和歌集《ごせんわかしゅう》』に四首の歌がのっている。

みちのくの　しのぶもぢ《(じ)》ずり　たれゆゑ《(え)》に
乱《みだ》れそめにし　われならなくに　恋

河《か》原《わらの》左《さ》大《だい》臣《じん》
（八二二年～八九五年）

意味　みちのくの「しのぶもぢずり《じ》」の乱《みだ》れ模様《もよう》のように、私《わたし》の心が乱《みだ》れているのはだれのせいだろう。私《わたし》のせいではないのに。

解説　「心が乱《みだ》れるのはあなたのせい」と遠回しにうたっている。「みちのく」は、今の福島県《ふくしまけん》、宮城県《みやぎけん》、岩手県《いわてけん》、青森県《あおもりけん》の辺り。

作者紹介　本名は　源　融《みなもとのとおる》。河原院《かわらのいん》という立《りっ》派《ぱ》な家に住んでいたことから河原左大臣《かわらのさだいじん》とよばれる。嵯峨天皇《さがてんのう》の皇子《おうじ》。

「しのぶもじずり」は、しのぶ草（シダの仲間《なかま》の植物）をこすりつけて模様《もよう》をつける。また、福島県の信夫《しのぶ》地方でつくられていたといわれている。

ももしきや　古《ふる》きのきばの　しのぶにも
なほ《(お)》あまりある　昔《むかし》なりけり　雑

順《じゅん》徳《とく》院《いん》
（一一九七年～一二四二年）

意味　宮中《きゅうちゅう》の古びた軒先《のきさき》に生えているしのぶ草を見るにつけても、しのんでもしのびきれないのは古きよき時代だ。

解説　かつて天皇《てんのう》や貴族《きぞく》が中心となって栄《さか》えていた時代をなつかしんでいる歌。「ももしき」は宮中《きゅうちゅう》のこと。「しのぶ」は「しのぶ草」との掛詞《かけことば》。

作者紹介　順徳天皇《じゅんとくてんのう》。藤原定家《ふじわらのていか》 （→22ページ） に和歌を学ぶ。父・後鳥羽天皇《ごとばてんのう》 （→40ページ） とともに鎌倉幕府《かまくらばくふ》をたおそうと「承久の乱《じょうきゅうのらん》」を起《お》こすが敗《やぶ》れ、佐渡《さど》（今の新潟県《にいがたけん》の島）に流される。

風《ふう》月《げつ》がよまれた歌

ありま山《やま》 猪名《ゐ(い)な》の笹原《ささはら》 風《かぜ》吹《ふ》けば いでそよ人《ひと》を 忘《わす》れやは《(わ)》する

恋

大弐三位《だいにのさんみ》（九九九年ごろ～?年）

意味 有馬山《ありまやま》の近くにある猪名《いな》の笹原《ささはら》に風がふき、笹《ささ》の葉がそよそよと音を立てる。そうよ、どうして私《わたし》があなたのことを忘《わす》れたりするだろうか。

解説 しばらく連絡《れんらく》もなかった恋人《こいびと》が「あなたが心変《こころが》わりしたのではないかと心配だ」と言ってきたことに、「そよ(そうよ)、それはあなたのほうだ」と皮肉をこめて返した歌。

作者紹介 本名は藤原賢子《ふじわらのけんし》。夫《おっと》の役職《やくしょく》から大弐三位《だいにのさんみ》とよばれた。紫式部《むらさきしきぶ》(↓26ページ)の娘《むすめ》。母とともに一条天皇《いちじょうてんのう》の中宮《ちゅうぐう》(妻《つま》)・彰子《しょうし》に仕えた。

今《いま》来《こ》む《(ん)》と いひ《(い)》しばかりに 長月《ながつき》の ありあけの月《つき》を 待《ま》ちいでつるかな

恋

素性法師《そせいほうし》（?年～?年）

意味 すぐにやって来るとあなたが言ったばかりに、長月《ながつき》の長い夜を待ち続《つづ》けていたら、とうとう有明《ありあけ》の月が出てしまった。

解説 一晩中《ひとばんじゅう》相手を待ち、待ってもいない有明《ありあけ》の月(↓24ページ)に出会って、朝をむかえてしまったことを女性《じょせい》の立場からよんだ歌。数か月待ったという解釈《かいしゃく》もある。「長月《ながつき》」は旧暦《きゅうれき》の九月のよび方で、秋も深まり夜が長くなり始める。

作者紹介 三十六歌仙《さんじゅうろっかせん》(↓7ページ)の一人で、書道にもすぐれていた。出家前の名前は良岑玄利《よしみねのはるとし》。父である僧正遍昭《そうじょうへんじょう》(↓20ページ)のすすめで出家する。

なげけとて 月《つき》やはものを 思《おも》はす《(わ)》る かこち顔《がほ(お)》なる わが涙《なみだ》かな

恋

西行法師《さいぎょうほうし》（一一一八年～一一九〇年）

意味 「なげけ」と言って、月が私《わたし》にもの思いをさせるのだろうか。いや、そうではない。それでも、月のせいであるかのように私《わたし》のなみだは流れる。

解説 「かこち顔《がお》」は、ほかのもののせいにしたような顔のこと。本当は恋《こい》のせいでなみだを流しているのに、月のせいだとごまかしている。

作者紹介 裕福《ゆうふく》な武士《ぶし》の家に生まれたが、二十三歳《さい》で出家。全国を旅して歌をよんだ。出家前の名前は佐藤義清《さとうのりきよ》。

風《かぜ》そよぐ ならの小川《を(お)がは(わ)》の 夕《ゆふ(う)》ぐれは みそぎぞ夏《なつ》の しるしなりける

夏

従二位家隆《じゅにいいえたか》（一一五八年～一二三七年）

意味 風がそよそよとふいて楢《なら》の木《こ》の葉《は》をゆらし、ならの小川の夕暮《ゆうぐ》れは秋の気配がするけれど、みそぎだけがまだ夏だという証拠《しょうこ》だなあ。

解説 「なら」は「楢《なら》の木」と「ならの小川(上賀《かみが》茂神社《もじんじゃ》を通る小川)」の掛詞《かけことば》。夏の「みそぎ」は、その年の六月までのけがれをはらい、川の水で流す「六月祓《みなづきばらえ》」という行事のこと。

作者紹介 本名は藤原家隆《ふじわらのいえたか》。名前は「かりゅう」とも読む。藤原俊成《ふじわらのとしなり》(↓40ページ)に歌を学ぶ。『新古今和歌集《しんこきんわかしゅう》』の撰者《せんじゃ》の一人。

上賀茂神社《かみがもじんじゃ》を通るならの小川。

心《こころ》にも あらでうき世《よ》に ながらへ《(え)》ば 恋《こひ(い)》しかるべき 夜《よ》半《は(わ)》の月《つき》かな 雑

三条院《さんじょういん》
（九七六年〜一〇一七年）

意味　自分の気持ちに反して、このつらい世の中を生きながらえたならば、きっと恋《こい》しく思い出すのだろう、この美しい夜ふけの月を。

解説　天皇《てんのう》の位《くらい》をゆずることを決めたときによんだ歌。苦しい立場に立たされ、生きることのつらさをうたっている。

作者紹介　三条天皇《さんじょうてんのう》。三十六歳《さい》で天皇《てんのう》になるも、目の病気に苦しみ、しかたなく五年たらずで位《くらい》をゆずった。

朝《あさ》ぼらけ ありあけの月《つき》と 見《み》るまでに 吉《よし》野《の》の里《さと》に 降《ふ》れる白雪《しらゆき》 冬

坂上是則《さかのうえのこれのり》
（?年〜?年）

意味　夜がほのかに明けてくるころ、有明《ありあけ》の月が出ているのかと思ってしまうほどに明るく、吉野《よしの》の里に白雪《しらゆき》がふり積《つ》もっている。

解説　有明《ありあけ》の月（↓24ページ）の明るさとまちがえるほど、雪明かりで外が明るくなっている情景《じょうけい》をすがすがしく表現《ひょうげん》した歌。

作者紹介　三十六歌仙《さんじゅうろっかせん》の一人。歌のほか、けまり（↓34ページ）の名人でもあった。坂上田村麻呂《さかのうえのたむらまろ》の子孫《しそん》といわれる。

吉野山《よしのやま》の雪景色《げしき》。

やすらは《(わ)》で ねなましものを さよふけて 傾《かたぶ》くまでの 月《つき》を見《み》しかな 恋

赤染衛門《あかぞめえもん》
（九五八年ごろ〜一〇四一年ごろ）

意味　あなたが来ないとわかっていたら、ためらわずにねてしまったのに、あなたを待っていたら夜がふけて、西にかたむく月を見てしまった。

解説　来るというのでねないで待っていた姉（または妹）のかわりによんだ歌。とうとう来なかった藤原道隆《ふじわらのみちたか》（儀同三司母《ぎどうさんしのはは》（↓44ページ）の夫《おっと》）に対してうらみごとを言っている。「やすらはで《わ》」は、「ためらわないで」を意味する。「傾《かたぶ》く」は、月が西にかたむき夜明けが近いこと。

作者紹介　藤原道長《ふじわらのみちなが》の妻《つま》・倫子《りんし》や、その娘《むすめ》の彰子《しょうし》に仕えた女性《じょせい》。若《わか》いころから歌の才能《さいのう》を発揮《はっき》した。

ありあけの つれなく見《み》えし 別《わか》れより あかつきばかり うきものはなし 恋

壬生忠岑《みぶのただみね》
（?年〜?年）

意味　有明《ありあけ》の月がそっけなく光っていたあの別《わか》れ以来《いらい》、私《わたし》にはあかつきほどつらいものはない。

解説　女性《じょせい》がつれなくて会ってもらえない失恋《しつれん》の歌。月がつれなくて好《す》きな女《じょ》性《せい》のもとを去る時間がきてしまった歌、という解釈《かいしゃく》もある。「あかつき」は、夜が明ける前のまだ暗いころ。

作者紹介　三十六歌仙《さんじゅうろっかせん》の一人。歌人として高く評価《ひょうか》され、『古今和歌集《こきんわかしゅう》』の撰者《せんじゃ》の一人でもある。壬生忠見《みぶのただみ》（↓46ページ）の父。

そのほかの百人一首

哀《あい》愁《しゅう》を感じる歌

世《よ》の中《なか》よ 道《みち》こそなけれ 思《おも》ひ《（い）》入《い》る 山《やま》の奥《おく》にも 鹿《しか》ぞ鳴《な》くなる　雑

皇太后宮大夫俊成《こうたいごうぐうのだいぶとしなり》（一一一四年～一二〇四年）

意味 この世の中には、にげる道などないのだな。思いつめて入ったこの山の奥《おく》にさえも、つらく悲しいことがあるのか、シカが鳴いているようだ。

解説 出家することを考えていた二十七歳《さい》のときの歌。つらい世の中を捨《す》てようと山に入ってみたけれど、なやみからはにげられないとなげいている。

作者紹介 本名は藤原俊成《ふじわらのとしなり》。名前の俊成《としなり》は「しゅんぜい」とも読む。藤原基俊《ふじわらのもととし》（→36ページ）や源俊頼《みなもとのとしより》（→34ページ）に歌を学び、のちに若《わか》い歌人を育てた。六十三歳《さい》で出家。藤原定家《ふじわらのていか》（→22ページ）の父。

これやこの 行《ゆ》くも帰《かへ（え）》るも 別《わか》れては 知《し》るも知《し》らぬも 逢《あふ（おう）》坂《さか》の関《せき》　雑

蟬丸《せみまる》（?年～?年）

意味 これがあの、都から出て行く人も帰ってくる人もここで別《わか》れ、知っている人も知らない人もみんなが出会う、という逢坂《おうさか》の関《せき》なのだな。

解説 逢坂《おうさか》の関《せき》は、今の滋賀県《しがけん》と京都府《きょうとふ》の境《さかい》にあった関所《せきしょ》。行《ゆ》き交《か》う旅人たちの出会いと別《わか》れをよんだ歌。「逢坂《おうさか》」と「逢《あ》う」が掛詞《かけことば》。

作者紹介 伝説《でんせつ》の歌人で、くわしいことはあまりわかっていない。和歌と琵琶《びわ》を得意《とくい》とし、逢坂山《おうさかやま》に住んでいたとされる。

しらつゆに 風《かぜ》のふきしく 秋《あき》の野《の》は つらぬきとめぬ 玉《たま》ぞ散《ち》りける　秋

文屋朝康《ふんやのあさやす》（?年～?年）

意味 白く光るつゆに風がしきりにふきつける秋の野原は、まるで糸に通していない玉がとび散《ち》っているようだ。

解説 草についたつゆを、真珠《しんじゅ》や水晶《すいしょう》の玉にたとえて、キラキラと光りながら風で散《ち》らばるようすをよんでいる。

作者紹介 あまり位《くらい》の高い職《しょく》にはついていなかったが、歌の才能《さいのう》はみとめられていたとされる。文屋康秀《ふんやのやすひで》（→20ページ）の息子。

人《ひと》もをし《（お）》 人《ひと》もうらめし あぢ《（じ）》きなく 世《よ》を思《おも》ふ《（う）》ゆゑ《（え）》に もの思《おも》ふ《（う）》身《み》は　雑

後鳥羽院《ごとばいん》（一一八〇年～一二三九年）

意味 人がいとしく思えたり、人がうらめしく思えたりする。おもしろくない世の中だと思っているために、あれこれ思いなやんでしまうこの私《わたし》には。

解説 作者と鎌倉幕府《かまくらばくふ》との関係《かんけい》がうまくいかなくなってきたころに、ゆううつな気持ちをよんだ歌。「をし」は、いとしいという意味。

作者紹介 後鳥羽天皇《ごとばてんのう》。『新古今和歌集《しんこきんわかしゅう》』を藤原定家《ふじわらのていか》（→22ページ）たちにつくらせた。「承久《じょうきゅう》の乱《らん》」（→37ページ）で敗《やぶ》れ、隠岐《おき》（今の島根県《しまねけん》の島）に流される。

月《つき》見《み》れば　ちぢにものこそ　悲《かな》しけれ　わが身《み》ひとつの　秋《あき》にはあらねど

（秋）

大江千里《おおえのちさと》（？年～？年）

意味　月を見ると、いろいろな物事が悲しく思える。自分一人だけにやってきた秋ではないのだけれど。

解説　中国《ちゅうごく》の有名な詩人・白楽天《はくらくてん》の漢詩（中国の詩《ちゅうごく》）をもとに、秋のもの悲しさをうたっている。「ちぢに」は「千々《ちぢ》に」で、さまざまにという意味。「千」と「ひとつ」、「月」と「わが身」を対比《たいひ》させている。

作者紹介　漢学者として名高く、漢詩の知識《ちしき》を用いて歌をよむことを得意《とくい》とした。菅原道真《すがわらのみちざね》（↓35ページ）の父・菅原是善《すがわらのこれよし》に教えを受けた。

滝《たき》の音《おと》は　たえて久《ひさ》しく　なりぬれど　名《な》こそ流《なが》れて　なほ《(お)》聞《き》こえけれ

（雑）

大納言公任《だいなごんきんとう》（九六六年～一〇四一年）

意味　滝《たき》の流れる音が聞こえなくなってから、ずいぶん長い月日《つきひ》が経《た》つけれど、すばらしい滝《たき》だったという名声は、流《なが》れ伝《つた》えられて今なお聞こえてくる。

解説　藤原道長《ふじわらのみちなが》のおともで、嵯峨《さが》（今の京都市《きょうとし》）の大覚寺《だいかくじ》を訪《おとず》れたとき、枯《か》れてしまった滝《たき》の跡《あと》を見てよんだ歌。この滝《たき》のように、自分も長く名を残《のこ》したいという想いがこめられているといわれている。この歌にちなみ、今もこの滝跡《たきあと》は「名古曽《なこそ》の滝跡《たきあと》」として残《のこ》っている。「流れ」は「滝《たき》」、「聞こえ」は「音」の縁語《えんご》。

作者紹介　本名は藤原公任《ふじわらのきんとう》。知識《ちしき》が豊富《ほうふ》で、和歌、漢詩、楽器《がっき》にもすぐれ、「三船《さんせん》の才」といわれた。藤原定頼《ふじわらのさだより》（↓42ページ）の父。

ながらへ《(え)》ば　またこのごろや　しのばれむ《(ん)》　うしと見《み》し世《よ》ぞ　今《いま》は恋《こひ(い)》しき

（雑）

藤原清輔朝臣《ふじわらのきよすけあそん》（一一〇四年～一一七七年）

意味　もし、このまま生きながらえたなら、つらい今をなつかしく思い出すだろう。昔、あんなにつらかったことを、今では恋《こい》しく思うのだから。

解説　「うしと見し世ぞ」はつらく苦しいと思っていた昔のこと。今のつらいことも、時間がすぎればなつかしくなるはずだとうたっている。

作者紹介　六条家《ろくじょうけ》（↓25ページ）の歌道を受けつぎ、歌の世界で力をもっていた。父の藤原顕輔《ふじわらのあきすけ》（↓25ページ）とは仲《なか》が悪かった。

みかの原《はら》　わきて流《なが》るる　泉川《いづ(ず)みがは(わ)》　いつ見《み》きとてか　恋《こひ(い)》しかるらむ《(ん)》

（恋）

中納言兼輔《ちゅうなごんかねすけ》（八七七年～九三三年）

意味　みかの原を分けるようにわき出て流れる泉川《いずみがわ》。その名前のように、「いつ」あの人と会ったわけでもないのに、こんなにも恋《こい》しいのだろうか。

解説　うわさに聞いただけで、まだ一度も会ったことがない相手を恋《こい》しく思う気持ちをよんでいる。「わきて」は「分きて」と「わき出て」の掛詞《かけことば》。泉川《いずみがわ》は京都府《きょうとふ》の木津川《きづがわ》のこと。

作者紹介　本名は藤原兼輔《ふじわらのかねすけ》。三十六歌仙《さんじゅうろっかせん》の一人。賀茂川《かもがわ》の堤《つつみ》に家があり、堤中納言《つつみちゅうなごん》ともよばれた。当時の文化人の中心的《ちゅうしんてき》な人物。

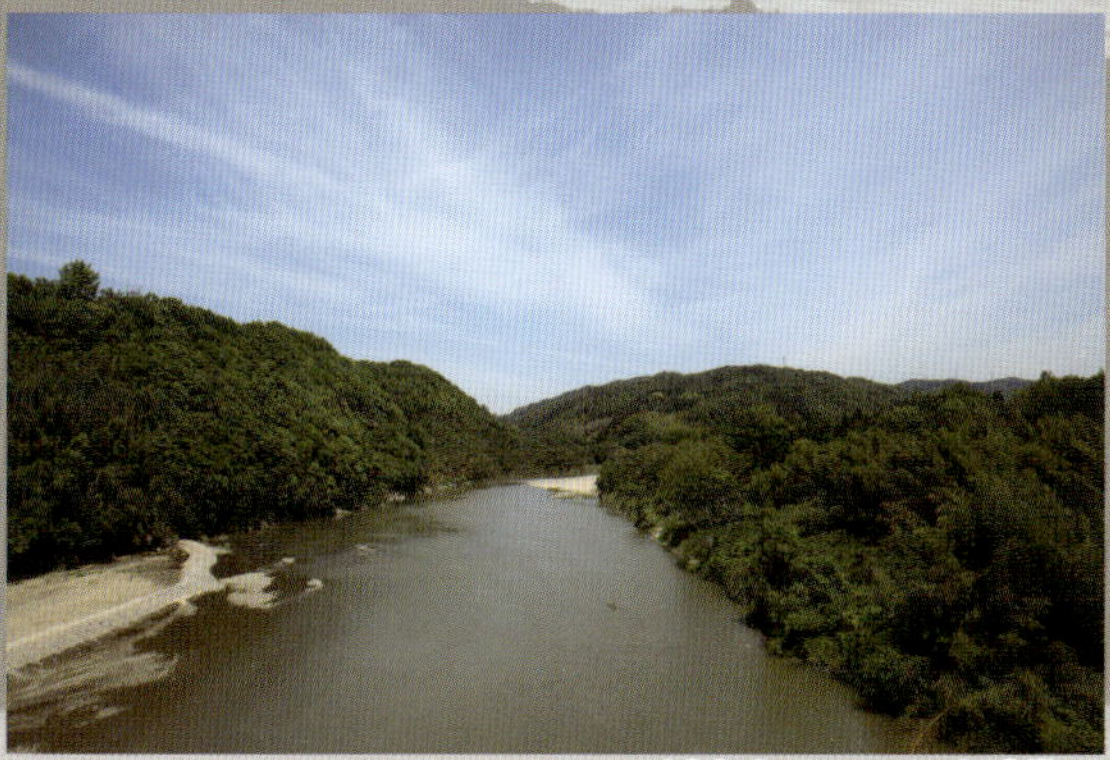

京都府《きょうとふ》を流れる木津川《きづがわ》。

そのほかの百人一首 朝と夜のようすがよまれた歌

長《なが》からむ《（ん）》 心《こころ》も知《し》らず 黒髪《くろかみ》の 乱《みだ》れてけさは ものをこそ思《おも》へ《（え）》 恋

待賢門院堀河《たいけんもんいんのほりかわ》（?年～?年）

意味 あなたの心が、私《わたし》の髪《かみ》のように長く変《か》わらないかはわからない。あなたが帰ってしまった今朝《けさ》は、黒髪《くろかみ》が乱《みだ》れているように心も乱《みだ》れて、物思いにふけるばかりだ。

解説 夜明けに帰っていった男性《だんせい》が、また自分のもとへ来てくれるだろうかと不安《ふあん》に思う女性《じょせい》の心をよんだ歌。「乱《みだ》れて」は、黒髪《くろかみ》が乱《みだ》れることと、女性《じょせい》の心が乱《みだ》れることを示《しめ》す。「長」と「乱《みだ》れ」は「髪《かみ》」の縁語《えんご》。

作者紹介 父や姉妹たちも歌人。鳥羽天皇《とばてんのう》の中宮《ちゅうぐう》（妻《つま》）・璋子《しょうし》（待賢《たいけん》門院《もんいん》）に仕え、ともに出家した。

朝《あさ》ぼらけ 宇治《うぢ（じ）》の川《かは（わ）》ぎり たえだえに あらは《（わ）》れわたる 瀬々《せぜ》のあじろ木《ぎ》 冬

権中納言定頼《ごんちゅうなごんさだより》（九九五年～一〇四五年ごろ）

意味 夜がほのぼのと明けるころ、宇治川《うじがわ》に立ちこめていた霧《きり》がとぎれとぎれになり、その間から次第にあらわれてきた川瀬《かわせ》のあちこちにあるあじろ木《ぎ》よ。

解説 冬の宇治川《うじがわ》（今の京都府《きょうとふ》にある川）で、早朝の時間の流れが感じられる歌。「あじろ木《ぎ》」は「あじろ（冬に魚をとるためのしかけ）」を支《ささ》えるために打たれたくいのこと。

作者紹介 本名は藤原定頼《ふじわらのさだより》。美男子で、和歌や書道にすぐれていた。小式部内侍《こしきぶのないし》（⬇15ページ）をからかったことでも知られる。藤原公任《ふじわらのきんとう》（⬇41ページ）の息子。

⬇15ページ ⬇41ページ

明《あ》けぬれば くるるものとは 知《し》りながら なほ《（お）》うらめしき 朝《あさ》ぼらけかな 恋

藤原道信朝臣《ふじわらのみちのぶあそん》（九七二年～九九四年）

意味 夜が明ければ、かならず日が暮《く》れて、またあなたに会えることは知っているけれど、それでもやはりうらめしいのは、この夜明けだ。

解説 雪のふる朝、一夜をともにすごした女性《じょせい》のもとから帰り、すぐにおくった歌。当時の恋人同士《こいびとどうし》は、夜に男性《だんせい》が女性《じょせい》のもとに通い、昼間に会うことはなかった。「朝ぼらけ」とは、空がうっすらと明るくなる夜明けのこと。

作者紹介 和歌にすぐれ将来《しょうらい》を期待されていたが、二十三歳《さい》の若《わか》さで亡《な》くなる。

かささぎの わたせる橋《はし》に 置《お》く霜《しも》の 白《しろ》きを見《み》れば 夜《よ》ぞふけにける 冬

中納言家持《ちゅうなごんやかもち》（七一八年ごろ～七八五年）

意味 カササギがつばさを広げて天《あま》の川《がわ》にかけたという橋。その橋にたとえられる宮中《きゅうちゅう》の階段《かいだん》に霜《しも》が白くおりているのを見ると、もうずいぶんと夜もふけてしまったのだなあと思う。

解説 「かささぎのわたせる橋」は、七夕《たなばた》の夜にカササギが天の川《がわ》に橋をかけたという伝説《でんせつ》から、その橋を宮《きゅう》中《ちゅう》の階段《かいだん》に見立てたもの。空に白く光る星を霜《しも》に見立てた歌とする解釈《かいしゃく》もある。

作者紹介 三十六歌仙《さんじゅうろっかせん》（⬇7ページ）の一人。本名は大伴家持《おおとものやかもち》。『万葉集《まんようしゅう》』の編者《へんじゃ》と考えられ、もっとも多く歌が収《しゅう》録《ろく》されている。

あしひきの 山鳥《やまどり》の尾《を(お)》の しだり尾《を(お)》の ながながし夜《よ》を ひとりかもねむ《(ん)》

恋

柿本人麻呂《かきのもとのひとまろ》（?年〜?年）

意味　山鳥《やまどり》の長くたれ下がった尾《お》のように、長い長い夜を一人でねるのだろうか。

解説　山鳥《やまどり》のオスは尾《お》(しっぽ)がとても長いので「長い」ことのたとえになり、また、オスとメスがはなれてねる習性《しゅうせい》があることから「ひとりね」のたとえにもなっている。

作者紹介 ⬇24ページ

春《はる》の夜《よ》の 夢《ゆめ》ばかりなる たまくらに かひ《(い)》なく立《た》たむ《(ん)》 名《な》こそを《(お)》しけれ

雑

周防内侍《すおうのないし》（一〇三六年ごろ〜一一〇九年ごろ）

意味　短い春の夜の夢《ゆめ》のような、はかないたわむれに「たまくら(手枕《たまくら》)」をかりたせいで、つまらないうわさが立ってしまうとしたら、それは残念《ざんねん》だ。

解説　春の夜、夜ふけまで話しこんでいたとき、「まくらがほしい」とつぶやいた作者に、「これをまくらに」と男性《だんせい》がうでを差《さ》し出してきたので、とっさにかわした歌。

作者紹介　本名は平仲子《たいらのなかこ》。四代にわたる天皇《てんのう》に仕え、あちこちの歌合《うたあわせ》⬇7ページで歌をよんだ。のちに出家している。

みかきもり ゑ《(え)》じのたく火《ひ》の 夜《よる》は燃《も》え 昼《ひる》は消《き》えつつ ものをこそ思《おも》へ《(え)》

恋

大中臣能宣朝臣《おおなかとみのよしのぶあそん》（九二一年〜九九一年）

意味　宮中《きゅうちゅう》の門を守る衛士《えじ》のたくかがり火《び》が、夜は燃《も》えて昼は消えるように、私《わたし》の恋《こい》の炎《ほのお》も夜は燃《も》えて、昼になると消えるばかりに物思いにしずむ毎日だ。

解説　「みかきもり」は宮中《きゅうちゅう》の門を守る人。「ゑ《え》じ(衛士《えじ》)」は毎年交代で集められる兵士《へいし》。ゆれ動く恋《こい》の気持ちを、夜と昼それぞれのかがり火《び》にたとえた歌。

作者紹介　三十六歌仙《さんじゅうろっかせん》、「梨壺《なしつぼ》の五人」⬇33ページの一人。伊勢神宮《いせじんぐう》の祭主《さいしゅ》(最高責任者《さいこうせきにんしゃ》)の家に生まれ、あとをついでいる。

夜《よ》もすがら もの思《おも》ふ《(う)》ころは 明《あ》けやらで ねやのひまさへ《(え)》 つれなかりけり

恋

俊恵法師《しゅんえほうし》（一一一三年〜?年）

意味　一晩中《ひとばんじゅう》、物思いにふけっているこのごろは、なかなか夜が明けてくれないので、朝の光がさしてこない寝室《しんしつ》の戸のすき間さえもがつれなく思える。

解説　つめたい恋人《こいびと》を何日も待ち、夜をねないですごす女性《じょせい》の立場でよまれた歌。「ねや」は寝室《しんしつ》、「ひま」はすき間のこと。「ねやのひま」を人にたとえて、寝《しん》室《しつ》のすき間までもが冷《つめ》たい態度《たいど》のように感じている。

作者紹介　奈良県《ならけん》の東大寺《とうだいじ》の僧侶《そうりょ》。京都《きょうと》の自宅《じたく》を歌林苑《かりんえん》と名づけ、多くの歌人を集めて歌会《うたかい》を開いた。源　俊頼《みなもとのとしより》⬇34ページの息子。

そのほかの百人一首

恋《こい》の歌《》［女性編《じょせいへん》］

難波潟《なには(わ)がた》 みじかきあしの ふしの間《ま》も あは《(わ)》でこの世《よ》を すぐしてよとや 恋

伊勢《いせ》（八七七年ごろ～九三八年ごろ）

意味 難波潟《なにわがた》に生えているアシの節《ふし》と節《ふし》の間のような、ほんの短い時間でさえも会わないで、この世をすごせとあなたは言うのだろうか。

解説 心変《こころが》わりをして会いに来てくれない男性《だんせい》からの手紙への返事としてよまれたとされている。難波潟《なにわがた》（今の大阪湾《おおさかわん》の入江《いりえ》辺り）はアシが多いことで知られていた。

作者紹介 三十六歌仙《さんじゅうろっかせん》（↓7ページ）の一人。父の役職《やくしょく》から伊勢《いせ》とよばれる。『古今和歌集《こきんわかしゅう》』と『後撰和歌集《ごせんわかしゅう》』を代表する歌人。

あらざらむ《(ん)》 この世《よ》のほかの 思《おも》ひ《(い)》出《で》に 今《いま》ひとたびの あふ《(う)》こともがな 恋

和泉式部《いずみしきぶ》（?年～?年）

意味 私《わたし》はまもなく死んでしまうだろう。この世の思い出に、もう一度だけあなたにあえたらなあ。

解説 病気で長く生きられないと思ったときに男性《だんせい》へとおくった歌。「あらざらむ《ん》」は生きていないだろうという意味。「もがな」は願《ねが》いをあらわす言葉。

作者紹介 恋《こい》多き女性《じょせい》で、初《はじ》めの夫《おっと》の役職《やくしょく》から和泉式部《いずみしきぶ》とよばれる。『和泉式部《いずみしきぶ》日記《にっき》』の作者で、恋《こい》の歌を多くよんだ。小式部内侍《こしきぶのないし》（↓15ページ）の母。

忘《わす》らるる 身《み》をば思《おも》は《(わ)》ず ちかひ《(い)》てし 人《ひと》の命《いのち》の を《(お)》しくもあるかな 恋

右近《うこん》（?年～?年）

意味 あなたに忘《わす》れられる私《わたし》自身は何ともないのだけれど、私《わたし》への愛《あい》を神にちかったあなたの命が、ちかいをやぶった罰《ばつ》で縮《ちぢ》まるのは惜《お》しいことだ。

解説 永遠《えいえん》の愛《あい》を神様にちかった相手が、心変《こころが》わりをしたので罰《ばつ》を受けると心配している歌。一方で、裏切《うらぎ》った相手を、皮肉をこめてせめている歌ともよめる。その相手は、藤原敦忠《ふじわらのあつただ》（↓46ページ）だといわれている。

作者紹介 父の役職《やくしょく》から右近《うこん》とよばれる。醍醐天皇《だいごてんのう》の中宮《ちゅうぐう》（妻《つま》）・穏子《おんし》に仕えた。

忘《わす》れじの 行《ゆ》く末《すゑ(え)》までは かたければ けふ《(きょう)》を限《かぎ》りの 命《いのち》ともがな 恋

儀同三司母《ぎどうさんしのはは》（?年～九九六年）

意味 「いつまでも忘《わす》れない」とあなたは言うけれど、遠い将来《しょうらい》まではそれもむずかしいことなので、その言葉を聞いた今日限《かぎ》りの命であってほしい。

解説 のちに夫《おっと》となる藤原道隆《ふじわらのみちたか》が、作者の家に通い始めたころによまれた歌。道隆《みちたか》が「忘《わす》れじ」と言っても、また来てくれるのか不安《ふあん》に思っている。

作者紹介 本名は高階貴子《たかしなのたかこ》。息子の伊周《これちか》の役職《やくしょく》から儀同三司母《ぎどうさんしのはは》とよばれた。一条《いちじょう》天皇《てんのう》の中宮《ちゅうぐう》（妻《つま》）・定子《ていし》の母。

うらみわび ほさぬそでだに あるものを 恋《こひ(い)》にくちなむ《(ん)》 名《な》こそを《(お)》しけれ 恋

相模《さがみ》（九九八年ごろ〜一〇六八年ごろ）

意味 あなたをうらむ気力もなくなるほどのなみだで、かわく間もないそでがくちてしまうのさえ惜《お》しいのに、さらに、この恋《こい》のうわさのせいで私《わたし》の評判《ひょうばん》が落ちてしまうことがくやしい。

解説 好《す》きな男性《だんせい》が遠ざかり、冷《つめ》たくされたことをなげいている失恋《しつれん》の歌。「〜だに」は「〜さえも」という意味で、「なみだでぬれるそで」よりも「うわさでくちる評判《ひょうばん》」のほうが程度《ていど》の重いことを示《しめ》す。「くちる」はくさってぼろぼろになること。

作者紹介 夫《おっと》の役職《やくしょく》から相模《さがみ》とよばれる。多くの歌合《うたあわせ》↓7ページに参加《さんか》し、活やくした。

見《み》せばやな 雄島《を(お)じま》のあまの そでだにも ぬれにぞぬれし 色《いろ》は変《か》はら《(わ)》ず 恋

殷富門院大輔《いんぶもんいんのたいふ》（?年〜?年）

意味 血のなみだにぬれ、色が変《か》わってしまった私《わたし》のそでをあなたに見せたいものだ。雄島《おじま》の漁師《りょうし》のそでだって、ぬれにぬれても色までは変《か》わらないのに。

解説 源《みなもとの》 重之《しげゆき》↓31ページの「松島《まつしま》や 雄島《おじま》のいそに あさりせし あまのそでこそ かくはぬれしか（雄島《おじま》の漁師《りょうし》のそでくらいだろう。恋《こい》のなみだでぬれる私《わたし》のそでと同じほどぬれているのは）」という歌の一部をとり、「色まで変《か》わった私《わたし》のそでこそ見せたい」とよんだ歌。

作者紹介 若《わか》いころから殷富門院《いんぷもんいん》（後白河天皇《ごしらかわてんのう》の皇女《おうじょ》）に仕え、多くの歌合《うたあわせ》に参加《さんか》した。

なげきつつ ひとりぬる夜《よ》の 明《あ》くる間《ま》は いかに久《ひさ》しき ものとかは知《し》る 恋

右大将道綱母《うだいしょうみちつなのはは》（九三七年ごろ〜九九五年）

意味 あなたが来ないことをなげきながら、一人でねる夜が明けるまでの時間がどんなに長いか、あなたは知っているだろうか。いえ、知らないだろう。

解説 藤原兼家《ふじわらのかねいえ》の第二夫人《ふじん》の作者が、久《ひさ》しぶりに兼家《かねいえ》が来たのに門を開けず、帰ったあとにおくった歌。兼家《かねいえ》がほかの女性《じょせい》のもとへ通っていることへの悲しみがよまれている。

作者紹介 右大将《うだいしょう》となった藤原道綱《ふじわらのみちつな》の母なので、右大将道綱母《うだいしょうみちつなのはは》とよばれた。結婚《けっこん》生活などをつづった『蜻蛉日記《かげろうにっき》』の作者。本名は不明《ふめい》。

玉《たま》のを《(お)》よ たえなばたえね ながらへ《(え)》ば 忍《しの》ぶることの よは《(わ)》りもぞする 恋

式子内親王《しょくしないしんのう》（一一四九年〜一二〇一年）

意味 私《わたし》の命よ、絶《た》えるのなら、絶《た》えてしまえ。このまま生きながらえていれば、たえ忍《しの》んでいる心が弱ってしまうかもしれない。それではこまるから。

解説 たえ忍《しの》ぶ気力がなくなって、かくしていた恋心《こいごころ》が人に知られてはこまるので、いっそ死んでもいいとうたっている歌。「玉のを《お》」は、ここでは命をさす。「もぞする」とは「そうなるとこまる」という意味。

作者紹介 後白河天皇《ごしらかわてんのう》の皇女《おうじょ》。賀茂社《かもしゃ》（今の京都府《きょうとふ》の上賀茂神社《かみがもじんじゃ》と下鴨神社《しもがもじんじゃ》）での斎院《さいいん》（神社に仕える結婚《けっこん》していない皇女《おうじょ》）をつとめ、のちに出家する。藤原俊成《ふじわらのとしなり》↓40ページに歌を学び、『新古今和歌集《しんこきんわかしゅう》』には、女性《じょせい》としてもっとも多くの歌が入っている。

そのほかの百人一首

恋《こい》の歌［男性編《だんせいへん》］

あひ《(い)》見《み》ての　後《のち》の心《こころ》に　くらぶれば　昔《むかし》はものを　思《おも》はざ《(わ)》りけり　恋

権中納言敦忠《ごんちゅうなごんあつただ》（九〇六年～九四三年）

意味　あなたに会って、初《はじ》めていっしょに一夜をすごしたあとの、この切ない気持ちにくらべたら、会う前の物思いなど、何も思っていなかったようなものだ。

解説　恋人同士《こいびとどうし》になれたら、片思《かたおも》いのころよりも恋心《こいごころ》が苦しくなってしまったという歌。一夜をすごした朝に、女性《じょせい》におくったとされる。

作者紹介　本名は藤原敦忠《ふじわらのあつただ》。三十六歌仙《さんじゅうろっかせん》（↓7ページ）の一人。歌のほか楽器《がっき》の演奏《えんそう》にもすぐれ、琵琶中納言《びわちゅうなごん》ともよばれていた。

あは《(わ)》れとも　いふ《(う)》べき人《ひと》は　思《おも》ほ《(お)》えで　身《み》のいたづ《(ず)》らに　なりぬべきかな　恋

謙徳公《けんとくこう》（九二四年～九七二年）

意味　私《わたし》のことをかわいそうだと言ってくれそうな人はだれも思いうかばないので、私《わたし》はむなしく死んでしまいそうだ。

解説　つき合っていた女性《じょせい》に冷《つめ》たくされ、会ってもらえなくなったときによんだ歌。失恋《しつれん》したさびしさ、悲しさを伝《つた》えている。「いたづ《ず》らに」は「むだに」や「むなしい」などの意味で使われていた言葉。ここでは、「自分の身をむだにする」ことから、死んでしまうことをさす。

作者紹介　謙徳公《けんとくこう》は亡《な》くなったあとについた名前で、本名は藤原伊尹《ふじわらのこれただ》。藤原忠平《ふじわらのただひら》（↓34ページ）の孫《まご》。

忍《しの》ぶれど　色《いろ》にいでにけり　わが恋《こひ(い)》は　ものや思《おも》ふ《(う)》と　人《ひと》の問《と》ふ《(う)》まで　恋

平兼盛《たいらのかねもり》（?年～九九〇年）

意味　だれにも知られないようにかくしてきたけれど、とうとう顔色に出てしまったようだ、私《わたし》の恋心《こいごころ》は。「恋《こい》になやんでいるのか」と人がたずねるほどに。

解説　村上天皇《むらかみてんのう》が開いた歌合《うたあわせ》（↓7ページ）で「忍《しの》ぶ恋《こい》」を題材《だいざい》に、壬生忠見《みぶのただみ》と競《きそ》い、勝った歌。二人ともすぐれた歌をよんだため、なかなか勝負がつかなかったが、村上天皇《むらかみてんのう》が兼盛《かねもり》の歌をくちずさんだことから、兼盛《かねもり》の勝ちとなった。「ものや思ふ《う》」は、ここでは恋《こい》で物思いにふけることをあらわす。

作者紹介　三十六歌仙《さんじゅうろっかせん》の一人。光孝天皇《こうこうてんのう》の子孫《しそん》。皇族《こうぞく》の身分をはなれ、平《たいら》の姓《せい》を名のった。歌人として、歌合《うたあわせ》などで活やくする。

恋《こひ(い)》すてふ《(ちょう)》　わが名《な》はまだき　立《た》ちにけり　人知《ひとし》れずこそ　思《おも》ひ《(い)》そめしか　恋

壬生忠見《みぶのただみ》（?年～?年）

意味　恋《こい》をしているという私《わたし》のうわさが、もう広がってしまった。だれにも知られないように、心の中でそっと思い始めたばかりだったのに。

解説　歌合《うたあわせ》で平兼盛《たいらのかねもり》の歌と競《きそ》い、どちらもすばらしいとされながら敗《やぶ》れた歌。「まだき」は「早くも」という意味。「てふ《ちょう》」は「といふ《う》」が短くなった言い方。

作者紹介　三十六歌仙《さんじゅうろっかせん》の一人。身分は低《ひく》かったが、歌の世界で活やくした。壬生忠岑《みぶのただみね》（↓39ページ）の息子。

今《いま》はただ 思《おも》ひ《（い）》たえなむ《（ん）》 とばかりを 人《ひと》づてならで いふ《（う）》よしもがな 恋

左京大夫道雅《さきょうのだいぶみちまさ》（九九三年～一〇五四年）

意味 今となっては、あなたへの思いをあきらめようと、ただそのことだけを、人づてにではなく、直接《ちょくせつ》あなたに会って言う方法《ほうほう》があってほしいと思う。

解説 道雅《みちまさ》は、伊勢神宮《いせじんぐう》での斎宮《さいぐう》（神様に仕える結婚《けっこん》していない皇女《おうじょ》）のつとめを終えて都に帰ってきた当子内親王《とうしないしんのう》（三条天皇《さんじょうてんのう》 ↓39ページ の皇女《おうじょ》）のところに、ひそかに通っていた。そのことが三条天皇《さんじょうてんのう》に知られ、別《わか》れさせられたときの歌。「よし」は方法《ほうほう》のこと、「もがな」は願望《がんぼう》をあらわす言葉。

作者紹介 本名は藤原道雅《ふじわらのみちまさ》。父が地位《ちい》を失《うしな》い、道雅《みちまさ》も出世できなかった。年をとってからは、歌会《うたかい》を開くなどしてすごした。

思《おも》ひ《（い）》わび さても命《いのち》は あるものを うきにたへ《（え）》ぬは なみだなりけり 恋

道因法師《どういんほうし》（一〇九〇年～一一八二年ごろ）

意味 つれない人のことを思いなやみ、それでもこうして命はあるのに、つらさにたえられなくて流れてくるのはなみだなのだ。

解説 自分の思い通りにはいかない恋《こい》になやむ気持ちをよんだ歌。つらくても命はたえている（死なずにいる）けれど、なみだはたえずに落ちてくると、命となみだをくらべている。「思ひ《い》わび」は思いなやむことで、恋《こい》でなやむ気持ちを歌にするときによく用いられた。「さても」は「それでも」という意味。

作者紹介 出家前の名前は藤原敦頼《ふじわらのあつより》といい、崇徳天皇《すとくてんのう》 ↓17ページ に仕えていた。年老《としお》いても、積極的《せっきょくてき》に歌会《うたかい》に参加《さんか》していた。

君《きみ》がため をしからざりし 命《いのち》さへ《（え）》 ながくもがなと 思《おも》ひ《（い）》けるかな 恋

藤原義孝《ふじわらのよしたか》（九五四年～九七四年）

意味 あなたに会うためなら惜《お》しくないと思っていた命だったが、あなたに会えた今となっては、できるだけ長く生きたいと思うようになった。

解説 ずっと会いたいと思っていた女性《じょせい》と一夜をすごした翌朝《よくあさ》におくった歌。「長くもがな」は、長くあってほしいという意味。

作者紹介 当時はやっていた病気にかかり、二十一歳《さい》の若《わか》さで亡《な》くなった。藤原《ふじわらの》伊尹《これただ》 ↓46ページ の息子。

あふ《（う）》ことの 絶《た》えてしなくは なかなかに 人《ひと》をも身《み》をも うらみざらまし 恋

中納言朝忠《ちゅうなごんあさただ》（九一〇年～九六六年）

意味 あの人と会うことがまったくないのなら、かえって、つれないあの人や、自分のつらい身の上をうらんだりしなくていいだろうに。

解説 「なかなかに」は「かえって」や「いっそ」を意味する。「人」は相手、「身」は自分のこと。相手の女性《じょせい》には一度も会ったことがない、または、会ったことはあるがその後は会えていない、と二通りの解釈《かいしゃく》がある歌。

笙《しょう》は、奈良《なら》時代に中国《ちゅうごく》から伝《つた》わった管楽器《かんがっき》で、雅楽《ががく》（宮中《きゅうちゅう》で行う儀式《ぎしき》などで演奏《えんそう》する音楽）などで使われる。

作者紹介 本名は藤原朝忠《ふじわらのあさただ》。三十六歌仙《さんじゅうろっかせん》の一人。笙《しょう》という管楽器《かんがっき》の演奏《えんそう》にも長《た》けていた。藤原定方《ふじわらのさだかた》 ↓35ページ の息子。

俳《は》句《く》って何だろう？

俳句《はいく》のルールや歴史《れきし》などを紹介《しょうかい》するよ。俳句《はいく》に入れる「季語《きご》」の分類《ぶんるい》についても、ここで知っておこう。

「十七字」の詩歌《しいか》

俳句《はいく》とは、五音・七音・五音の合計十七音でつくる短い詩です。十七音の中に季節《きせつ》をあらわす「季語《きご》」を入れるルールがあります。また、意味の切れるところを「切れ」といい、その前には「や」「かな」「けり」などの「切れ字」がおかれることもあります。

例
古池《ふるいけ》や（五音）　切れ　蛙《かわず》飛《と》びこむ（七音）　水《みず》の音《おと》（五音）
松尾芭蕉《まつおばしょう》 ➡68ページ

俳句《はいく》は和歌から派生《はせい》しました。平安時代に貴族《きぞく》の間で盛《さか》んだった短歌が、室町時代になると上《かみ》の句《く》の「五・七・五」と下《しも》の句《く》の「七・七」を別《べつ》の人がよむ「連《れん》歌《が》」となって流行します。しだいに、伝統《でんとう》にとらわれずにしゃれなどを交えてつくるようになり、それを「ゆかいな」という意味をもつ「俳諧《はいかい》」や「俳諧《はいかい》の連《れん》歌《が》」とよびました。室町時代末期《まっき》から江戸《えど》時代になると、「発句《ほっく》（季語《きご》を必《かなら》ず入れる最初《さいしょ》の五・七・五）」を重視《じゅうし》するようになり、松尾芭蕉《まつおばしょう》 ➡132ページ によって滑稽《こっけい》（ゆかいなもの）、言葉遊びの句《く》から芸術《げいじゅつ》の地位《ちい》にまで高められました。明治時代に入ると、正岡子規《まさおかしき》 ➡132ページ の提唱《ていしょう》により、発句《ほっく》を「俳《はい》句《く》」とよぶようになりました。

季《き》語《ご》と二《に》十《じゅう》四《し》節《せっ》気《き》

季《き》語《ご》は、春・夏・秋・冬・新年に分けられます。さらに、内容によって時候《じこう》・天文《てんもん》・地理・生活・行事・動物・植物などのジャンルに分類《ぶんるい》されます。

季《き》語《ご》では、季節《きせつ》の目安として「二十四節気《にじゅうしせっき》」という考え方が取り入れられています。二十四節気《にじゅうしせっき》は、地球が太陽のまわりを一周する一年を二十四等分したものです。春は立春から立夏の前日まで、夏は立夏から立秋の前日まで、秋は立秋から立冬の前日まで、冬は立冬から立春の前日までとなります。

昔のこよみ「旧暦《きゅうれき》」

旧暦《きゅうれき》は、新月から次の新月までを一か月、それを十二か月で一年とするよ。しかし、一年の日数が新暦《しんれき》（現在《げんざい》のこよみ）とくらべると十日ほど短くなるため、約《やく》三年に一度「うるう月」を設《もう》けて調整するんだ。旧暦《きゅうれき》は月と季節《きせつ》のずれが生じるため、二十四節気《にじゅうしせっき》が取り入れられたよ。

二十四節気《にじゅうしせっき》

二十四節気《にじゅうしせっき》による季節《きせつ》		二十四節気《にじゅうしせっき》（すべて季語《きご》になる）	現在《げんざい》のこよみ
春	初春《しょしゅん》	**立春**（りっしゅん）	二月四日
		雨水（うすい）	二月九日
	仲春《ちゅうしゅん》	啓蟄（けいちつ）	三月六日
		春分（しゅんぶん）	三月二十一日
	晩春《ばんしゅん》	清明（せいめい）	四月五日
		穀雨（こくう）	四月二十一日
夏	初夏《しょか》	**立夏**（りっか）	五月六日
		小満（しょうまん）	五月二十一日
	仲夏《ちゅうか》	芒種（ぼうしゅ）	六月六日
		夏至（げし）	六月二十一日
	晩夏《ばんか》	小暑（しょうしょ）	七月七日
		大暑（たいしょ）	七月二十三日
秋	初秋《しょしゅう》	**立秋**（りっしゅう）	八月八日
		処暑（しょしょ）	八月二十三日
	仲秋《ちゅうしゅう》	白露（はくろ）	九月八日
		秋分（しゅうぶん）	九月二十三日
	晩秋《ばんしゅう》	寒露（かんろ）	十月八日
		霜降（そうこう）	十月二十三日
冬	初冬《しょとう》	**立冬**（りっとう）	十一月七日
		小雪（しょうせつ）	十一月二十三日
	仲冬《ちゅうとう》	大雪（たいせつ）	十二月七日
		冬至（とうじ）	十二月二十二日
	晩冬《ばんとう》	小寒（しょうかん）	一月五日
		大寒（だいかん）	一月二十日

※現在《げんざい》のこよみはおよその日にちをあらわす。
※旧暦《きゅうれき》は新暦《しんれき》と、一か月から一・五か月ほどのずれが生じるため、新暦《しんれき》で立春のある二月ごろが旧暦《きゅうれき》では一月ごろになる。

俳《はい》句《く》の表現《ひょうげん》

字《じ》余《あま》り・字たらず

五・七・五の十七音よりも音が多い俳句《はいく》を字余《じあま》りという。反対に十七音よりも音が少ない俳句《はいく》を字たらずという。

例

六音　字余り
赤《あか》い椿《つばき》　白《しろ》い椿《つばき》と　落《お》ちにけり　河東碧梧桐《かわひがしへきごとう》 →77ページ

四音　字たらず
兎《うさぎ》も　片耳垂《かたみみた》るる　大暑《たいしょ》かな　芥川龍之介《あくたがわりゅうのすけ》

句《く》またがり

全部で十七音になってはいるが、意味の切れ目が五・七・五の切れ目とちがっていて、つぎの音節《おんせつ》にまたがっていることを句《く》またがりという。

例

五音　五音　七音
海《うみ》くれて　鴨《かも》の声《こえ》　ほのかに白《しろ》し　松尾芭蕉《まつおばしょう》

取り合わせ

まったく関《かか》わりのない二つの事物を組み合わせること。二つの関《かか》わりの連想《れんそう》を楽しめる効果《こうか》がある。

例

夏草《なつくさ》や兵《つわもの》どもが夢《ゆめ》の跡《あと》　松尾芭蕉《まつおばしょう》

菊《きく》の香《か》や奈良《なら》には古《ふる》き仏達《ほとけたち》　松尾芭蕉《まつおばしょう》 →104ページ

一物仕立《いちもつじた》て

一つの事物について表現《ひょうげん》すること。「いちぶつじたて」とも読む。

例

春《はる》の海終日《うみひねもす》のたりのたりかな　与謝蕪村《よさぶそん》 →78ページ

倒置法《とうちほう》

主語と述語《じゅつご》（動作やようすをあらわす言葉）の順番《じゅんばん》を変《か》えるなど、もっとも伝《つた》えたいことを強調する方法《ほうほう》。印象《いんしょう》を強くする効果《こうか》がある。

例

蒲団着《ふとんき》て　寝《ね》たる姿《すがた》や　東山《ひがしやま》　服部嵐雪《はっとりらんせつ》

季重《きがさ》なり

一つの俳句《はいく》の中に、二つまたはそれ以上《いじょう》の季語《きご》が入っていること。またそれらの季語《きご》の季節《きせつ》が異《こと》なることを「季違《きちが》い」という。その場合、句《く》の中心となる季語《きご》の季節《きせつ》に分類《ぶんるい》される。

例（季重なり）

炎天《えんてん》の地上花《ちじょうはな》あり百日紅《さるすべり》　高浜虚子《たかはまきょし》 →56ページ

※下線部は両方とも夏の季語《きご》。

例（季違い）

木《こ》がらしや目刺《めざし》にのこる海《うみ》のいろ　芥川龍之介《あくたがわりゅうのすけ》 →115ページ

※「木がらし」は秋の季語《きご》、「目刺《めざし》」は春の季語《きご》。この句《く》では「木がらし」が中心となる季語《きご》。

無季《むき》

俳句《はいく》の中に季語《きご》が入っていないこと。季節《きせつ》にとらわれずに、自分の思いを表現《ひょうげん》している句《く》。

例

しんしんと肺碧《はいあお》きまで海《うみ》のたび　篠原鳳作《しのはらほうさく》

自由律俳句《じゆうりつはいく》

五・七・五の音の決まった形にとらわれず、自由なリズムで表現《ひょうげん》する俳句《はいく》。

例

咳《せき》をしても一人《ひとり》　尾崎放哉《おざきほうさい》

食べ物の俳句《はいく》

御所柿《ごしょがき》はとてもあまく、「甘柿《あまがき》」のルーツともいわれているよ。

柿《かき》くへ《(え)》ば鐘《かね》が鳴《な》るなり法隆寺《ほうりゅうじ》 秋

正岡子規《まさおかしき》

意味 かきを食べていたら、ちょうど法隆寺《ほうりゅうじ》の鐘《かね》が鳴り始めた。

解説 この句《く》には、「法隆寺《ほうりゅうじ》の茶屋に憩《いこ》ひて」と前書きがついている。かきを食べたのは、奈良県《ならけん》の法隆寺《ほうりゅうじ》をお参《まい》りしたときに立ちよった、門の前にある茶屋。ここで出てきたかきは、作者の好物《こうぶつ》の奈良県名産《ならけんめいさん》の御《ご》所柿《しょがき》だったといわれている。

季語 柿《かき》

↓103ページ

白葱《しらねぎ》のひかりの棒《ぼう》をいま刻《きざ》む 冬

黒田杏子《くろだももこ》

意味 光の棒《ぼう》のようにまっ白くかがやいて見えるネギを、これからきざもうとしている。

解説 まっすぐにのびた、まっ白いネギの美しいようすを「ひかりの棒《ぼう》」と表現《ひょうげん》している。水みずしい新鮮《しんせん》なネギをまな板の上にのせ、トントンときざんで料理《りょうり》しようとしている場面をとらえた句《く》。

季語 葱《ねぎ》

↓119ページ（ねぎ）

奈良県《ならけん》にある法隆寺《ほうりゅうじ》の金堂《こんどう》。

大根《だいこ》引《ひ》き大根《だいこ》で道《みち》を教《おし》へ《（え）》けり

小林一茶《こばやしいっさ》

冬

意味　ダイコンを引きぬいている人に道をたずねたら、ちょうど引きぬけたダイコンで方向を示《しめ》して道を教えてくれた。

解説　ダイコンを収穫《しゅうかく》するときは、土の上に出ている葉の部分を持って引っぱり出す。作者はちょうどダイコン畑で身をかがめて収穫《しゅうかく》作業をしている人に道を聞いたのだ。ぬいたダイコンをふり上げて方向を示《しめ》すようすが目にうかぶと同時に、農村ののどかな情景《じょうけい》が伝《つた》わってくる。この句《く》の「大根《だいこ》」は「だいこ」と読む。

季語　大根引《だいこひ》き　→118ページ（大根）

匙《さじ》なめて童《わらべ》たのしも夏氷《なつごおり》

山口誓子《やまぐちせいし》

夏

意味　子どもたちが夏の日にかき氷を食べ、そのさじをなめるすがたが楽しそうだ。

解説　夏の暑い日、汗《あせ》だくになって遊んでいた子どもたちが、かき氷を食べている。そのかき氷のおいしさや、かき氷を食べるうれしさが、氷を口に運ぶさじまで楽しそうになめている子どもたちのすがたにあらわれている。「たのしも」の「も」は、感動をあらわしている。

季語　夏氷　→86ページ（かき氷）

生き物の俳句《はいく》

青蛙《あおがえる》おのれもペンキ塗《ぬ》りたてか 夏

芥川龍之介《あくたがわりゅうのすけ》

意味 アオガエルのからだの色があざやかで、まるでペンキぬりたてのようだ。

解説 この句《く》の「ペンキぬり」には、うわべだけをきれいにし、欠点《けってん》をかくす意味がふくまれている。「おのれも」ということで、アオガエルだけでなく自分自身にもあてはまることを表現《ひょうげん》している。

季語 青蛙《あおがえる》 ↓84ページ（あまがえる）

痩蛙《やせがえる》負《ま》けるな一茶《いっさ》是《これ》にあり 春

小林一茶《こばやしいっさ》

意味 戦《たたか》いに負けそうなやせっぽちのカエルよ、がんばれ、わたしがついているぞ。

解説 江戸《えど》時代、カエルの繁殖期《はんしょくき》になると、メスをめぐって多くのオスが激《はげ》しく争《あらそ》う「蛙合戦《かわずがっせん》」を見物する人びとがいた。その名所でカエルの戦《たたか》いを見たときのことをよんでいる。

季語 蛙《かえる》 ↓72ページ（かえる）

とどまればあたりにふゆる蜻蛉《とんぼ》かな　秋

中村《なかむら》汀女《ていじょ》

意味 立ち止まったら、辺りを飛《と》んでいるトンボがふえたような気がした。

解説 動いているときは気づかなかったが、立ち止まって辺りを見まわしてみると、いつの間にかトンボがたくさん飛《と》んでいた。立ち止まることで、今まで見えていなかったものが、目に入ってきていた。トンボが飛《と》び始め、秋が深まってきたことを感じている。

季語 蜻蛉《とんぼ》　↓108ページ（とんぼ）

赤蜻蛉《あかとんぼ》筑波《つくば》に雲《くも》もなかりけり　秋

正岡《まさおか》子規《しき》

意味 アカトンボが飛《と》んでいる秋空は晴れわたり、遠くの筑《つく》波山《ばさん》には雲一つかかっていない。

解説 群《む》れをなして飛《と》ぶアカトンボ、秋晴れのすみきった空、遠くにそびえている筑波山《つくばさん》のことをうたい、美しい秋の風景《ふうけい》を表現《ひょうげん》している。「筑波《つくば》」は茨城県《いばらきけん》にある筑波山《つくばさん》のこと。

季語 赤蜻蛉《あかとんぼ》　↓108ページ（とんぼ）

引《ひ》つ《（っ）》ぱれる糸《いと》まつ《（っ）》すぐや甲虫《かぶとむし》　夏

高野《たかの》素十《すじゅう》

意味 カブトムシに糸をつけたら、にげようとしてはい歩き、糸が引っぱられてピンとはった。

解説 カブトムシをつかまえようと大きな角に糸を結《むす》びつけたら、その糸を強く引っぱってにげようとしている。まっすぐにはった糸が、カブトムシの力強さをあらわしている。長くて大きな角があるのはオスのカブトムシで、メスにはオスのような角がない。

季語 甲虫《かぶとむし》　↓87ページ（かぶとむし）

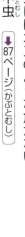

植物の俳句《はいく》 ～草花編《へん》～

山路《やまじ》来《き》て何《なに》やらゆかしすみれ草《ぐさ》（春）

松尾芭蕉《まつおばしょう》

意味 山道を歩いていたら、道ばたに咲《さ》いていたスミレの花に、なぜだかわからないけれど心がひかれた。

解説 旅のとちゅうの山道で、ふと目に入った小さなスミレの花のかわいらしいすがたに、いとしさを感じている作者。けわしい山道を歩いているときの、ほんのつかの間の休息を、この花があたえてくれたのだろう。

季語 すみれ草《ぐさ》 ➡75ページ（すみれ）

冬菊《ふゆぎく》のまとふ（う）はおのがひかりのみ（冬）

水原秋櫻子《みずはらしゅうおうし》

意味 冬に咲《さ》く冬菊《ふゆぎく》の花は、自分の光をまとうようにして咲《さ》いている。

解説 ほかの花が見られなくなった冬に、寒さをものともしないで冬菊《ふゆぎく》が咲《さ》いている。その美しさは、力強く清《きよ》らかである。まるでかがやきを放つように咲《さ》くようすを、「光をまとう」と表現《ひょうげん》している。

季語 冬菊《ふゆぎく》 ➡113ページ（寒菊）

菜《な》の花《はな》や月《つき》は東《ひがし》に日《ひ》は西《にし》に（春）

与謝蕪村《よさぶそん》

意味 菜《な》の花が咲《さ》く春の夕暮《ゆうぐ》れ。東の空では月がのぼり始め、西の空では日がしずんでいく。

解説 野原で菜《な》の花が一面に咲《さ》いている中、春の一日が終わろうとしている。菜《な》の花《はな》の黄色が広がる地上と、東の空にのぼり始めた金色の月、西の空をまっ赤《か》にそめてしずんでいく夕日、これらの美しい色がつくり出す風景《ふうけい》をえがいている。

季語 菜《な》の花《はな》 ➡77ページ

を《（お）》りとりてはらりとおもきすすきかな 秋

飯田《いいだ》蛇笏《だこつ》

意味 ススキを折《お》って、てのひらに持ってみると、思いがけない重みが伝《つた》わってきた。

解説 風になびくススキは、とても軽そうに見える。しかし、一本折《お》って手に取ってみると、思っていたよりもずっしりとした重さがあった。一本のススキの穂《ほ》の見事さにおどろき、感動したことをうたっている。

季語 すすき ↓101ページ

牡丹《ぼたん》百《ひゃく》二《に》百《ひゃく》三《さん》百《びゃく》門《もん》一《ひと》つ 夏

阿波野《あわの》青畝《せいほ》

意味 ぼたんの花が百、二百、三百と庭の奥《おく》に行くほどふえ、ふり返ると、今入ってきた門が一つ見えた。

解説 前書きに「高野山金剛峰寺《こうやさんこんごうぶじ》」とある。高野山《こうやさん》では、客殿《きゃくでん》（客をまねく建物《たてもの》）を新しく建《た》てかえたときに、庭にたくさんのぼたんを植えた。そのぼたんが咲《さ》く時期に開かれた句会《くかい》で、来客をむかえるために開かれた門から、庭の奥《おく》へと進んだときの光景《こうけい》を表現《ひょうげん》した句《く》。

季語 牡丹《ぼたん》 ↓97ページ（ぼたん）

和歌山県《わかやまけん》の高野山《こうやさん》にある金剛峯寺《こんごうぶじ》。

植物の俳句《はいく》
〜樹木編《じゅもくへん》〜

梅《うめ》一輪《いちりん》一輪《いちりん》ほどの暖《あたた》かさ
服部嵐雪《はっとりらんせつ》　冬

意味 梅《うめ》の花が一輪咲《りんさ》いた。まだ冬だけれど、これから来る春のあたたかさを感じられるようだ。

解説 この句《く》は前書きに「寒梅《かんばい》」とあるため、冬に咲《さ》く寒梅《かんばい》のことをうたっている。まだ寒い冬に、たった一輪《りん》だけ咲《さ》いた梅《うめ》の花を見ながら、春の訪《おとず》れを感じている。「梅《うめ》」は春の季語《きご》だが、「寒梅《かんばい》」は冬の季語《きご》になる。

季語 寒梅《かんばい》 ⬇121ページ（冬の梅）

炎天《えんてん》の地上花《ちじょうはな》あり百日紅《さるすべり》
高浜虚子《たかはまきょし》　夏

意味 炎天《えんてん》という真夏の暑い昼をあらわすように地上に咲《さ》く花だよ、サルスベリの花は。

解説 サルスベリは漢字で百日紅《ひゃくじつこう》と書く。真夏の照《て》りつける太陽の下、名前の通り、長期間咲《さ》き続《つづ》ける赤い花。炎天《えんてん》の暑さを感じる肌感覚《はだかんかく》と、サルスベリの赤い花を見る視覚《しかく》を対《たい》比《ひ》させているところがおもしろい句《く》。

季語 炎天《えんてん》 ⬇86ページ、百日紅《さるすべり》 ⬇90ページ（さるすべり）

◀五月ごろ、桐《きり》はむらさき色の花を咲《さ》かせ、いいかおりを放つ。秋になると、大きな葉が枯《か》れて地面に落ちる。

桐《きり》一《ひと》葉《は》日《ひ》当《あた》りながら落《お》ちにけり

高浜虚子《たかはまきょし》 秋

提供：多摩丘陵の植物と里山の研究室

意味 桐《きり》の葉が一枚《まい》、日の光を浴《あ》びながらばさりと落ちた。

解説 うちわほどの大きさの桐《きり》の葉が枝《えだ》からはなれて、風もふかない中、ばさりと地面に落ちる瞬間《しゅんかん》をとらえている。落ちたあとの静《しず》かな風景《ふうけい》が、秋の何ともいえないさびしさをあらわしている。

季語 桐《きり》一《ひと》葉《は》

↓104ページ

万緑《ばんりょく》の中《なか》や吾《あ》子《こ》の歯《は》生《は》え初《そ》むる

中村草田男《なかむらくさたお》 夏

意味 見わたすかぎりに緑がしげっている中で、わが子の初《はじ》めて生えた前歯が白く光ることよ。

解説 「万緑《ばんりょく》」は若《わか》い青葉が広がっているようすをあらわし、この俳句《はいく》で新しく季語《きご》になった。生きとした緑色の若葉《わかば》にかこまれたところで、自分の子どもの初《はじ》めての歯が白くかがやいている。若葉《わかば》と子どもの両方の生命力を表現《ひょうげん》している。

季語 万緑《ばんりょく》

↓99ページ（若葉）

天気の俳句《はいく》

暑《あつ》き日《ひ》を海《うみ》に入《い》れたり最上川《もがみがわ》

松尾芭蕉《まつおばしょう》

夏

意味　暑い一日の夕暮《ゆうぐ》れ、太陽が海にしずんでいく。最上川《もがみがわ》が太陽を海へと運んでいったのだ。

解説　夏の夕暮《ゆうぐ》れに、日本海にしずんでいくまっ赤《か》な夕日をながめている。「暑き日」は太陽と暑い一日をさし、流れの速い最上川《もがみがわ》が、まるで太陽と暑さをその流れにのせて日本海に流したようだと、とらえている。

季語　暑き日　↓85ページ（暑し）

外《と》にも出《で》よ触《ふ》るるばかりに春《はる》の月《つき》

中村汀女《なかむらていじょ》

春

意味　外《そと》に出てみてください。手をのばせばふれることができそうな、大きな月が出ていますよ。

解説　長い戦争《せんそう》が終わった翌年《よくねん》の春につくられた句《く》。戦争中《せんそうちゅう》は月をゆっくりと楽しむことができなかったが、外《そと》に出て月をゆっくりとながめることができるようになり、その解放感《かいほうかん》が伝《つた》わってくる。

季語　春の月　↓71ページ（おぼろ月）

最上川《もがみがわ》は富士川《ふじかわ》、球磨川《くまがわ》とならぶ日本の三大急流の一つだよ。

いなびかり北《きた》よりすれば北《きた》を見《み》る　秋

橋本多佳子《はしもとたかこ》

意味 北の方角で稲光《いなびかり》がしたので、思わずその北の方を見た。

解説 北というのは、寒い、暗い、さびしい、つらいなどのイメージをあたえる方角とされている。その北の方角におそろしい稲光《いなびかり》が走った。作者は稲光《いなびかり》をおそれず、北の方向を見たことがわかる。

季語 いなびかり　↓102ページ（稲妻）

さみだれや大河《たいが》を前《まえ》に家《いえ》二《に》軒《けん》　夏

与謝蕪村《よさぶそん》

意味 五月雨《さみだれ》で増水《ぞうすい》した川がいきおいよく流れている。その川を前にして、家が二軒《けん》建《た》っている。

解説 ふり続《つづ》く五月雨《さみだれ》で、川の水量《すいりょう》がふえ、堤防《ていぼう》は今にもこわれてしまいそうだ。そんな中、二軒《けん》の家はよりそうようにして、おし流される恐《きょう》怖《ふ》にじっとたえているように見える。自然《しぜん》の力を前に、人間の力の弱さや心細さをあらわしている。

季語 さみだれ　↓90ページ（五月雨）

山・海の俳句《はいく》

故郷《ふるさと》やどちらを見《み》ても山笑《やまわら》ふ（う）　春

正岡子規《まさおかしき》

意味 ふるさとに帰ってきた。どちらの山を見ても春の訪《おとず》れを感じる花盛《はなざか》りで私《わたし》を出むかえてくれているようだ。

解説 大学を自ら辞《や》め、生きる道を考えてあちこち旅をしたころの作。ふるさとをうたった句《く》に「ふるさとはいとこの多し桃《もも》の花」というのもある。作者にとってふるさととは、愛媛県松山市《えひめけんまつやまし》のこと。

季語 山笑《わら》ふ（う） ⬇82ページ（山笑う）

遠山《とおやま》に日《ひ》の当《あた》りたる枯野《かれの》かな　冬

高浜虚子《たかはまきょし》

意味 草木が枯《か》れてしまった野原は寒ざむとしているが、遠くの山には日が当たっている。

解説 冬になって草木が枯《か》れてしまった野原を見わたすと、いかにもさびしく物悲しい景色《けしき》だ。しかし、遠くの山には太陽の光が当たっていて、その光にほっとするようなあたたかさが感じられる。

季語 枯野《かれの》 ⬇113ページ

荒海《あらうみ》や佐渡《さど》に横《よこ》たふ（う）天《あま》の河《がわ》

松尾芭蕉《まつおばしょう》　秋

意味 荒海《あらうみ》の向こうに見える佐渡島《さどがしま》まで、天《あま》の川《がわ》が横たわるように空にかかっている。

解説 荒海《あらうみ》は、波立って荒《あ》れている海のこと。その海の向こうには、夜の佐渡島《さどがしま》が見えている。無数《むすう》の星が集まって川のように見える天《あま》の川《がわ》は、島までつながる銀河《ぎんが》の橋のようだ。佐渡島《さどがしま》は「さどしま」とも読む。

季語 天《あま》の河《がわ》 ➡101ページ（天の川）

水枕《みずまくら》ガバリと寒《さむ》い海《うみ》がある

西東三鬼《さいとうさんき》　冬

意味 水まくらにのせている頭の向きを変《か》えると、ガバリと音がして、寒い海がせまってくるように感じた。

解説 作者が急性肺結核《きゅうせいはいけっかく》で高熱《こうねつ》を出しているときによんだ句《く》。「ガバリ」とは、水まくらの上で頭を動かしたときに氷がぶつかる音で、作者の不安《ふあん》な気持ちをあらわしている。「寒い海」は、死を連想《れんそう》させる言葉として使われている。

季語 寒い ➡115ページ（寒さ）

日本海にうかぶ佐渡島《さどがしま》。江戸《えど》時代、罪《つみ》をおかした人が流される島として知られていたよ。

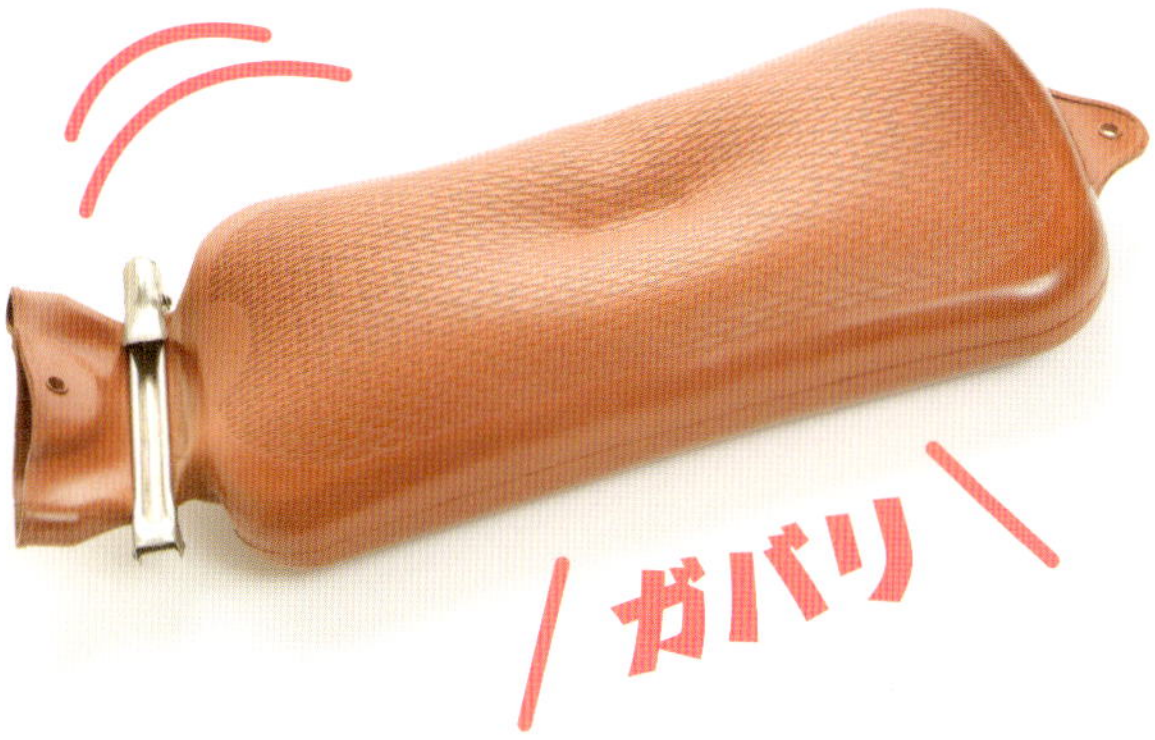

提供：（一社）佐渡観光協会

雪の俳句《はいく》

うつくしき日和《ひより》になりぬ雪《ゆき》のうへ（え）　冬

炭《たん》太《たい》祇《ぎ》

意味 一面にふり積《つ》もった雪の上は晴れわたったよい天気になった。

解説 昨夜《さくや》は雪空だったのに、一夜あけたらすっかり空は晴れわたっていた。その朝の天気のよさと雪景色《ゆきげしき》のすばらしさの両方を「うつくしき」とあらわしている。まっ青《さお》に晴れわたった空のもとで、銀世界がいっそう美しくかがやいて見えた。

季語 雪 ➡123ページ

む（う）まさうな雪《ゆき》がふうは（わ）りふうは（わ）りと　冬

小林《こばやし》一茶《いっさ》

意味 うまそうなわたがしみたいな雪が、ゆっくりゆっくりと舞《ま》いおりてくる。

解説 「むまさうな（うまそうな）」と雪を見て言っていることから、この雪はわたがしをちぎったような、ふんわりとした雪であることがわかる。それが空からふわふわとゆっくりふってきているようすをあらわしている。

季語 雪 ➡123ページ

雪《ゆき》とけて村《むら》いつ（っ）ぱいの子《こ》どもかな

小林《こばやし》一茶《いっさ》

春

意味 待ちわびた春、雪どけとともに、子どもたちが元気に外へ飛《と》び出してきて遊んでいる。

解説 冬の間、家の中でおとなしくすごしていた子どもたちが、外に出て元気よく遊び始めた。雪どけをむかえた雪国の村は、うれしそうにかけまわって遊ぶ子どもたちの活気に満《み》ちあふれている。

季語 雪どけ ➡82ページ

いくたびも雪《ゆき》の深《ふか》さを尋《たず》ねけり

正岡子規《まさおかしき》

冬

はらはら…

意味 何度も、ふり積《つ》もる雪の深さをたずねてしまった。

解説 病気でねこんでいた作者は、雪のふるようすを窓《まど》から見ていた。雪がどのくらい積《つ》もっているのかを何度も家の人にたずねて、子どものように心おどらせるようすがあらわされている。

季語 雪 ➡123ページ

行事・遊びの俳句《はいく》

加《か》留《る》多《た》とる皆《みな》美《うつく》しく負《ま》けまじく

高浜虚子《たかはまきょし》

新年

八坂神社《やさかじんじゃ》（京都府《きょうとふ》）の「かるた始め式」。毎年一月三日、平安時代の貴族《きぞく》の衣装《いしょう》を着て行う。

意味 お正月のかるたを楽しむ女子。どの子も美しく着《き》飾《かざ》った晴れ着すがただけれど、かるた取りで勝つための目つきは真剣《しんけん》だ。

解説 作者には娘《むすめ》六人と息子二人の子どもがいて、女性《じょせい》の弟子も多かった。この句《く》がつくられたころは、作者の俳句《はいく》の考えに多くの人が付《つ》きしたがい、正月も明るい雰囲気《ふんいき》だっただろう。のちに、この句《く》について作者は「皆《みな》美しい女である。どれも負けさせたくない」と説明《せつめい》している。

季語 加留多《かるた》 ↓125ページ（かるた）

遠《えん》足《そく》の遅《おく》れ走《はし》りてつながりし

高浜虚子《たかはまきょし》

春

意味 遠足の子たちが行列になって歩いている。時どき、行列の一部が遅《おく》れては走り、またつながって歩いていることだ。

解説 動きをあらわす言葉「遅《おく》れ」「走りて」「つながりし（つながった、という意味）」が使われ、時間の経過《けいか》とともに行列が変《か》わるようすがとらえられている句《く》。

季語 遠足 ↓71ページ

おいていかれちゃう。

咳《せき》の子《こ》のなぞなぞ遊《あそ》びきりもなや

中村汀女《なかむらていじょ》 冬

意味 咳《せき》が出る子どもとなぞなぞ遊びをしていると、それがいつまでもきりがなく続《つづ》くものだ。

解説 風邪《かぜ》も治《なお》りかけたが、まだ咳《せき》が出ていて遊びに出《で》られない子どもと、その母親がなぞなぞ遊びをしている。子どもは母親にそばにいてほしくていつまでもなぞなぞ遊びを続《つづ》けたがり、母親もやさしくそれにこたえている。

季語 咳《せき》 ↓117ページ

まめ知識 **江戸《えど》時代にはこんななぞなぞがあった！**

絵を見てこたえを探るなぞなぞを「判《はん》じ絵《え》」といい、江戸《えど》時代に流行した。こたえとなる言葉の文字が絵であらわされているので、それを読み解《と》く遊びだよ。

『いろは判じ絵』青幻舎刊より

卒業《そつぎょう》の兄《あに》と来《き》てゐ《（い）》る堤《つつみ》かな

芝不器男《しばふきお》 春

意味 卒業《そつぎょう》するお兄さんといっしょに、堤《つつみ》に来ている。

解説 三人の兄がいる作者が、まだ子どものころに、その兄に連《つ》れられて川の堤《つつみ》（川の土手）に行ったときの思い出をよんだ句《く》。卒業《そつぎょう》した兄がどこか大人びて見え、そのすがたにあこがれを感じる弟のすがたがよまれている。

季語 卒業《そつぎょう》 ↓75ページ

はきものの俳句《はいく》

ぞうり

夏河《なつかわ》を越《こ》すうれしさよ手《て》に草履《ぞうり》　夏

与謝蕪村《よさぶそん》

意味 夏の日、手にぞうりを持って、はだしで小川をわたるのは何ともいえないうれしい気持ちだ。

解説 子どものころのようにはだしになって、目の前にサラサラと流れる小川に入った。川の冷《つめ》たい水が足に心地よい。子どものころの思い出もよみがえってきて、なおいっそううれしい気分になった。

季語 夏河《なつかわ》

↓94ページ（夏の川）

まめ知識　旅するときは「わらじ」

ぞうりは足の指を緒《お》にひっかけてはくけれど、「わらじ」はさらに縄《なわ》を足に巻《ま》きつけるため、長い距離《きょり》でも歩きやすくなる。「わらじをはく」というと、旅に出ることをさし、「わらじをぬぐ」は旅の終わりを意味するよ。

わらじ

春近《はるちか》し雪《ゆき》にて拭《ぬぐ》ふ（う）靴《くつ》の泥《どろ》　冬

沢木欣一《さわききんいち》

意味 春も間近になったころのこと、くつについたどろを残雪《ざんせつ》でぬぐって落とした。

解説 春が近づき雪がとけ始めると、それまで雪におおわれていた地面があらわになって、ぬかるんだどろでくつをよごしてしまう。そんなときに、まだ残《のこ》っている雪でくつのどろをぬぐっていると、もう春が近いことをしみじみと感じるものだ。

季語 春近し

↓120ページ

雪《ゆき》の朝《あさ》二《に》の字《じ》二《に》の字《じ》の下駄《げた》の跡《あと》 冬

田《でん》捨女《すてじょ》

意味 雪が積《つ》もった朝、下駄《げた》をはいた人が歩いた二の字の形の跡《あと》が雪の上に続《つづ》いている。

解説 下駄《げた》の裏《うら》には二枚《まい》の歯があり、雪の上を歩くと足跡《あしあと》が「二」の字になる。雪がふり積《つ》もった朝に、その「二」の字が続《つづ》いている光景《こうけい》をあらわした句《く》。作者が六歳《さい》のときにつくった句《く》と伝《つた》えられているが、自筆の句集《くしゅう》にないため田捨女《でんすてじょ》の作かはたしかではない。

季語 雪 ↓123ページ

スケートの紐《ひも》むすぶ間《ま》も逸《はや》りつつ 冬

山口《やまぐち》誓子《せいし》

意味 早くスケートをしたくて、スケートぐつのひもを結《むす》ぶのももどかしいほどだ。

解説 スケートリンクにやって来ると、みんなスケートを楽しんでいる。それを見ていたら、自分も早くリンクに出てすべりたくて、スケートぐつのひもを結《むす》ぶ手があせってしまってもどかしい。

季語 スケート ↓117ページ

音・声の俳句《はいく》

ゆさゆさと大枝《おおえだ》ゆるる桜《さくら》かな　春

村上鬼城《むらかみきじょう》

意味 満開《まんかい》の花をつけた桜《さくら》の枝《えだ》が、風にゆさゆさとゆれている。

解説 「ゆさゆさ」という言葉から、その大枝《おおえだ》は、見事に咲《さ》いた桜《さくら》の花をつけてゆれていることがわかる。ゆったりとかまえて咲《さ》きほこっているようすをあらわしている。

季語 桜《さくら》 ↓74ページ

古池《ふるいけ》や蛙《かわず》飛《と》びこむ水《みず》の音《おと》　春

松尾芭蕉《まつおばしょう》

意味 古くからある静《しず》かな池にカエルが飛《と》びこんだら、その小さな水音が聞こえた。

解説 ひっそりとした場所で、カエルが水面《みなも》に飛《と》びこんだ音がひびく。そして再《ふたた》びシーンと静《しず》まり返ると、よりいっそうの静《しず》けさが感じられる。この句《く》に出てくる古池は、今の東京都江東区深川《とうきょうとこうとうくふかがわ》にあった芭蕉庵《ばしょうあん》の池だといわれている。

季語 蛙《かわず》 ↓72ページ（かえる）

チチポポと鼓《つづみ》打《う》たうよ花月夜《はなづきよ》

松本《まつもと》たかし

春

意味 桜《さくら》の花が咲《さ》いている月が明るい夜は、鼓《つづみ》を打って楽しくすごそう。

解説 名門の能役者《のうやくしゃ》の長男として生まれた作者は、自分も能楽《のうがく》（能《のう》と狂言《きょうげん》）の道を志《こころざ》したものの、からだが弱いため、その道からはなれて俳人《はいじん》となった。この句《く》のような、能楽《のうがく》に関係《かんけい》する俳句《はいく》を多くつくっている。鼓《つづみ》は能楽《のうがく》で使う楽器《がっき》のこと。

季語 花月夜《はなづきよ》 ↓78ページ

鼓《つづみ》はたいこの仲間《なかま》で、おもに小鼓《こつづみ》をさす。木でできた胴《どう》と、その両はしの革《かわ》を、麻《あさ》ひもで組んだ楽器《がっき》だよ。

閑《しづ》かさや岩《いわ》にしみ入《い》る蟬《せみ》の声《こえ》

松尾芭蕉《まつおばしょう》

夏

意味 ひっそりと静《しず》まり返っていて、セミの鳴き声が岩にしみ通ってゆくようだ。

解説 今の山形市山寺《やまがたしやまでら》にある立石寺《りっしゃくじ》をお参《まい》りしたときにつくった句《く》。山寺ともよばれるこの寺は静《しず》かな山の中にあり、セミの声がよりいっそう、静《しず》けさを感じさせる。

季語 蟬《せみ》 ↓91ページ（せみ）

宝珠山立石寺《ほうじゅさんりっしゃくじ》の本堂《ほんどう》。

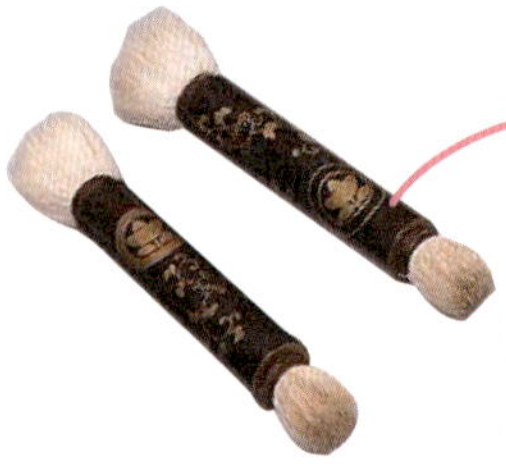

所蔵：ポーラ文化研究所

あざみ 植物

解説 春の終わりから夏にかけて咲《さ》くむらさき色の花で、茎《くき》や葉にはトゲがある。花の形が化粧《けしょう》道具の「まゆはき（まゆについた白粉《おしろい》をはらうためのはけ）」に似《に》ていることから、「まゆつくり」ともよばれる。

例句 **妻《つま》が持《も》つ薊《あざみ》の棘《とげ》を手《て》に感《かん》ず** 日野草城《ひのそうじょう》

意味 妻《つま》が持っているアザミを見ているだけなのに、そのトゲがまるで自分の手にふれているように感じる。

あさり 動物

解説 浅《あさ》い海の砂《すな》や泥《どろ》の中にすむ二枚貝《まいがい》で、潮干狩《しおひが》り（→74ページ）でもよくとれる。栄養《えいよう》をたくさんふくみ、古くから食べられてきた。

あたたか 時候

解説 寒くも暑くもない、ほどよい気温のこと。寒い冬が終わった、春のすごしやすい季節《きせつ》をさす。「ぬくし」や「ぬくとし」ともいう。

例句 **あたたかやしきりにひかる蜂《はち》の翅《はね》** 久保田万太郎《くぼたまんたろう》

意味 小さな庭《にわ》に春の花が咲《さ》いている。その花に集まってくるハチのはねは、春のあたたかな日差《ひざ》しを受けて、キラキラと光って見える。

いそぎんちゃく 動物

解説 まるい筒《つつ》のような形をしたからだをもち、海の岩場にくっついている。からだの上部から広がる細長い部分は「触手《しょくしゅ》」とよばれ、刺激《しげき》を受《う》けるときんちゃくの口をしめるようにすぼんで獲物《えもの》をつかまえる。

いぬふぐり 植物

解説 早春の野原などで咲《さ》く花。「いぬのふぐり」ともいう。もともと日本に生息していたイヌフグリは、あわいピンク色の花、ヨーロッパから入ってきたオオイヌノフグリは、空色の花を咲《さ》かせる。俳句《はいく》では、オオイヌノフグリをさすことが多い。

ホーホケキョ
梅《うめ》とウグイスの組み合わせは、春の訪《おとず》れを感じさせるため、昔から好《この》んでよく使われたよ。「梅《うめ》にうぐいす」ということわざは、二つの組み合わせが上手《うま》くつりあっているという意味。

うぐいす
動物

解説 「ホーホケキョ」という鳴き声で、春を告《つ》げる鳥。そのため、「春告鳥《はるつげどり》」ともよばれる。この声はオスのさえずり ⬇74ページ で、山に行くと夏でも聞くことができる。

例句 **鶯《うぐいす》や餅《もち》に糞《ふん》する縁《えん》の先《さき》**　**松尾芭蕉《まつおばしょう》**

意味 縁側《えんがわ》の先に干《ほ》しておいたもちに、飛《と》んできたウグイスがフンを落としていった。

梅《うめ》
植物

解説 早春のまだ寒さが残《のこ》っているころに、どの花よりも早く咲《さ》く。「春告草《はるつげぐさ》」や「花《はな》の兄《あに》」ともよばれ、古くから桜《さくら》とともに日本人に親しまれている。

例句 **梅《うめ》が香《か》にのつ(っ)《》と日《ひ》の出《で》る山路《やまじ》かな**　**松尾芭蕉《まつおばしょう》**

意味・解説 春の朝、梅《うめ》のかおりがする山道を歩いていると、朝日が突然《とつぜん》のぼってきた。「のつ《っ》と」とは、「ぬっと」と同じような意味の言葉で、朝日ののぼってきたようすへのおどろきがこめられている。

エープリルフール
生活

解説 四月一日の午前中は、軽いうそをついても許《ゆる》されるという、世界各地《かくち》に伝《つた》えられている風習。日本では「四月馬鹿《しがつばか》」ともいわれる。

遠足
生活

解説 幼稚園《ようちえん》や学校で行われる行事の一つ。おべんとうを持って出かけるハイキングや、社会科見学などがある。すごしやすい気候《きこう》の春に行われることが多い。

例句 **遠足《えんそく》の遅《おく》れ走《はし》りてつながりし**　**高浜虚子《たかはまきょし》**

意味・解説 ⬇64ページ

おたまじゃくし
動物

解説 たまごからかえったカエルの子ども。水田や池の水中にすみ、まるい頭と長いしっぽをもつ。成長《せいちょう》とともに手足が生え、しっぽがなくなり、カエルになって陸《りく》での生活を始める。

おぼろ月
天文

解説 春の夜、空気中の水分が多いため、ものがぼんやりとしてはっきり見えない状態《じょうたい》を「おぼろ」という。月のりんかくがはっきりしないで、かすんで見える月を「おぼろ月」という。また、「春の月」だけでも、春の季語《きご》になる。

例句 **外《と》にも出《で》よ触《ふ》るるばかりに春《はる》の月《つき》**　**中村汀女《なかむらていじょ》**

意味・解説 ⬇58ページ

例句 **大原《おおはら》や蝶《ちょう》の出《い》て舞《ま》ふ(う)《》朧月《おぼろづき》**　**内藤丈草《ないとうじょうそう》**

意味・解説 夜、この大《おお》原《はら》の里を歩いていたら、おぼろ月夜のうす明かりを浴《あ》びて、白いチョウがひらひらと舞《ま》うように飛《と》んでいた。大原《おおはら》は、寺院が多いことで知られる京都《きょうと》の地名。

かざぐるま

生活

解説 色紙などを折《お》り曲げて花の形をつくり、中心を竹の先にとめる。風を受けると、くるくるまわる仕組みになっている。

かえる

動物

解説 トノサマガエルやアカガエルなど、多くの種《しゅ》類《るい》がいるカエルは、春になると冬眠《とうみん》 →119ページ から目《め》覚《ざ》めて昼夜かまわず鳴き続《つづ》ける。その声は、春を感じさせるものとして昔から親しまれている。

例句 **痩蛙《やせがえる》負《ま》けるな一茶《いっさ》是《これ》にあり**　小林一茶《こばやしいっさ》

意味・解説 →52ページ

例句 **古池《ふるいけ》や蛙《かわず》飛《と》びこむ水《みず》の音《おと》**　松尾芭蕉《まつおばしょう》

意味・解説 →68ページ

トノサマガエル

アカガエル

夏の季《き》語《ご》になるカエルもいるよ。 →84ページ

風光る

天文

解説 明るくかがやく春の日差《ひざ》しのおかげで、やわらかくふく春風までも光かがやいて見えること。春がやってきたことへの喜《よろこ》びをあらわしている言葉。

陽炎《かげろう》

天文

解説 しめり気をふくんでいる地面が太陽の熱《ねつ》であたためられ、そこから蒸気《じょうき》がうすい煙《けむり》のようにゆらゆらと立ちのぼることで、風景《ふうけい》がゆれているように見えること。

例句 **陽炎《かげろう》や取《と》りつきかぬる雪《ゆき》の上《うえ》**　山本荷兮《やまもとかけい》

意味・解説 春の雪がふったあと、陽炎《かげろう》が地面から立ちのぼっている。「取りつきかぬる」とは、陽炎《かげろう》と雪の間に少しすきまがあり、陽炎が宙《ちゅう》にういているように見えることを意味している。

かすみ

天文

解説 春の野山などに立ちこめた水蒸気《すいじょうき》が、うすい雲のように見える状態《じょうたい》。夜はこれをおぼろ →71ページ（おぼろ月） という。かすみは春に使われる言葉で、秋になると霧《きり》 →104ページ とよぶ。かすみは気象《きしょう》用語ではないため、一般的《いっぱんてき》には霧《きり》と表現《ひょうげん》されることが多い。

例句 **春《はる》なれや名《な》もなき山《やま》の薄霞《うすがすみ》**　松尾芭蕉《まつおばしょう》

意味 何でもないような名もない山にも、うっすらとかすみがかかっている。もう春なんだなあ。

きじ 動物

解説 昔話「桃太郎《ももたろう》」に出てくることで知られている日本の国鳥。オスは緑色のからだと赤色の顔をもつ特徴的《とくちょうてき》なすがたで美しい。メスは全体《ぜんたい》的《てき》に茶色で、黒いぶちがある。

例句 **うつくしき顔《かお》掻《か》く雉子《きじ》の距《けづめ》かな**　宝井其角《たからいきかく》

意味・解説 きれいな顔をしているキジが、するどいツメをたてて顔をかいている。「距《けづめ》」とは「蹴爪《けづめ》」のことで、オス鳥の足の後ろ側《がわ》についているするどい突《とっ》起《き》のこと。

球春《きゅうしゅん》 生活

解説 甲子園《こうしえん》の選抜《せんばつ》高等学校野球大会やプロ野球のオープン戦《せん》などが始まり、本格的《ほんかくてき》に野球が行われる春の時期をさす。

例句 **球春《きゅうしゅん》や青春《せいしゅん》いつも雲《くも》ひとつ**　塩見恵介《しおみけいすけ》

意味・解説 春になり、若者《わかもの》たちにも野球シーズンがやってきた。そして青春とは、いつも雲が一つうかんでいる感じだ。雲を空にうかぶものとして見ると優《やさ》しい感じに、心の中にあるものとして見ると心配ごとがあるようによめる。

草もち 生活

解説 ヨモギ↓83ページ（よもぎ）のやわらかい葉をまぜてついた若草色《わかくさいろ》をしたもちで、「よもぎもち」ともいう。ひし形に切ったものをひな祭り↓80ページに供《そな》える習慣《しゅうかん》がある。

クローバー 植物

解説 「しろつめくさ」の別名《べつめい》。白い小さな花を咲《さ》かせる。葉はふつう三枚《まい》で、まれに見る四枚《まい》のものは「四葉のクローバー」といって幸運の印《しるし》とされている。

啓《けい》蟄《ちつ》 時候

解説 三月六日ごろ。春になってだんだんあたたかくなり、土の中で冬眠《とうみん》↓119ページしていた虫やヘビ、カエルなどが土からはい出てくるころとされている。

まめ知識 啓蟄《けいちつ》の日に行われる「こもはずし」

マツカレハという害虫《がいちゅう》から、松《まつ》の木を守るために幹《みき》に巻《ま》くわらを「こも」という。啓蟄《けいちつ》の日がやってくると、秋に巻《ま》きつけたこもを外す「こもはずし」が行われるよ。

こねこ 動物

解説 ネコは夏前に出産《しゅっさん》することが多いため、春の季語《きご》となっている。「ねこの子」ともいう。

ゴールデンウィーク 生活

解説 四月の終わりごろから五月の初《はじ》めの祝日《しゅくじつ》が集まっている週のこと。「黄金《おうごん》週間」ともよばれ、連《れん》休《きゅう》を利用《りよう》して観光地《かんこうち》に出かける人が多い。

さえずり

動物

解説 鳥の鳴き声のこと。その声にはバリエーションがあり、それぞれに意味がある。季語《きご》としての「さえずり」は、春に繁殖期《はんしょくき》をむかえた鳥たちが、求《きゅう》愛《あい》のために歌う鳴き声のこと。

桜《さくら》

植物

解説 春になると全国各地《かくち》で開花する花。日本には、古くから桜《さくら》を楽しむ文化がある。桜《さくら》の種類《しゅるい》は豊富《ほうふ》で、ソメイヨシノがもっとも多く、八重桜《やえざくら》、山《やま》桜《ざくら》、彼岸桜《ひがんざくら》なども知られている。

例句

ゆさゆさと大枝《おおえだ》ゆるる桜《さくら》かな

村上鬼城《むらかみきじょう》

意味・解説 68ページ

桜《さくら》もち

生活

解説 塩漬《しおづ》けした桜《さくら》の葉で包《つつ》んだもち菓子《がし》。小麦粉《こむぎこ》を使った生地をうすく焼《や》いたものであんをくるんだ和菓子《わがし》。江戸《えど》時代に長命寺《ちょうめいじ》の門番がつくったことから、関東《かんとう》では長命寺《ちょうめいじ》の桜《さくら》もちが有名。

まめ知識

地域《ちいき》によってちがう「桜《さくら》もち」

桜《さくら》もちは関東《かんとう》と関西《かんさい》では少しちがうよ。関東《かんとう》の長命寺《ちょうめいじ》の桜《さくら》もちに対して、関西《かんさい》の桜《さくら》もちはもち米を使い、米の粒《つぶ》が残《のこ》るように蒸《む》したものにあんを包《つつ》む。こちらは別名《べつめい》「道明寺《どうみょうじ》」とよばれているんだ。

関西風《かんさいふう》　関東風《かんとうふう》

三月

時候

解説 旧暦《きゅうれき》の三月は、仲春《ちゅうしゅん》（春のなかば）に分類《ぶんるい》されるが、じっさいはまだ寒さが残《のこ》る地域《ちいき》が多い。下旬《げじゅん》になるとようやく南の地方から桜《さくら》の花が咲《さ》き始め、春らしくなってくる。

例句

三月《さんがつ》の甘納豆《あまなっとう》のうふふふふ

坪内稔典《つぼうちねんてん》

意味・解説 ひな祭りのある三月の甘納豆《あまなっとう》。まるで気取った女の子のように、うふふふふという感じで転がっている。作者は、十二か月それぞれの月の甘納豆《あまなっとう》の気持ちを俳句《はいく》にしている。「一月《いちがつ》の甘納豆《あまなっとう》は寝《ね》ています」「十二月《じゅうにがつ》どうする甘納豆《あまなっとう》」など。

「甘納豆《あまなっとう》」は春の季語《きご》として使うことができるよ！

潮干狩《しおひが》り

生活

解説 潮《しお》がひいた砂浜《すなはま》で砂《すな》を掘《ほ》って、アサリ70ページ（あさり）やハマグリなどの貝を拾うこと。三月下旬《げじゅん》からゴールデンウィーク73ページのころに、家族で潮干狩《しおひが》りを楽しむ人が多い。

すみれ 植物

解説 野山のスミレは、春になると濃《こ》いむらさき色の花を咲《さ》かせる。やや下向きに咲《さ》く小さな花のすがたが、昔の人の使っていた墨入《すみい》れに似《に》ていることから、スミレの名がついたともいわれている。季語《きご》では「すみれ草《ぐさ》」ともいう。

例句 **山路《やまじ》来《き》て何《なに》やらゆかしすみれ草《ぐさ》**　松尾芭蕉《まつおばしょう》

例句 **菫《すみれ》ほどな小《ちい》さき人《ひと》に生《う》まれたし**　夏目漱石《なつめそうせき》

意味・解説 ↓54ページ

意味 もし生まれ変《か》わることができるなら、すみれくらいの小さい人に生まれたい。

しゃぼん玉 生活

解説 石けん水にストローなどの細い管《くだ》の先をつけて、反対側《はんたいがわ》から息をふき入れると、ふくらんでできる玉。

春分 時候

解説 昼と夜の時間がほぼ等しくなる日で、春の彼《ひ》岸《がん》↓80ページのまん中にあたる。三月二十一日ごろで、国民《こくみん》の祝日《しゅくじつ》にもなっている。

すずめの子 動物

解説 春になると、スズメのたまごはかえり、ヒナが生まれる。生まれたばかりのスズメの子はよちよち歩きであぶなっかしいため、しばらくは親スズメといっしょにすごす。

例句 **雀《すずめ》の子《こ》そこのけそこのけお馬《うま》が通《とお》る**　小林一茶《こばやしいっさ》

意味 エサをつついて遊んでいるスズメの子よ。そこをどいた、そこをどいた。向こうから馬がやってくるよ。

ぜんまい 植物

解説 山や野原に生えている植物。春先に、白いわたげにおおわれたうずまき状《じょう》の若芽《わかめ》を出す。わたげをぬぐ前の若芽《わかめ》は、煮物《にもの》などにして食べることができる。

例句 **ぜんまいののの字《じ》ばかりの寂光土《じゃっこうど》**　川端茅舎《かわばたぼうしゃ》

意味・解説 「の」の字のような形をしたゼンマイの若《わか》芽《め》が一面に生えていて、まるで仏様《ほとけさま》の住むおだやかな世界のようだ。「寂光土《じゃっこうど》」とは、仏様《ほとけさま》が住む極楽浄《ごくらくじょう》土《ど》のこと。

卒業《そつぎょう》 生活

解説 小学校や中学校など、それぞれの学校で決められた学業を終えて、その学校を去ること。三月末《まつ》に、卒業式《そつぎょうしき》が行われることが多い。

例句 **卒業《そつぎょう》の兄《あに》と来《き》てゐ《(い)》る堤《つつみ》かな**　芝不器男《しばふきお》

意味・解説 ↓65ページ

「たんぽぽのわた」も
春の季語《きご》だよ。

たんぽぽ

植物

解説 芝生《しばふ》や野山などに生えている春の野草。まっすぐにのびた茎《くき》の先に黄色や白の花を咲《さ》かせる。種子《しゅし》の先は白いわたのようになり、風に飛《と》んで行く。

例句 **たんぽぽのぽぽのあたりが火事《かじ》ですよ**　**坪内稔典《つぼうちねんてん》**

意味・解説 春の花のたんぽぽ、そのぽぽという音があらわす雰囲気《ふんいき》がいかにも火事のようだ。「ぽぽのあたり」とはどこなのだろうか。視覚《しかく》でとらえるよりも、火が燃《も》え上がることを表現《ひょうげん》している「ぽぽ」という音のひびきを楽しみたい句《く》。

まめ知識　日本のタンポポ

タンポポには、もとから日本に生えていたタンポポと、外国から入ってきたセイヨウタンポポがあり、花の下のほう・・葉《よう》（花や芽《め》を包《つつ》む葉）の形で見分けることができる。日本のタンポポは上にくっついているけれど、セイヨウタンポポはそり返っているよ。

セイヨウタンポポ

日本のタンポポ

チューリップ

植物

解説 春の花壇《かだん》で広く栽培《さいばい》され、童謡《どうよう》「チューリップ」でも親しまれている花。赤、白、黄色など色も豊富《ほうふ》で、江戸《えど》時代にヨーロッパから伝《つた》わった。

ちょう

動物

解説 春から秋にかけて美しいはねでひらひらと舞《ま》うように飛《と》ぶ昆虫《こんちゅう》。モンシロチョウ、アゲハチョウなど多くの種類《しゅるい》があり、日本だけでも二百種以上《ひゃくしゅいじょう》いるといわれている。

つつじ 植物

解説 春の終わりごろから、道沿《ぞ》いや公園などで赤、ピンク、むらさき、白など色とりどりの花を咲《さ》かせる。ヤマツヅジやレンゲツツジなど種類《しゅるい》も多い。

椿《つばき》 植物

解説 赤い大きな花を、厚《あつ》みのある葉の間に開花させる。古くから日本で親しまれている花で、『万葉集《まんようしゅう》』の歌にも登場する。花びらを散《ち》らさずに花ごとポトリと落ちることを「落椿《おちつばき》」といい、春の季語《きご》になっている。

例句 **赤《あか》い椿《つばき》白《しろ》い椿《つばき》と落《お》ちにけり**
河東碧梧桐《かわひがしへきごとう》

意味 赤いツバキの木の下には赤い花が、白いツバキの木の下には白い花が、それぞれの木を囲《かこ》むように落ちている。

つばめ 動物

解説 早い地域《ちいき》では二月下旬《げじゅん》ごろに、南からわたってくるわたり鳥。人が住む家の軒先《のきさき》や駅などに巣《す》をつくり、たまごを生み、ひなを育て、秋になると再《ふたた》び南に帰っていく。

例句 **ふためいて金《きん》の間《ま》を出《で》る燕《つばめ》かな**
与謝蕪村《よさぶそん》

意味・解説 「金の間」とは、豪華《ごうか》な金のふすまで囲《かこ》まれた部屋のこと。そんな部屋にあやまって飛《と》びこんでしまったツバメが、あわてふためいてバタバタと音を立《た》てて飛びまわり、部屋から出ていった。

夏近し 時候

解説 春の盛《さか》りがすぎて、夏に近づいていくことが感じられるころ。「夏隣《なつどなり》」ともいい、日差《ひざ》しがだんだん強くなり、木ぎの緑も色深くなっていく。

菜《な》の花《はな》 植物

解説 春の田園を黄色くうめつくすアブラナの花。「菜種《なたね》の花」ともよばれる花で、種《たね》からは油を取ることができる。

例句 **菜《な》の花《はな》や月《つき》は東《ひがし》に日《ひ》は西《にし》に**
与謝蕪村《よさぶそん》

意味・解説 ↓54ページ

苗代《なわしろ》 地理

解説 イネの種《たね》をまいて、田植《たうえ》↓92ページをするための苗《なえ》を育てるところ。「苗代田《なわしろだ》」や「苗田《なえだ》」ともいう。

例句 **苗代《なわしろ》や鞍馬《くらま》の桜《さくら》ちりにけり**
与謝蕪村《よさぶそん》

意味・解説 苗代《なわしろ》では苗《なえ》が育っている。鞍《くら》馬山《まやま》を見ると、もう桜《さくら》はすっかり散《ち》ってしまった。「鞍馬《くらま》」は京都府《きょうとふ》にある鞍馬山《くらまやま》のことで、桜《さくら》の名所として有名。

入学 生活

解説 新しく学校に入ること。日本の小学校から大学までは、四月に入学式が行われることが多い。「入学式」や「新入生」も春の季語《きご》。

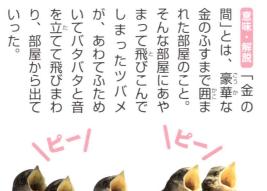

蜂《はち》

動物

解説 ミツバチやスズメバチなど種類《しゅるい》が多い。ミツバチは花の蜜《みつ》を集めて巣《す》にたくわえる。スズメバチは日本でいちばん大きなハチで、人の家の軒下《のきした》などに大きな巣《す》をつくる。おしりに毒針《どくばり》をもっている。

春の海

地理

解説 冬は風が冷《つめ》たく暗い海も、春になるとあたたかい日差《ひざ》しに照《て》らされて、おだやかになる。そんな静《しず》かでのどかな海のこと。

例句 **春《はる》の海《うみ》終日《ひねもす》のたりのたりかな**　**与謝蕪村《よさぶそん》**

意味・解説 春の海は一日中おだやかで、波はゆったりと海岸に打ち寄《よ》せている。「のたり」という言葉で、波が海岸の砂《すな》をはっていくようすをあらわしている。

八十八夜《はちじゅうはちや》

時候

解説 立春（↓83ページ）から数えて八十八日目の日で、五月の二～三日ごろ。農業では、種《たね》まきや茶摘《ちゃつ》みをする重要《じゅうよう》な時期。

まめ知識

八十八夜《はちじゅうはちや》に行われる「茶摘《ちゃつ》み」

「茶摘《ちゃつ》み」という唱歌《しょうか》の中で「夏も近づく八十八夜《はちじゅうはちや》～」と歌われているように、八十八夜《はちじゅうはちや》はお茶の新《しん》芽《め》を手でつみとる時期。昔から、この日につんだ新茶を飲むと、一年間健《けん》康《こう》にすごせるといわれているよ。

花

植物

解説 季語《きご》として使う花は、桜《さくら》（↓74ページ）の花をさすことが多い。

例句 **ながむとて花《はな》にもいたし頸《くび》の骨《ほね》**　**西山宗因《にしやまそういん》**

意味 桜《さくら》の花にみとれてずっと上を向いていたら、首の骨《ほね》が痛《いた》くなってしまった。

花衣《はなごろも》

生活

解説 お花見に行くときに女性《じょせい》が着ていく衣装《いしょう》。昔は、お花見のために早くから着物を準備《じゅんび》していた。桜《さくら》の花を見に行くときに着飾《きかざ》っていく風習をあらわしている。

例句 **花衣《はなごろも》ぬぐや纏《まつわ》る紐《ひも》いろいろ**　**杉田久女《すぎたひさじょ》**

意味 花見から帰ってきて、着ていた着物をぬごうとすると、着物を結《むす》んでいたひもが自分のからだにまとわりついてくる。

花月夜《はなづきよ》

天文

解説 花は桜《さくら》（↓74ページ）のこと。春の夜、ぼんやりかすんだおぼろ月（↓71ページ）に桜《さくら》が照《て》らされている豪華《ごうか》で幻想的《げんそうてき》な情景《じょうけい》。「はなづくよ」とも読む。

例句 **チチポポと鼓打《つづみう》たうよ花月夜《はなづきよ》**　**松本《まつもと》たかし**

意味・解説 （↓69ページ）

花見 生活

解説 桜《さくら》の花をながめること。桜《さくら》の下でおべんとうなどを広げて楽しむこともさす。

平安時代にも、
桜《さくら》の花を
歌によんでいたよ。

所蔵：風俗博物館

春一番 天文

解説 立春↓83ページをすぎて、最初《さいしょ》にふく強い南風。あたたかい風がふき、春の訪《おとず》れを感じることができる。

春《はる》風《かぜ》 天文

解説 春にふく、あたたかくておだやかな風。「しゅんぷう」とも読む。春の風にはビュービューとふく強い風もあり、それは「春疾風《はるはやて》」といい、春の季語《きご》になる。

例句 **春風《はるかぜ》や闘志《とうし》いだきて丘《おか》に立《た》つ　高浜虚子《たかはまきょし》**

意味・解説 おだやかな春風にふかれながら、自分は胸《むね》に闘志《とうし》を抱《だ》いて丘《おか》に立っている。「闘志《とうし》」とは、俳《はい》句《く》からはなれて小説《しょうせつ》を書くことに力を入れていた作者が、再《ふたた》び俳句《はいく》をつくろうと決めた決意のこと。

春《はる》雨《さめ》 天文

解説 細かくしとしとふり続《つづ》く春の雨。春になって芽生《めば》えた草や花を成長《せいちょう》させる大切な雨として、古くから親しまれている。

春田 地理

解説 まだ苗《なえ》が植えられていない春の田んぼのこと。「春の田」ともいう。

春の朝 時候

解説 冬の寒い朝が終わり、春の朝は心地よくすごしやすい。夜が明けてからのことをさし、春の夜明けは「春暁《しゅんぎょう》」や「春の曙《あけぼの》」といい、春の季語《きご》になる。

まめ知識　春を感じる夜明け

清少納言《せいしょうなごん》↓26ページは『枕草子《まくらのそうし》』の中で、四季《しき》それぞれのもっとも好《この》ましい時刻《じこく》をあげているよ。春については、「春《はる》はあけぼの。やうやう白《しろ》くなりゆく山《やま》ぎは《わ》、すこしあかりて、紫《むらさき》だちたる雲《くも》のほそくたなびきたる。(春は明け方がよい。だんだん白くなっていく山ぎわが、少し明るくなって、むらさきがかった雲が細くたなびいているのがよい。)」といっている。そのほかの季節《きせつ》は、「夏は夜」「秋は夕暮《ゆうぐ》れ」「冬はつとめて(早朝)」がよいと書いているよ。

春の夜 時候

解説 あたたかく、おぼろ↓71ページ(おぼろ月)がかった夜のこと。日がしずんで間もないときは「春の宵《よい》」といい、さらに夜がふけると「春の夜」や「夜《よ》半《わ》の春」という。

春休み 生活

解説 三月に学年が終わり、四月の新学期をむかえるまでの間の休み。一学年が終わってほっとした気持ちや、新しい学年への期待が高まる休みの期間。

彼岸《ひがん》

時候

解説 春分 ↓75ページ を中日《ちゅうにち》（まん中の日）として、その前後の三日を合わせた七日間を彼岸《ひがん》という。彼《ひ》岸《がん》には、お墓参《はかまい》りをして先祖《せんぞ》に感謝《かんしゃ》をする。秋分 ↓106ページ の日を中日《ちゅうにち》とする彼岸《ひがん》もあり、これは秋の彼岸《ひがん》 ↓106ページ という。

ピクニック

生活

解説 おべんとうなどを持って自然《しぜん》のある場所に出かけ、春のあたたかい光を浴《あ》びながら遊んだり、外でごはんを食べること。「野遊び」ともいう。

ひな祭り

生活

解説 女の子のすこやかな成長《せいちょう》を祈《いの》る行事で、「桃《もも》の節句《せっく》」に行われる。ひな人形を飾《かざ》り、ちらしずしやひなあられなどを食べてお祝《いわ》いする。ひな人形を飾《かざ》る習慣《しゅうかん》は、自分の災《わざわ》いを人形《ひとがた》に移《うつ》して水に流す「流しびな」と、人形を飾《かざ》って遊ぶ「ひな遊び」に由来している。

ひなあられ

ひしもち

ちらしずし

はまぐりのお吸《す》い物

ひばり

動物

解説 春に空高く舞《ま》い上がり、高い声でさえずるヒバリは、ウグイス ↓71ページ（うぐいす） とともに春を告《つ》げる鳥とされている。木ではなく、草地などの地上に巣《す》をつくり、飛《と》びながらさえずっているすがたがよく見られる。

ヒヤシンス

植物

解説 江戸《えど》時代に外国から日本に持ちこまれたヒヤシンスは、花壇《かだん》や鉢植《はちう》えなどとして親しまれている。白、ピンク、むらさき、黄色など、色も豊富《ほうふ》。

風船

生活

解説 ゴムなどでつくられた袋《ふくろ》に空気や水素《すいそ》を入れて、ふくらませたもの。数枚《まい》の紙をはり合わせて息をふき入れてふくらませるものを「紙風船」という。

ふきのとう

植物

解説 早春の雪がとけ始めるころに出てくる、まるい形をしたフキの花のつぼみをフキノトウという。古くから、春を告《つ》げる食べ物として好《この》まれている。

例句 **にがにがしいつまであらしふきのたう《(と)》**

山崎宗鑑《やまざきそうかん》

意味・解説 フキノトウが芽《め》を出す春、いつまでこの強風はふいているのだろう、こまったものだ。「にがにがしい」はこまったという意味と、フキノトウの苦い味にかかっている。また「あらしふき」の「ふき」も「ふきのとう」の「ふき」にかかっている。

藤《ふじ》の花

植物

解説 春の終わりごろ、むらさき色の小さな花が集まった房《ふさ》を枝《えだ》から垂《た》らして咲《さ》く。花が白い白藤《しらふじ》や、ピンク色の赤花藤《あかばなふじ》などもある。

例句 **白藤《しらふじ》の揺《ゆ》りやみしかばうすみどり**　芝《しば》不《ふ》器《き》男《お》

意味 風にふかれてゆれているときは白藤《しらふじ》の花の白さが美しく見えたけれど、風がやんでゆれがとまると、若葉《わかば》のうす緑色が見えてくる。

ぶらんこ

生活

解説 冬至《とうじ》 ⬇119ページ から一〇五日目の「寒食《かんしょく》の日」に、宮殿《きゅうでん》の女性《じょせい》たちがブランコを楽しんだという中国《ちゅうごく》の習慣《しゅうかん》から、春の季語《きご》になったといわれている。寒い冬がすぎて、外に出てきた子どもたちがブランコで遊び始めることからも、春を感じさせる。

例句 **ふらここの会釈《えしゃく》こぼるるや高《たか》みより**　炭《たん》太《たい》祇《ぎ》

意味・解説 「ふらここ」はブランコのこと。高くこぎあげたブランコから、こぼれるほどの笑顔《えがお》であいさつをしている。

ぺんぺん草《ぐさ》

植物

解説 春の七草《ななくさ》の一つ、「なずな」 ⬇127ページ の別名《べつめい》。三味線《しゃみせん》のバチに似《に》た実をつけることから「三《しゃ》味線草《みせんぐさ》」ともよばれる。庭や道など、さまざまな場所に生える雑草の一つで、白い小さな花をつける。

例句 **よく見《み》れば薺花《なずなはな》さく垣根《かきね》かな**　松《まつ》尾《お》芭《ば》蕉《しょう》

意味 垣根《かきね》のところに白い小さな花が咲《さ》いている。よくよく見てみると、それはナズナの花だった。

ほうれん草

植物

解説 江戸《えど》時代に日本に伝《つた》わったほうれん草は、秋に種《たね》をまき、春に収穫《しゅうかく》した。現在《げんざい》では、冬に収穫《しゅうかく》するものもある。栄養豊富《えいようほうふ》な野菜《やさい》の一つ。

まんさく

植物

解説 春になるといち早く花を咲《さ》かせることから、「まず咲《さ》く」がなまって「まんさく」の名がついたといわれる。葉が出るよりも先に黄色い花が咲《さ》く。

水《みず》温《ぬる》む

地理

解説 春になり、気温が上がるにつれ、それまで冷《つめ》たかった池や川などの水もあたたかくなること。

虫出しの雷《かみなり》

天文

解説 立春 ⬇83ページ をすぎてから、初《はじ》めて雷《かみなり》が鳴ることで「初《はつ》雷《らい》」ともいう。ちょうど啓蟄《けいちつ》 ⬇73ページ のころにあたり、地中から虫たちが出てくるころなので、「虫出しの雷《かみなり》」といわれている。

めざし

生活

解説 イワシなどの魚を数尾《び》ずつ、その目にわらや竹串《たけぐし》を通してまとめ、天日《てんぴ》に干《ほ》したもの。エラに竹串《たけぐし》などを通したものは「ほおざし」という。

桃《もも》の花

植物

解説 梅《うめ》（→71ページ）や桜《さくら》（→74ページ）よりも花が大きく、はなやかに咲《さ》きほこる。桃《もも》の実（→111ページ）は秋の季語《きご》。

例句 **喰《く》うて寝《ね》て牛《うし》にならばや桃《もも》の花《はな》**　与謝蕪村《よさぶそん》

意味・解説 桃《もも》の花の下で、おなかがいっぱいになって寝転《ねころ》ぶのはとても気持ちよく、これならば牛になってもかまわない。「食べてすぐにねると牛になる」ということわざを使った句《く》。

やなぎ

植物

解説 枝《えだ》を垂《た》らし、風にその葉をしなやかにゆらす「シダレヤナギ」を一般的《いっぱんてき》にヤナギとよぶことが多い。春の若葉《わかば》のころがもっとも美しいとされる。

例句 **けろりくわ（か）んとして烏《からす》と柳《やなぎ》かな**　小林一茶《こばやしいっさ》

意味・解説 青あおと若葉《わかば》の美しいヤナギなのに、まったく気にもとめずにカラスがとまっている。「けろりくわん」とは、まるで関心《かんしん》がないという意味をあらわした言葉。

山吹《やまぶき》

植物

解説 春の終わりごろ、高さ一メートルほどの低木《ていぼく》に、あざやかな黄色の花をつける。この花の色は山吹《やまぶき》色《いろ》といい、あざやかな黄色をさす。ヤエヤマブキには実がならない。

例句 **ほろほろと山吹《やまぶき》散《ち》るか瀧《たき》の音《おと》**　松尾芭蕉《まつおばしょう》

意味 大きな音をたてて流れ落ちる滝《たき》のほとりに咲《さ》くヤマブキの花が、風もないのにほろほろと散《ち》ってゆくことよ。

山笑《やまわら》う

地理

解説 草木の芽《め》が出て青く色づき、花も咲《さ》き出す春の山を、山が笑《え》みをうかべているようだとたとえた言葉。冬は山ねむる（→122ページ）という。

例句 **故郷《ふるさと》やどちらを見《み》ても山笑《やまわら》ふ（う）**　正岡子規《まさおかしき》

意味・解説 →60ページ

やどかり

動物

解説 エビやカニの仲《なか》間《ま》で、らせん状《じょう》の貝がらの中にしっぽからからだを入れてすみかにし、貝がらを背負《せお》って動きまわる。成長《せいちょう》に合わせて、自分のからだに合う貝がらにかえていく。

雪どけ

地理

解説 春になってあたたかくなり、冬のあいだ積《つ》もっていた雪がとけて消えていくこと。雪がとけた水は「雪どけ水」や「雪の水」という。

例句 **雪《ゆき》とけて村《むら》いっ（つ）ぱいの子《こ》どもかな**　小林一茶《こばやしいっさ》

意味・解説 →63ページ

行《ゆ》く春

時候

解説 春が終わろうとしていること。冬の間、待ちわびていた春だけに、終わってしまうことを惜《お》しむ「春惜《お》しむ」という季語《きご》もある。

例句 **行《ゆ》く春《はる》や鳥《とり》啼《な》き魚《うお》の目《め》は涙《なみだ》**　**松《まつ》尾《お》芭《ば》蕉《しょう》**

意味・解説 春がすぎようとしていることを惜《お》しんで鳥は鳴き、魚の目にはなみだがうかんでいるように思える。作者が旅に出るときに、弟子との別《わか》れをよんだ句《く》。

よもぎ

植物

解説 早春の生え出たばかりのヨモギは、やわらかくかおり高い。若葉《わかば》をもちにつきこむと、草もち（↓73ページ）になる。そのため、「もち草《ぐさ》」ともよばれる。

立春

時候

解説 豆まきを行う節分《せつぶん》（↓117ページ）の次の日、二月四日ごろ。二十四節気《にじゅうしせっき》（↓48ページ）の一つで、こよみのうえではこの日から春となる。「春来る」や「春立つ」ともいう。

レタス

植物

解説 日本語では「ちしゃ」という。サラダなどでおなじみのレタスは「玉ぢしゃ」といい、外国から伝《つた》わった。

れんげ草《そう》

植物

解説 ピンク色のかわいらしい小花がハス（↓95ページ（蓮））の花に似《に》ていることから、「蓮華草《れんげそう》」の名がついた。また、遠くから見るとむらさき色の雲のように見えることから「紫雲英《げんげ》」ともよばれる。

若《わか》草《くさ》

植物

解説 芽《め》を出して少ししかたっていない、若《わか》わかしい草。春に芽《め》ぶいた草のことで、「初草《はつくさ》」や「新草《にいくさ》」ともいう。

別《わか》れ霜《じも》

天文

解説 晩春《ばんしゅん》におりる霜《しも》のこと。「忘《わす》れ霜《じも》」ともいい、この霜《しも》は農作物の成長《せいちょう》に害《がい》をあたえるため、農家の人たちにおそれられている。昔から「八十八夜《はちじゅうはちや》の忘《わす》れ霜《じも》」といって、八十八夜《はちじゅうはちや》（↓78ページ）のころに最後《さいご》の霜《しも》がおりるといわれている。

わらびもち

生活

解説 わらびの根から取り出したでんぷんにさとうをまぜてつくったもち菓子《がし》で、きなこや黒みつをつけて食べる。春に芽《め》を出す「わらび」も春の季語《きご》。

わらび粉《こ》が100パーセントのわらびもちは、黒っぽい色をしているよ。

わかめ

植物

解説 日本の特産《とくさん》で、昔から食べられている海藻《かいそう》。春になると、わかめの刈《か》り取り「わかめ刈《がり》」が行われる。茎《くき》に近いところは「めかぶ」といって、こちらも料理《りょうり》に使われる。

青嵐《あおあらし》 天文

解説 草や木が青あおとした葉をしげらせるころ、葉をゆらしてふきわたる少し強めの風。さわやかな心地よさや、若《わか》わかしさを感じさせる。「せいらん」とも読む。

あじさい 植物

解説 梅雨《つゆ》↓92ページのころに咲《さ》く花。白や、ピンク、水色、青むらさきと、さまざまな色がある。白かった花が、だんだん青くなるなど、色が変《か》わるので「七変化《しちへんげ》」ともいう。

例句 **紫陽草《あじさい》や藪《やぶ》を小庭《こにわ》の別座敷《べつざしき》**　**松尾芭蕉《まつおばしょう》**

意味・解説 自然《しぜん》のままのやぶを小庭のようにしてある別屋敷《べつやしき》（別棟《べつむね》にある部屋）に、アジサイも咲《さ》いている。弟子の家にある離《はな》れで、芭蕉《ばしょう》の旅の送《そう》別会《べつかい》が開かれたときの句《く》。その旅が、芭蕉《ばしょう》の最《さい》後《ご》の旅となった。

秋近し 時候

解説 空や風のようすなどから、もうすぐ夏が終わり、秋がやってくることが感じられるころ。

例句 **秋近《あきちか》き心《こころ》の寄《よ》るや四畳半《よじょうはん》**　**松尾芭蕉《まつおばしょう》**

意味・解説 夏も終わり、もうすぐ秋がやってくる気配に、集まった人の心はしんみりとして、この四畳《よじょう》半《はん》の部屋で寄《よ》りそい合う。「寄《よ》る」には人が集まるという意味と、心が近づき合うという意味がある。

赤富士《あかふじ》 地理

解説 朝焼《あさや》けに染《そ》まり、赤く見える富士山《ふじさん》。夏の終わりから秋の始め、雲、霧《きり》、朝日の関《かん》係《けい》であらわれる光景《こうけい》だが、富士山《ふじさん》全体が美しく赤く染《そ》まるものは、なかなか見られない。

あまがえる 動物

解説 雨がふる前によく鳴く小さなカエルで、からだの色が周《まわ》りに合わせて変《か》わる。ふだんは青いので「青がえる」ともよばれるが、本来はアマガエルとアオガエルはちがう種類《しゅるい》のカエル。また、「ひきがえる」も夏の季語《きご》になるカエル。

例句 **青蛙《あおがえる》おのれもペンキ塗《ぬ》りたてか**　**芥川龍之介《あくたがわりゅうのすけ》**

意味・解説 ↓52ページ

汗《あせ》 生活

解説 体温を調節《ちょうせつ》するために、皮ふから出る液《えき》。暑い夏には、からだの熱《ねつ》を冷《さ》ますために、じっとしていても汗《あせ》をかく。「汗《あせ》ばむ」も夏の季《き》語《ご》になる。

暑し 時候

解説 気温がとても高いこと。風の強さや湿度《しつど》も、暑さの感じ方に影響《えいきょう》する。風がなく、湿度《しつど》が高いほど暑苦しい。「暑き日」も夏の季《き》語《ご》になる。

例句 **暑《あつ》き日《ひ》を海《うみ》に入《い》れたり最上川《もがみがわ》**　松尾芭蕉《まつおばしょう》

例句 **蝶《ちょう》の舌《した》ゼンマイに似《に》る暑《あつ》さかな**　芥川龍之介《あくたがわりゅうのすけ》

↓58ページ

意味・解説 花の蜜《みつ》を吸《す》うためのチョウの口がゼンマイのようで、よけいに暑く感じた。くるくるとまるまったチョウの舌《した》をゼンマイにたとえ、そこから暑さを感じている句《く》。

あめんぼ 動物

解説 「あめんぼう」ともいう。長い足を広げて、池や川などの水面をすいすいと動く昆虫《こんちゅう》。夏になると、群《む》れをなしてあらわれる。アメのようなにおいがするので、この名前がついた。関西《かんさい》では「みずすまし」という。

鮎《あゆ》 動物

解説 川魚の王とよばれる、すがたの美しい魚。秋に川で生まれ、冬を海ですごし、春になると川をさかのぼり、夏の川で育つ。夏になると、鮎漁《あゆりょう》が解禁《かいきん》される。

例句 **鮎《あゆ》くれてよらで過《す》ぎ行《ゆ》く夜半《やわ》の門《かど》**　与謝蕪村《よさぶそん》

意味 夏の夜もおそくなってから、玄関《げんかん》で誰《だれ》かがよぶ声がするので出てみると、釣《つ》り帰りの友人が、たくさん釣《つ》れたからとアユをわけてくれ、そのまま寄《よ》らずに帰って行った。

あり 動物

解説 地中などに巣《す》をつくり、女王アリを中心に集《しゅう》団《だん》で生活をしている昆虫《こんちゅう》。夏になると働《はたら》きアリが、地上でせっせとエサを巣《す》に運ぶため、「アリの道」ができる。

泉《いずみ》 地理

解説 自然《しぜん》に地下からわき出ている水。木が生いしげる山の中の、岩の間などからわき出ることが多い。清《きよ》らかな水がすずしさを感じさせる。

例句 **泉《いずみ》こぽ知《し》らない音《おと》を出《だ》せるかも**　塩見恵介《しおみけいすけ》

意味・解説 ときおり澄《す》んだ水をわき出す泉《いずみ》。私《わたし》も今まで知らなかったような、声が出せるかもしれない。「泉《いずみ》こぽ」の「こぽ」は、泉《いずみ》が水をわき出す音。

いちご 植物

解説 日本には木イチゴなど野生のものもあるが、明治《めいじ》時代に伝《つた》わった西洋イチゴをさすことが多い。早く栽培《さいばい》されるものは早春から出まわるが、本来は春に白い花を咲《さ》かせ、実が赤く熟《じゅく》すのは初夏《しょか》。

うちわ

生活

解説 すずしくするために、あおいで風を起こす道具。手に持つための柄《え》を残《のこ》して、細くさいた竹の骨《ほね》などに紙がはってある。「扇子《せんす》」も夏の季語《きご》になる。

例句 **月《つき》に柄《え》をさしたらばよき団扇《うちわ》かな**　山崎宗鑑《やまざきそうかん》

意味・解説 夏の夜、まるい月がすずしそうに空に出ている。あの月に柄《え》をさしたなら、よいうちわができるだろう。この句《く》のうちわは「京《きょう》うちわ」のことで、骨《ほね》の部分とは別《べつ》に柄《え》をつくり、あとから取りつける。

打《う》ち水《みず》

生活

解説 すずしさをよんだり、ほこりをしずめるために、庭や道、玄《げん》関《かん》などに水をまくこと。夏の夕方に行われることが多い。

炎《えん》天《てん》

天文

解説 暑い盛《さか》り、真夏の太陽の日差《ひざ》しが照《て》りつける、焼《や》けつくような空。また、そのような天気のこともいう。

例句 **炎天《えんてん》の地上花《ちじょうはな》あり百日紅《さるすべり》**　高浜虚子《たかはまきょし》

意味・解説 ↓56ページ

蚊《か》

動物

解説 羽音《はおと》を立《た》てて飛《と》びまわり、長くのびた口で人間や動物をさして血を吸《す》う小さな昆虫《こんちゅう》。血を吸《す》うのはメスだけで、たまごを産《う》むために栄養《えいよう》をとっている。オスは植物から水分を吸《す》いとる。

例句 **叩《たた》かれて昼《ひる》の蚊《か》を吐《は》く木魚《もくぎょ》かな**　夏目漱石《なつめそうせき》

意味・解説 お坊《ぼう》さんがお経《きょう》を読み始め、寺の本堂《ほんどう》にある木魚《もくぎょ》をたたいたら、昼間からその中にかくれていた蚊《か》がおどろいて飛《と》び出した。木魚《もくぎょ》は、お経《きょう》を読むときにばちでたたいて音を出す道具。中が空洞《くうどう》になっている。

海《かい》水《すい》浴《よく》

生活

解説 海で泳いだり、海岸で日光浴《にっこうよく》をして楽しむこと。今のような海水浴《かいすいよく》が始まったのは、明治《めいじ》になってから。遊びだけでなく、避暑《ひしょ》や健康《けんこう》のためにもよいとして広まった。

かき氷

生活

解説 氷を細かくけずって、上からシロップをかけたもの。シロップの種類《しゅるい》にはいろいろあり、練乳《れんにゅう》や、ゆで小豆《あずき》をかけたものなどもある。「氷水」や「夏氷」ともよばれる。

例句 **匙《さじ》なめて童《わらべ》たのしも夏氷《なつごおり》**　山口誓子《やまぐちせいし》

意味・解説 ↓51ページ

風かおる 天文

解説 五月、若葉《わかば》のかおりとともに、気持ちのよい風がふきわたること。その風をあらわす「薫風《くんぷう》」という言葉をいいかえた表現《ひょうげん》。

例句 **雪《ゆき》を渡《わた》りてまた薫風《くんぷう》の草花踏《そうかふ》む**　河東碧梧桐《かわひがしへきごとう》

意味・解説 まだ残《のこ》っている雪をわたり、さわやかな風がふく花畑をふみわけ、頂上《ちょうじょう》を目指す。日本北アルプスにある立山《たてやま》の頂上《ちょうじょう》でよまれた句《く》。

かたつむり 動物

解説 うずまきの形をしたまるい貝がらを背負《せお》った貝の仲間《なかま》。からだはやわらかく、のびちぢみする長短二対の角があり、長い方の角先に目がついている。「でんでんむし」ともいう。

例句 **足元《あしもと》へいつ来《きた》りしよ蝸牛《かたつむり》**　小林一茶《こばやしいっさ》

意味・解説 いつの間に、足元まで来ていたのか、カタツムリよ。作者が、病気でねこんでいる父親の看病《かんびょう》をしているときによんだ句《く》。

かっこう 動物

解説 夏、日本にやってくるわたり鳥。名前の通り「カッコー、カッコー」と鳴く。別名《べつめい》の「閑古鳥《かんこどり》」は、さびしい状態《じょうたい》をあらわす言葉としても使われる。ほかの鳥の巣《す》にたまごを産《う》んで、ひなを育てさせる。

かぶとむし 動物

解説 コガネムシの仲間《なかま》の甲虫《こうちゅう》。夏になるとさなぎから成虫《せいちゅう》になる。オスは頭に大きな角をもち、それを使って重い物をおし上げるなど、力がとても強い。夜に活動し、樹液《じゅえき》を吸《す》うために木に集まる。

例句 **引《ひ》(っ)ぱれる糸《いと》まっ(っ)すぐや甲虫《かぶとむし》**　高野素十《たかのすじゅう》

意味・解説 ➡53ページ

かわせみ 動物

解説 動きがすばやく、水にとびこみ水中の魚を長いくちばしではさんでつかまえる鳥。夏に活発になる。羽の色が宝石《ほうせき》の翡翠《ひすい》のように美しいことから、「翡翠」と書いてカワセミをさすこともある。

例句 **翡翠《かわせみ》の影《かげ》こんこんと溯《さかのぼ》り**　川端茅舎《かわばたぼうしゃ》

意味 カワセミが谷川の川辺のくいにとまっている。そのかげがこんこんと流れる川の水面にうつり、まるで川をさかのぼっているように見える。

かに 動物

解説 夏の季語《きご》になるカニは、磯《いそ》や川辺、山にいる小ガニのことで、「磯《いそ》がに」「川がに」「山がに」などとよばれる。これらのカニは、夏によく活動する。

雷《かみなり》 天文

解説 雲の中にたまった電気が、雲と地面の間、または雲と雲との間に放たれて、光と音を出す自然《しぜん》現象《げんしょう》。「いかずち」ともいい、これは「いかしい(あらあらしい)神」という意味。

火を起こして、ごはんを炊《た》くよ。
よいしょっ。

キャンプ 生活

解説 テントを張《は》ったり、バンガローなどの小屋を利用《りよう》して、一時的《いちじてき》に大自然《しぜん》の中で生活すること。山や、海岸、高原などで行うことが多い。

夾竹桃《きょうちくとう》 植物

解説 一年中、葉をつけている木で、夏に花を咲《さ》かせる。紅色《べにいろ》の花のほか、白やあわい黄色の花もある。花が長く咲《さ》いているので「半年紅《はんねんこう》」、葉が桃《もも》に似《に》ているので「桃葉紅《とうようこう》」ともいう。花と根に毒《どく》がある。

きゅうり 植物

解説 夏の代表的《だいひょうてき》な野菜《やさい》。支柱《しちゅう》につるを巻《ま》き付《つ》けて栽培《さいばい》する。実は熟《じゅく》すと黄色くなるが、緑色のうちに食べる。初夏《しょか》に黄色の花が咲《さ》き始め、「きゅうりの花」も夏の季語《きご》になる。

例句 **浅漬《あさづけ》の色《いろ》や胡瓜《きゅうり》の深《ふか》みどり**　**谷《たに》 素外《そがい》**

意味・解説 キュウリの浅漬《あさづ》けが、深い緑色をしている。浅漬《あさづ》けは、野菜《やさい》をぬかや塩《しお》で短時間つけた漬《つ》け物で、一夜づけともいわれる。浅漬《あさづ》けの「浅《あさ》」と「深みどり」の「深」を対照《たいしょう》させている。

草いきれ 植物

解説 草むらが、夏の強い日《ひ》差《ざ》しに照《て》りつけられて高温多《た》湿《しつ》になり、むっとするような熱気《ねっき》やにおいを出すこと。

モクモク

金魚 動物

解説 フナを人工的《じんこうてき》に改良《かいりょう》した鑑賞《かんしょう》用の魚。泳ぐすがたが、すずしげで美しい。中国原産《ちゅうごくげんさん》だが、日本でも改《かい》良《りょう》が重ねられて「和金《わきん》」や「出目金《でめきん》」、「琉金《りゅうきん》」などたくさんの種類《しゅるい》がいる。

例句 **金魚大鱗夕焼《きんぎょたいりんゆうやけ》の空《そら》の如《ごと》きあり**　**松本《まつもと》たかし**

意味・解説 大きな金魚が、美しい夕焼《ゆうや》けの空のようにそこにいる。夕焼《ゆうやけ》 ⬇99ページ（夕焼け） も夏の季語《きご》だが、金魚の方が主題になっている。

雲の峰《みね》 天文

解説 もくもくと高くわき立ち、山の峰《みね》のように見える大きな雲。「入道雲《にゅうどうぐも》」や「雷雲《らいうん》」、「積乱雲《せきらんうん》」などとよばれる。夏の強い日差《ひざ》しによって、激《はげ》しい上昇《じょうしょう》気流が生まれ、雲が大きく発達《はったつ》する。

例句 **ひらひらとあぐる扇《おうぎ》や雲《くも》の峯《みね》**　**松尾芭蕉《まつおばしょう》**

意味・解説 あなたがひらひらとかかげる扇《おうぎ》は、あの雲の峰《みね》（峯《みね》）までとどくほど高く上がっていくように見える。能《のう》を舞《ま》う人にまねかれたときに、あいさつとしてよんだ句《く》。相手の舞《ま》いをほめたたえている。

くも 動物

解説 八本のあしをもつ虫。おなかの辺りにある突《とっ》起《き》から糸を出す。網《あみ》のような巣《す》を張《は》るもの、土の中や水の中に巣《す》をつくるものなど、とても多くの種類《しゅるい》がいる。肉食性《にくしょくせい》で、昆虫《こんちゅう》などを食べる。

くわがたむし 動物

解説 夏の夜に活動する甲虫《こうちゅう》。オスのあごが大きく発達《はったつ》していて、かぶとについている「くわ」の形に似《に》ているために、この名前がついた。カブトムシとともに夏の虫の人気者。

クワガタムシの頭からつき出ているのは、発達《はったつ》したアゴだよ。

夏至《げし》 時候

解説 二十四節気《にじゅうしせっき》 ↓48ページ の一つ。一年のうちでもっとも昼が長く、夜が短い日で、六月二十一日ごろ。太陽はもっとも高いところにあるが、じっさいに猛暑《もうしょ》となるのは、七〜八月。

ころもがえ 生活

解説 衣服《いふく》を夏物にかえること。昔は旧暦《きゅうれき》の四月一日に行われていて、部屋の飾《かざ》りなども夏用のものにかえられた。現在《げんざい》は六月一日に行《おこな》われている。

例句 **長持《ながもち》へ 春《はる》ぞ暮《く》れ行《ゆ》く更衣《ころもがえ》**　**井原西鶴《いはらさいかく》**

意味・解説 ころもがえの日、春に着た衣服《いふく》を長持《ながもち》にしまう。まるで、長持《ながもち》の中に春が暮《く》れていくかのようだ。「長持《ながもち》」とは、衣服《いふく》などを保管《ほかん》しておく大きな箱のこと。

こどもの日 生活

解説 国民《こくみん》の祝日《しゅくじつ》の一つ。子どもの人格《じんかく》を尊《そん》重《ちょう》し、子どもの幸福をはかるとともに、母に感謝《かんしゃ》する日。五月五日の「端午《たんご》の節句《せっく》」にあたり、さまざまな習わしがある。

ちまき
かしわもち

こいのぼり 生活

解説 「端午《たんご》の節句《せっく》」に外に立てる、鯉《こい》の形をしたのぼりのこと。男の子の出世や健康《けんこう》を願《ねが》い、五色の「吹流《ふきなが》し」といっしょに上げる。鯉《こい》は滝《たき》をのぼって竜《りゅう》になるという中国《ちゅうごく》に伝《つた》わる話から、出世することにたとえられる鯉《こい》を縁起物《えんぎもの》として立てたとされる。

まめ知識 端午《たんご》の節句《せっく》

五月五日の端午《たんご》の節句《せっく》は、もともと中国《ちゅうごく》で行われていた行事だよ。悪いことが起こらないように、病気にならないようにと願《ねが》って、ショウブの葉を軒《のき》に挿《さ》したり、しょうぶ湯に入ったり、ちまきや、かしわもちを食べたりする。男の子のいる家では、五月人形やこいのぼりを飾《かざ》ったりもするね。

さくらんぼ
植物

解説 セイヨウミザクラの実で、花を楽しむ桜《さくら》とは異《こと》なる。六月ごろ、長い柄《え》の先につやつやとした赤黄色の実をつける。「桜桃《おうとう》」ともいう。

例句 **茎右往左往菓子器のさくらんぼ**《くきうおうさおうかしき》 **高浜虚子**《たかはまきょし》

意味・解説 茎《くき》(柄《え》)が右を向いたり左を向いたりして混乱《こんらん》している、菓子器《かしき》に盛《も》られたサクランボ。「菓《か》子器《しき》」とは、おかしなどを盛《も》りつける器《うつわ》のこと。

五月富士《さつきふじ》
地理

解説 旧暦《きゅうれき》の五月(今の六月ごろ)の富士山《ふじさん》。富士山《ふじさん》の雪が解《と》け始める時期だけれど、まだ山頂《さんちょう》の辺りには雪が残《のこ》っている。この雪解《ゆきど》けを「富士《ふじ》の雪解《ゆきげ》」といい、夏の季語《きご》になる。

さるすべり
植物

解説 夏から秋にかけて、長期間にわたり花を咲《さ》かせる木。花の色は紅《べに》や白、むらさきなど。木の表面がなめらかで、サルもすべるということから、この名前がついた。

◀長く咲《さ》き続《つづ》けるから、漢字では百《ひゃく》日紅《じっこう》と書くよ。

五月雨《さみだれ》
天文

解説 旧暦《きゅうれき》の五月(今の六月ごろ)にふり続《つづ》く雨。また、梅雨《つゆ》 ↓92ページ の雨をさす。梅雨《つゆ》は季節《きせつ》そのものをさす場合が多く、五月雨《さみだれ》は雨そのものをさす。「さつきあめ」とも読む。

例句 **さみだれや大河《たいが》を前《まえ》に家《いえ》二《に》軒《けん》** **与謝蕪村**《よさぶそん》

意味・解説 ↓59ページ

例句 **五月雨《さみだれ》に鶴《つる》の足短《あしみじか》くなれり** **松尾芭蕉**《まつおばしょう》

意味 五月雨《さみだれ》で水の量がふえ、そこに立つツルの足が水にかくれて短くなった。

新茶
生活

解説 その年の新芽《しんめ》をつんでつくったお茶。かおりがとてもよく、人気が高い。「走り茶」ともいう。

新緑
植物

解説 初夏《しょか》に見られる、若葉《わかば》のつややかで美しい緑色。若《わ》わかしさや、すがすがしさを感じさせる言葉。

睡蓮《すいれん》 植物

解説 池や沼《ぬま》に育つ水生植物。葉は水面にうかび、夏になると、白、赤、黄色などの花を咲《さ》かせる。花は夕方に閉《と》じて、朝になると再《ふたた》び開く。未《ひつじ》の刻《こく》(午後二時)に咲《さ》くといわれたことから「未草《ひつじぐさ》」ともいう。

涼《すず》し 時候

解説 夏の暑い盛《さか》り、思いがけずすずしさを感じることがある。雨や風でからだがすずしく感じるだけでなく、川の音や水辺など、見聞きしているだけですずしく感じることもさす。

例句 **此《こ》のあたり目《め》に見《み》ゆる物《もの》は皆涼《みなすず》し** 松尾芭蕉《まつおばしょう》

意味・解説 ここからながめるものは、みなすずしげに見える。川のほとりにある高い建物《たてもの》にのぼり、野や川、連《つら》なる山などを見わたしてよんだ句《く》。

すずらん 植物

解説 ユリの仲間《なかま》。初夏《しょか》、風鈴《ふうりん》のような形をした白くて小さい花が、下向きにたくさん咲《さ》く。花からは、よいかおりがする。「君影草《きみかげそう》」ともいう。

せみ 動物

解説 夏、木にとまって鳴き立てる昆虫《こんちゅう》。種類《しゅるい》により、「ミンミン」、「ジージー」、「ニイニイ」など、さまざまな鳴き方をする。多くのセミがいっせいにさわがしく鳴くことを、雨にたとえて「蟬時雨《せみしぐれ》」という。

例句 **閑《しず》かさや岩《いわ》にしみ入《い》る蟬《せみ》の声《こえ》** 松尾芭蕉《まつおばしょう》

意味・解説 ➡69ページ

せんぷうき 生活

解説 暑い時期をすずしくすごすため、電気で羽根を回転させて風を起こす機械《きかい》。使う場所により、小さな物から大きな物までいろいろある。

そうめん 生活

解説 小麦粉《こむぎこ》を塩水《しおみず》でこねて油をつけ、細くのばしためん。ゆでて、冷水《れいすい》で冷《ひ》やし、つけ汁《じる》につけて食べるものを「冷《ひや》そうめん」という。

ソーダ水 生活

解説 炭酸《たんさん》ガスを水にとかした炭酸水《たんさんすい》に、イチゴ、オレンジ、レモン、メロンなどのシロップで甘味《あまみ》や、風味をつけたもの。アイスクリームをうかべるとクリーム・ソーダになる。

そらまめ 植物

解説 春に花が咲《さ》き、夏になると実を結《むす》ぶ。さやが空に向かってつくので、ソラマメといわれる。ごはんに炊《た》きこんでもおいしく、「豆飯《まめめし》」も夏の季語《きご》になっている。

例句 **友《とも》といてそら豆的《まめてき》な夕《ゆう》暮れだ** 坪内稔典《つぼうちねんてん》

意味・解説 友人といたらソラマメのような夕《ゆう》暮れがやってきた。「そら豆的《まめてき》な夕《ゆう》暮《ぐ》れ」とは、どんな夕暮《ぐ》れなのか考えさせられる。ユニークな形をして、ふんわりとゆで上がったソラマメのように、不《ぶ》器用《きよう》ながらあたたかい友《ゆう》情《じょう》の色の夕暮《ゆうぐ》れを見ているのかもしれない。

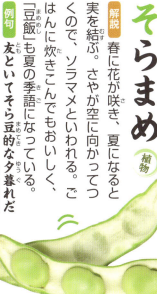

田植《たうえ》

生活

解説 苗代《なわしろ》 ⬇77ページ で育てたイネの苗《なえ》を水田に植える作業。もともとは田の神様をたたえながら、しきたりにのっとって行われていた農家にとって大切な行事。

例句 **風流《ふうりゅう》の初《はじ》めや奥《おく》の田植歌《たうえうた》**　松尾芭蕉《まつおばしょう》

意味・解説 奥州《おうしゅう》に入って、白河《しらかわ》の関《せき》の辺りで田植歌《たうえうた》を聞いた。これが、この奥州《おうしゅう》への旅で初《はじ》めて出会った風流だ。奥州《おうしゅう》は、現在《げんざい》の福《ふく》島県《しまけん》、宮城県《みやぎけん》、岩手県《いわてけん》、青森県《あおもりけん》と秋田県《あきたけん》の一部。

滝《たき》

地理

解説 山の中、高いがけから流れ落ちてくる水の流れ。「瀑布《ばくふ》」ともいう。そのすずしげなようすから、夏の季語《きご》とされる。すずしさを求《もと》めて、庭に人工的《じんこうてき》につくられた滝《たき》は「つくり滝《だき》」という。

例句 **瀧《たき》落《お》ちて群青世界《ぐんじょうせかい》とどろけり**　水原秋櫻子《みずはらしゅうおうし》

意味・解説 滝《たき》が激《はげ》しいいきおいで、大きな音を立てて流れ落ち、滝壺《たきつぼ》や杉木立《すぎこだち》などの辺りの群青《ぐんじょう》の世界をとどろかせている。和歌山県《わかやまけん》の那智滝《なちのたき》をよんだ句《く》。「群青世界《ぐんじょうせかい》」は作者がつくった言葉で、周《まわ》りをおごそかな群青《ぐんじょう》一色にみなしている。

たけのこ

植物

解説 竹の地下茎《ちかけい》から生じた若芽《わかめ》。土の中から少し出たところを掘《ほ》って食べる。成長《せいちょう》がとても早く、ぐんぐんのびる。採《と》りたてのタケノコをごはんに炊《た》きこむ「たけのこごはん」も夏の季語《きご》。

例句 **竹《たけ》の子《こ》や児《ちご》の歯《は》ぐきのうつくしき**　服部嵐雪《はっとりらんせつ》

意味・解説 小さな子が、竹の子をかんでいる。その歯ぐきがとても美しい。『源氏物語《げんじものがたり》』 ⬇26ページ の中で、おさない子が竹の子を食べる場面があり、それをふまえてよんだとされる句《く》。

父の日

生活

解説 六月の第三日曜日。アメリカの女性《じょせい》が、母の日 ⬇95ページ があるなら、父に感謝《かんしゃ》する日も必要《ひつよう》と唱《とな》え、アメリカで始まった。日本では昭和《しょうわ》時代に少しずつ広まった。

梅雨《つゆ》

天文

解説 六月ごろにふり続《つづ》ける長雨、また、その時期のこと。梅《うめ》の実るころの雨なので、「梅雨《ばいう》」という漢字をあてる。こよみの上では、入梅《にゅうばい》(梅雨《つゆ》入り)は六月十一日ごろ、出梅《しゅつばい》(梅雨《つゆ》明け)がその三十日後と決まっている。五月雨《さみだれ》 ⬇90ページ ともいう。

月見草《つきみそう》 植物

解説 ツキミソウは、夏の夕方に白い花を咲《さ》かせて翌朝《よくあさ》にしぼむ花。今ではあまり見られない。一般的《いっぱんてき》にツキミソウといわれているのはマツヨイグサのことで、夏の夕方、川原や浜辺《はまべ》などで黄色い花を咲《さ》かせ、翌朝《よくあさ》にしぼむ。

例句 **北斗《ほくと》露《つゆ》の如《ごと》し咲《さ》き澄《す》む月見草《つきみそう》**　**渡辺水巴《わたなべすいは》**

意味・解説 空では北斗七星《ほくとしちせい》がつゆのようにかがやき、地上ではツキミソウが清《きよ》らかに咲《さ》いている。作者が、千葉県《ちばけん》の犬吠埼《いぬぼうさき》に行ったときによんだ句《く》。

てんとうむし 動物

解説 半球の形をした小さな昆虫《こんちゅう》。背中《せなか》に赤や黒のはん点模様《もよう》がある。ナミテントウやナナホシテントウなど、いくつかの種類《しゅるい》がある。

とかげ 動物

解説 夏になると動き出す、は虫類《ちゅうるい》。敵《てき》にしっぽをおさえられると、自らしっぽを切ってにげる。しっぽはあとから再《ふたた》び生えてくる。

ところてん 生活

解説 海藻《かいそう》のテングサを煮《に》てとかし、一度こしてから、型《かた》に入れて冷《ひ》やし固《かた》めた食べ物。「ところてんつき」という道具で細長くつき出し、酢《す》じょうゆなどをかけて食べる。

例句 **ところてん逆《さか》しまに銀河《ぎんが》三千尺《さんぜんしゃく》**　**与謝蕪村《よさぶそん》**

意味 おわんからところてんをすり上げると、まるで銀河《ぎんが》が天から地上に向かって流れてくるのを逆《さか》さまにしたようだ。

トマト 植物

解説 夏に黄色い花を咲《さ》かせて実をつける野《や》菜《さい》。南米原産《げんさん》の植物で、日本で食べられるようになったのは明治《めいじ》時代から。実は熟《じゅく》すと赤いものが一般的《いっぱんてき》だが、黄色や桃色《ももいろ》などのものもあり、形や大きさもさまざまな種類《しゅるい》がある。

土用 時候

解説 季節《きせつ》の終わりの十八日間のことをさし、一年に四回、立春・立夏・立秋・立冬の前にある。今では、土用といえば夏の土用をさすことが多い。夏の土用は、七月二十日前後の「土用入り」から立秋前日の十八日間。一年でもっとも暑さがきびしい時期。

土用鰻《どよううなぎ》 生活

解説 夏の土用の丑《うし》の日(十二支《し》で日にちを数えたときに丑《うし》にあたる日)に食べるウナギ。その日に、栄養《えいよう》たっぷりのウナギの蒲焼《かばやき》を食べれば、夏負けしないと考えられたことから続《つづ》いている風習。

土用の丑《うし》の日にウナギを食べる風習は、江戸《えど》時代の末期《まっき》から始まったよ。

にじ 天文

解説 夏の夕立↓98ページのあとなどに、太陽と反対の空にあらわれる、半円状《はんえんじょう》の七色に見える光の帯《おび》。太陽の光が空中の雨粒《あまつぶ》に屈折《くっせつ》し、分散《ぶんさん》してできるもので、その色は内側《うちがわ》がむらさき色で、外側《そとがわ》が赤くなる。

例句 **虹《にじ》立《た》ちて忽《たちま》ち君《きみ》の在《あ》る如《ごと》し** 高浜虚子《たかはまきょし》

意味・解説 にじがかかっている。今、たちまちここに君がいるようだ。弟子が「にじをわたって鎌倉《かまくら》まで行こう」と言っていたことを、にじを見たときに思い出し、その弟子におくった句《く》。

なす 植物

解説 つやつやとしたむらさき色の夏《なつ》野菜《やさい》で、「なすび」ともいう。その美しい色は「なす紺《こん》」といわれる。うすむらさき色の「なすの花」も夏の季語《きご》。

夏草《なつくさ》 植物

解説 夏に生いしげる、さまざまな草。いきいきとして、生命力にあふれている。「夏の草」や「青草《あおくさ》」ともいう。

夏の川 地理

解説 川の夏のすがたをさす。梅雨《つゆ》↓92ページの雨で水かさを増《ま》して流れるにごった川、また、夏の盛《さか》りに晴れが続《つづ》いて流れが細くなってしまった川など、さまざまな川のすがたがふくまれる。

例句 **夏河《なつかわ》を越《こ》すうれしさよ手《て》に草履《ぞうり》** 与謝蕪村《よさぶそん》

意味・解説 ↓66ページ

夏休み 生活

解説 夏の間にある、長い休み。学校では七月下旬《げじゅん》から始まり、八月末《まつ》まであることが多い。会社では、月おくれ盆《ぼん》(八月十五日)の時期に休みをもうけることが多い。

夏の山 地理

解説 夏の草木が青あおとしげり、緑がいっぱいに満《み》ちた山。さわやかで力強い。「夏山」や「青嶺《あおね》」ともいう。

例句 **夏山《なつやま》や一足《ひとあし》づつに海《うみ》見《み》ゆる** 小林一茶《こばやしいっさ》

意味 汗《あせ》をかきながら夏山を登ると、頂上《ちょうじょう》に近づくにつれ、一足進むごとに青い海が見えてくる。

夏《なつ》ぼうし
生活

解説 夏にかぶるぼうし。夏の強い日差《ひざ》しから頭を守るために、麦わらぼうしやパナマハットなどをかぶる。

蓮《はす》
植物

解説 水生の植物。夏、水の上につき出た茎《くき》の先に、ピンクや、白、紅色《べにいろ》などの大きな花を咲《さ》かせる。仏教《ぶっきょう》では、仏様《ほとけさま》のいる極楽浄土《ごくらくじょうど》をあらわす花。泥《どろ》の中にある根は、食用になるレンコン。

例句 **蓮《はす》の香《か》や水《みず》をはなるる茎《くき》二寸《にすん》**　与謝蕪村《よさぶそん》

意味・解説 水面から二寸《すん》(約《やく》六センチメートル)ほどのびたハスの茎《くき》、その茎《くき》についたハスの葉からとても強いかおりがしている。「蓮《はす》の香《か》」はハスの葉のかおりのこと。水面から二寸《すん》ほどに成長《せいちょう》したときが、もっともかおりが強いといわれる。

葉桜《はざくら》
植物

解説 桜《さくら》の花が散《ち》って、みずみずしい若《わか》葉《ば》が出るころの桜《さくら》。花が咲《さ》く時期とはまたちがった美しさを味わえる。

初鰹《はつがつお》
動物

解説 その年に一番早くとれるカツオのこと。江戸《えど》時代、特《とく》に江戸《えど》では初夏《しょか》にとれる初鰹《はつがつお》は縁起物《えんぎもの》とされ、とても高価《こうか》だったけれど、競《きそ》って買い求《もと》めたといわれている。

ハンカチ
生活

解説 手をふいたり、汗《あせ》をふいたりする四角い布《ぬの》。一年中使うものだが、特《とく》に夏には欠《か》かせないため、夏の季語《きご》になっている。

花火
生活

解説 打ち上げ花火のことで、「あげ花火」ともいう。もともとは秋の季語《きご》だが、最近《さいきん》では夏の季語《きご》として使われる。手に持って楽しむ花火は「手《て》花火《はなび》」という。

母の日
生活

解説 五月の第二日曜日。アメリカの女性《じょせい》が、亡《な》くなった母のために白いカーネーションを用意したのが始まり。母親に感謝《かんしゃ》を伝《つた》える日で、カーネーションをおくるのが一般的《いっぱんてき》。

はまなす
植物

解説 海辺の砂地《すなち》に生えている背《せ》の低《ひく》い木で、バラの仲間《なかま》。「はまなし」ともいう。夏に紅色《べにいろ》の花を咲《さ》かせたあと、サクランボ↓90ページ(さくらんぼ)に似《に》た実がなり、熟《じゅく》すと赤くなって食べられる。「はまなすの実」は秋の季語《きご》。

日がさ
生活

解説 夏の強い日差《ひざ》しをさえぎるためのかさ。日本古来のものは、骨《ほね》や柄《え》が竹製《たけせい》で紙《かみ》や絹《きぬ》をはったものだったが、今はもう見かけない。洋がさの日がさは「パラソル」ともいう。

ひまわり
植物

解説 夏の盛《さか》り、高さ二メートルにもなる太い茎《くき》の先に、まわりが黄色、まん中が茶色の大きな花を咲《さ》かせる。花が夏の太陽を思わせ、「日車《ひぐるま》」や「日輪草《にちりんそう》」などのよび名もある。

例句
向日葵《ひまわり》や人《ひと》に老《お》いない鼻柱《はなばしら》
塩見恵介《しおみけいすけ》

意味・解説 ヒマワリが気高く真夏の太陽に向かって咲《さ》いている。どんなに年をとっても、老《お》いを見せない人間の鼻筋《はなすじ》を思うよ。ヒマワリのすがたと、人のからだの一部を取り合わせてイメージをつくりあげている句《く》。

日焼《ひや》け
生活

解説 強い日差《ひざ》しを受けて、肌《はだ》が焼《や》けること。日光にふくまれる紫外線《しがいせん》を浴《あ》びて起こるやけどの一種《いっしゅ》。赤くなってから黒っぽい褐色《かっしょく》になることが多い。小麦色に焼《や》けた肌《はだ》には、健康的《けんこうてき》なイメージがある。

風鈴《ふうりん》
生活

解説 鐘《かね》のような形をした鈴《すず》で、風にふかれると鐘《かね》の中の舌《した》につるされた短冊《たんざく》がゆれ、舌《した》が鐘《かね》に当たって音が出る。軒下《のきした》などにつるし、すずしげな音を聞いて楽しむ。金属製《きんぞくせい》やガラス製《せい》、陶器製《とうきせい》などがある。

リーン

プール
生活

解説 水遊びや泳ぐために、人工的《じんこうてき》に水をためたところ。最近《さいきん》では屋内のプールも多いが、夏の太陽の下で入ると気持ちいい。「水泳」も夏の季語《きご》。

水をかいて
前に進むよ。

へび
動物

解説 細長いからだをくねらせて進む、は虫類《ちゅうるい》。冬眠《とうみん》（↓119ページ）していたヘビが春になると出てきて（このことを「へび穴《あな》を出《い》ず」といい、春の季語《きご》になる）、夏に活発に動く。小動物や鳥のたまごなどを食べる。神の使いなどとして伝説《でんせつ》に登場することも多い。

ほたる
動物

解説 夏の夜に水辺で見られる、腹部《ふくぶ》から青白い光を放つ甲虫《こうちゅう》。種類《しゅるい》によって光り方のリズムなどがちがう。昔は、草がくさってホタルになると信じられていた。また、ホタルを死者の魂《たましい》とする伝説《でんせつ》も多い。

例句 **じゃんけんで負《ま》けて蛍《ほたる》に生《う》まれたの**　**池田澄子《いけだすみこ》**

意味・解説 じゃんけんをして負けた。負けた結果《けっか》、この世にはホタルとして生まれてきた。生まれるすがたがじゃんけんで決められる、という思いもよらない状態《じょうたい》。じゃんけんで勝ったら何のすがただったのだろう、負けて生まれたホタルはどんな気持ちで光っているのだろう、などイメージがふくらむ楽しい句《く》。

ほととぎす
動物

解説 カッコウの仲間《なかま》のわたり鳥で、夏に日本にやってくる。「キョッキョ、キョキョキョキョ」と、するどい声で鳴く。巣《す》をつくらず、おもにウグイス ↓71ページ(うぐいす) の巣《す》にたまごをあずけ、育ててもらう。

例句 **目《め》には青葉山郭公《あおばやまほととぎす》はつ鰹《がつお》**　**山口素堂《やまぐちそどう》**

意味 目では青葉をながめ、耳ではヤマホトトギスの鳴き声を聞《き》き、舌《した》では初鰹《はつがつお》の味を楽しむ。

ぼたん
植物

解説 初夏《しょか》に赤、白、黄色などの、はなやかで美しい大きな花を咲《さ》かせることから、花の王ともいわれる。古くに中国《ちゅうごく》から伝《つた》えられ、詩や絵画などにもえがかれてきた。

例句 **牡丹《ぼたん》百《ひゃく》二《に》百三百門一つ《ひゃくさんびゃくもんひと》**　**阿波野青畝《あわのせいほ》**

意味・解説 ↓55ページ

祭《まつり》
行事

解説 祭りは、春や秋にも行われるが、俳句《はいく》で「祭《まつり》」といえば、夏の祭りをさす。災害《さいがい》や病気などの災《わざわ》いをはらうことを願《ねが》い、山車《だし》やみこしなどが出る。もとは、京都《きょうと》の加茂神社《かもじんじゃ》で行われる「賀茂祭《かもまつり》(葵祭《あおいまつり》)」をさした。

例句 **神田川祭《かんだがわまつり》の中《なか》をながれけり**　**久保田万太郎《くぼたまんたろう》**

意味・解説 神田川《かんだがわ》が、にぎやかな祭りの中を流れていく。島崎藤村《しまざきとうそん》の『生《お》ひ立《た》ちの記《き》』という作品を読み、それに登場した神田川《かんだがわ》の辺りの夏祭りをよんだ句《く》。

東京《とうきょう》の神田神社《かんだじんじゃ》で行われている神田祭《かんだまつり》は、日本を代表する祭りの一つ。江戸《えど》時代から続《つづ》いているよ。

提供：一般社団法人千代田区観光協会

短夜《みじかよ》
時候

解説 春分 ↓75ページ から夜はどんどん短くなり、夏至《げし》 ↓89ページ は一年でもっとも夜が短い。そのように短い夏の夜のこと。夜明けが早いので、「明易《あけやす》」ともいう。

水鉄砲《みずでっぽう》
生活

解説 筒《つつ》の中の水をポンプの仕組みで細い穴《あな》からおし出し、飛《と》ばして遊ぶ夏のおもちゃ。昔は竹でつくった単純《たんじゅん》な仕組みのもので、布《ぬの》を巻《ま》いた棒《ぼう》を引いて水を吸《す》い上げ、棒《ぼう》をおして水を飛《と》ばした。

水無月《みなづき》
時候

解説 旧暦《きゅうれき》六月(今の七月ごろ)のよび方の一つ。この名は、暑さで水がかれて無《な》くなることから。また、田に水を引く月なので、「水の月(「水《み》無月《なづき》」の「な」は「の」を意味している)」など、いろいろな説《せつ》がある。夏の終わりを感じさせる時期。

麦

植物

解説 大麦や小麦などをまとめたよび方。春に青あおとした若葉《わかば》をのばし、夏になると、周《まわ》りの草木が緑に色づく中で、穂《ほ》が熟《じゅく》して黄金色《こがねいろ》になっていく。

例句 **行《ゆ》く駒《こま》の麦《むぎ》に慰《なぐさ》むやどりかな**　**松尾芭蕉《まつおばしょう》**

意味・解説 旅のとちゅう、宿でのんびりしていると、通りを行く馬が勝手に麦を食べている。旅の帰り道、甲斐国《かいのくに》(今の山梨県《やまなしけん》)でよんだ句《く》。

麦茶

生活

解説 大麦の実をからのついたまま煎《い》って、煮出《にだ》した飲み物。麦のこうばしいかおりがする。冷《ひ》やして飲むことが多い。

麦の秋

時候

解説 初夏《しょか》の、黄金色《こがねいろ》に熟《じゅく》した麦の刈《か》り入れの季《き》節《せつ》。秋は多くの植物が実り熟《じゅく》す季節《きせつ》のため、麦が熟《じゅく》す季《き》節《せつ》ということからできた言葉とされる。「麦秋《ばくしゅう》」は、旧暦《きゅうれき》四月(今の五月)のよび方の一つになる。

例句 **黒猫《くろねこ》は黒《くろ》のかたまり麦《むぎ》の秋《あき》**　**坪内稔典《つぼうちねんてん》**

意味・解説 黒いネコが、ただ黒いかたまりとなっている。一面金色に実る夏の麦畑の中では。「黒のかたまり」ということで、一面金色の中に黒い点があるという抽象的《ちゅうしょうてき》な絵画の色彩《しきさい》を思わせる句《く》。

めだか

動物

解説 全長三センチメートルほどの小さな魚。小川、池、沼《ぬま》、水田などに群《む》れですむ。大きな目が高い位置《いち》にあるので、この名前がついた。地方により、いろいろなよび名がある。

メロン

植物

解説 白い網目《あみめ》のある、あわい黄緑色の皮でおおわれた夏の果《くだ》物《もの》。かおりがよく、実はみずみずしくて甘《あま》い。「マスクメロン」や「夕張《ゆうばり》メロン」など、いろいろな種《しゅ》類《るい》がある。

山開き

生活

解説 その年、一般《いっぱん》の人が山に入るのを許《ゆる》すこと。登山の安全を願《ねが》う儀式《ぎしき》も行われる。本来、山登りは信仰《しんこう》のために行われていた。山によって山開きの日はちがう。

夕立

天文

解説 夏の暑い日、昼すぎから夕方にふり出すにわか雨。急に雲が出てきたかと思うと、大粒《おおつぶ》の雨が激《はげ》しくふり出して、短時間でやむ。雷《かみなり》(87ページ)をともなうことも多い。

夕焼《ゆうや》け 天文

解説 太陽がしずむころ、西の空が赤くそまること。夕焼《ゆうや》けが見えると、次の日は晴れるといわれる。朝、東の空が赤くそまる「朝焼《あさや》け」も夏の季語《きご》。

浴衣《ゆかた》 生活

解説 裏地《うらじ》のついていない木綿《もめん》の着物。おふろ上がりなどに着る室内着だったが、今では祭り↓97ページ（祭）などで着るようになった。もとは、平安時代ごろに入浴《にゅうよく》するときに着ていた「ゆかたびら」が、省略《しょうりゃく》されてできた言葉。

百合《ゆり》の花 植物

解説 夏、山や野原で大きなラッパのような形をした花を咲《さ》かせる。庭で栽培《さいばい》されるもの多い。ヤマユリ、ヒメユリ、オニユリなどたくさんの種類《しゅるい》があり、色もさまざま。

夜の秋 時候

解説 夏が終わりに近づくころの夜、何となく秋の気配を感じること。日中はまだ暑くても、夜はすずしくなってくる。

緑陰《りょくいん》 植物

解説 緑が生いしげってできる夏の木陰《こかげ》。暑い日差《ひざ》しをさけ、すずむことができる。

例句 **緑陰《りょくいん》や矢《や》を獲《え》ては鳴《な》る白《しろ》き的《まと》**

竹下《たけした》しづの女《じょ》

意味 緑陰《りょくいん》の中にある白い的《まと》に矢《や》が当たると、矢《や》を獲《え》た的《まと》が音を鳴りひびかせる。

ラムネ 生活

解説 炭酸水《たんさんすい》に甘味《かんみ》をとかした、夏を代表する飲み物の一つ。ガラス玉をせんに使った、特別《とくべつ》なビンに入れる。「レモネード」がなまった言葉。

立夏 時候

解説 二十四節気《にじゅうしせっき》↓48ページの一つで、今の五月六日ごろ。こよみの上では、この日から夏とされる。「夏立つ」「夏に入《い》る」「夏来る」ともいう。

若葉《わかば》 植物

解説 新しく出て間もない、やわらかくみずみずしい木ぎの葉。「新緑↓90ページ」や「青葉」、「万緑《ばんりょく》」など似《に》た意味の季語《きご》がある。

例句 **わらんべの洟《はな》もわかばを映《うつ》しけり**

室生犀星《むろうさいせい》

意味・解説 子どものたらす鼻水も、若葉《わかば》をうつしている。「洟《はな》」は鼻水のこと。若葉《わかば》が生いしげる中で遊《あそ》ぶ子どもをユーモラスにあらわしたと考えられる。

例句 **万緑《ばんりょく》の中《なか》や吾子《あこ》の歯《は》生《は》え初《そ》むる**

中村草田男《なかむらくさたお》

意味・解説 ↓57ページ

秋の暮《くれ》

時候

解説 秋の日の夕暮《ゆうぐ》れ。「秋の夕暮《ゆうぐれ》」や「秋の夕べ」、「秋の夕」ともいう。

例句 **此《こ》の道《みち》や行《ゆ》く人《ひと》なしに秋《あき》の暮《くれ》**　松尾芭蕉《まつおばしょう》

意味 秋の夕暮《ゆうぐ》れに、果《は》てしなく続《つづ》くこの道を行く人はだれもいなくて、ことさらさびしさがつのる。

朝顔

植物

解説 朝に咲《さ》き始《はじ》める花。つるがどんどんのびていき、そこに大きな花をいくつかつける。夏の花の印象《いんしょう》が強いが、秋の季語《きご》。

例句 **朝顔《あさがお》に釣瓶《つるべ》とられてもらひ(い)水《みず》**　加賀千代女《かがのちよじょ》

意味・解説 朝、井戸《いど》の水をくみに行ったら、釣瓶《つるべ》にアサガオのつるが巻《ま》きついていた。それをとるのはかわいそうだから、となりに水をもらいに行った。「釣瓶《つるべ》」は井戸《いど》の水をくみ上げる縄《なわ》の先に桶《おけ》がついたもの。「朝顔に」が「朝顔や」と書かれていることもある。

秋風

天文

解説 秋にふく風。秋になると木ぎの葉が枯《か》れ落ち、寒ざむとした風景《ふうけい》に変《か》わることから、秋風もさびしい心を表現《ひょうげん》するときに使われることが多い。

例句 **秋風《あきかぜ》や模様《もよう》の違《ちが》ふ(う)皿《さら》二《ふた》つ**　原石鼎《はらせきてい》

意味・解説 わびしい秋風がふいている仮《かり》の宿には、模様《もよう》がそろっていない食器《しょっき》が二つあるだけだ。この俳句《はいく》の前書きには、作者が放浪中《ほうろうちゅう》によんだ句《く》であることが記されている。

秋の空

天文

解説 秋のすみわたった空。「秋空」ともいう。広びろとして高く感じられる秋の空のことは、「秋高し」という。

例句 **によ(よ)つ(つ)ぽりと秋《あき》の空《そら》なる不尽《ふじ》の山《やま》**　上島鬼貫《うえしまおにつら》

意味・解説 秋の晴れわたった空のもと、高く富士山《ふじさん》がそびえ立っている。「不尽《ふじ》の山」は富士山《ふじさん》のこと。「によ《よ》つ《つ》ぽり」は高くそびえ立つことを意味する。

秋の田

地理

解説 イネが実り黄金色《こがねいろ》にかがやいている収穫《しゅうかく》前の田のこと。十分に熟《じゅく》したイネは重たく、稲穂《いなほ》は垂《た》れている。

秋の七草《ななくさ》 植物

解説 秋に咲《さ》く花のうち、代表的《だいひょうてき》な七種類《しゅるい》の植物。春の七草《ななくさ》はおかゆにして食べる習慣《しゅうかん》があるが、秋の七草《ななくさ》は見て楽しむものとされる。「七種《ななくさ》」とも書く。

はぎ 植物

むらさき色のかわいらしい花をつける。種類《しゅるい》はいろいろあるが、山萩《やまはぎ》をさすことが多い。

なでしこ 植物

かれんに咲《さ》くピンクや白色の花。「大和撫子《やまとなでしこ》」ともいい、日本女性《じょせい》にたとえられることがある。

くずの花 植物

長くのびたつるに、むらさき色の花をつける。根っこからとれるくず粉《こ》は、くずもちなどに使われる。

おみなえし 植物

黄色い小さな花をたくさん咲《さ》かせる。「あみなめし」ともいう。

すすき 植物

ふさふさした花穂《かすい》が馬などの尾《お》(しっぽ)に似《に》ていることから、「オバナ(尾花)」ともよばれる。

例句 **を《(お)》りとりてはらりとおもきすすきかな**　**飯田蛇笏《いいだだこつ》**

意味・解説 ↓55ページ

ふじばかま 植物

キク↓104ページ(菊)の仲《なか》間《ま》で、小さい花をたくさんつける。花が藤《ふじ》色で花弁《かべん》の形がはかまに似《に》ている。

ききょう 植物

花が咲《さ》く直前につぼみがまるくふくらみ、むらさき、または白色の花を咲《さ》かせる。

まめ知識 秋の七草《ななくさ》

『万葉集《まんようしゅう》』には、山上憶良《やまのうえのおくら》がよんだ次のような歌があるよ。
「秋《あき》の野《の》に 咲《さ》きたる花《はな》を 指折《ゆびお》りて かき数《かぞ》ふ《う》れば 七種《ななくさ》の花《はな》」
「芽子《はぎ》の花《はな》 尾花葛花《おばなくずばな》 撫子《なでしこ》の花《はな》 をみなへ《え》し 又藤袴《またふじばかま》 朝顔《あさがお》の花《はな》」
この歌にある、ハギ、オバナ(ススキ)、クズの花、ナデシコの花、オミナエシ、フジバカマ、アサガオの花が秋の七草《ななくさ》に選《えら》ばれているんだ。この当時のアサガオはキキョウのことをさすといわれ、今ではアサガオにかわってキキョウが秋の七草《ななくさ》に入っているよ。

秋の山 地理

解説 秋は空気がすんでいて、山のすがたもくっきりと見える。木ぎが紅葉《こうよう》した秋の山は赤や黄色に色づき、これを「山よそおう」と表《ひょう》現《げん》する。

秋深し 時候

解説 秋も深まる晩秋《ばんしゅう》。冬に向けて木ぎは枯《か》れていき、秋が深まるほどにさびしさがつのっていく。

例句 **秋深《あきふか》き隣《となり》は何《なに》をする人《ひと》ぞ**　**松尾芭蕉《まつおばしょう》**

意味 秋が深まり、静《しず》まり返っている。となりの部屋にいるのはどんな人なのだろうか。

天《あま》の川《がわ》 天文

解説 無数《むすう》の星が集まり帯状《おびじょう》に川のように見え、「銀河《ぎんが》」ともよばれる。七夕伝説《たなばたでんせつ》では織姫《おりひめ》と彦星《ひこぼし》をへだてる川で、年に一度この川をわたって会うことができるとされている。

例句 **荒海《あらうみ》や佐渡《さど》に横《よこ》たふ《(う)》天《あま》の河《がわ》**　**松尾芭蕉《まつおばしょう》**

意味・解説 ↓61ページ

運動会

生活

解説 学校、会社、地域《ちいき》などのたくさんの人が集まって、運動競技《きょうぎ》などをして楽しむ行事。運動会を春に行うことも多かったので、春の季語《きご》ともされている。

稲妻《いなずま》

天文

解説 空中を引きさくように光る電光のことで、「稲光《いなびかり》」ともいう。雷《かみなり》 ↓87ページ と似《に》ているが、雷《かみなり》のような大きな音はしない。稲妻《いなずま》が走るとイネがよく実ると考えられていた。「いなづま」とも書く。

例句 **いなびかり北《きた》よりすれば北《きた》を見《み》る**

橋本多佳子《はしもとたかこ》

稲刈《いねかり》

生活

意味・解説 ↓59ページ

解説 秋になり、実ったイネを刈《か》り取ること。この時期は稲作《いなさく》農家にとって、もっともいそがしい時期となる。

いも

植物

解説 俳句《はいく》でイモというと「里いも」のことをさす。秋になるといろいろな種類《しゅるい》のイモが実ることから、「いもの秋」ともいう。

サトイモの葉は、こんなに大きいよ！

いわし雲《ぐも》

天文

解説 高い空に白いうろこ状《じょう》に見える雲。イワシの群《む》れが空を泳いでいるようにも見える。この雲が出るとイワシがとれるともいわれている。

例句 **いわし雲《ぐも》大《おお》いなる瀬《せ》をさかのぼる**

飯田蛇笏《いいだだこつ》

意味 いわし雲《ぐも》が、大きな川の流れとは反対に川をさかのぼっていくように、ゆっくりと流れていく。

イワシは海面の近くを群《む》れで泳ぐ習性《しゅうせい》があるよ。

じゃがいも

植物

ポテトフライなどに調理して、世界中で広く食べられている。形が馬の鈴《すず》に似《に》ていることから、「馬鈴薯《ばれいしょ》」ともいう。

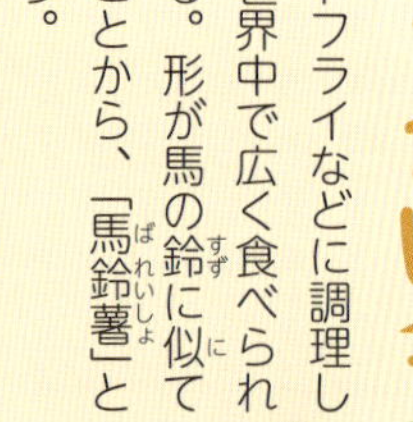

山いも

植物

「山のいも」ともいい、ねばりけがある。山野に自然《しぜん》に生えているものは「自然薯《じねんじょ》」ともよばれる。似《に》ている「長いも」は別《べつ》のもの。

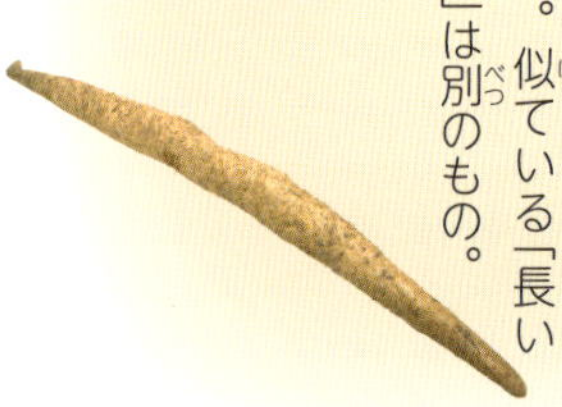

さつまいも

植物

焼《や》きいも ↓122ページ などで親しまれているイモ。甘味《あまみ》があることから、「甘藷《かんしょ》」ともいう。

かんた◀いなず

い～か

かかし（生活）

解説 田に実ったイネが鳥などに荒らされるのを防ぐために、人が見張っているようにみえる人形をつくって田の中に立てておくもの。

例句 いろいろの案山子の道のたのしさよ
　　　　　　　　　　　　　　　篠原鳳作

意味・解説 道を歩いていると、いろいろな形をしたかかしに出会う。それを見ながら歩く楽しさだよ。かかしのちがいを発見しながら歩く、かかしウォッチの楽しさをまっすぐによんだ句。

まめ知識 田の神様、「山田のそほど」
その昔、かかしは田の神様とされ、「そほど（または、そほづ）」とよばれていたよ。このそほどは『古事記』に登場する、歩かなくても天のことや地上のことを何でも知っている「久延毘古」という神様のことだといわれている。久延毘古は「山田のそほど」ともよばれているよ。

柿（植物）

解説 秋に実をつける果実で、あまいものを「あまがき」という。しぶみのある「しぶがき」はそのまま食べることができないので、「干しがき」などにして食べる。また、紅葉したかきの葉を「かきもみじ」という。秋の季語になる。

例句 柿くへば鐘が鳴るなり法隆寺
　　　　　　　　　　　　　　正岡子規

意味・解説 →50ページ

かぼちゃ（植物）

解説 夏に黄色い花を咲かせ、秋に果実をつける野菜。「なんきん」や「ぼうぶら」ともよばれる。

「かぼちゃの花」は夏の季語になるよ。

かまきり（動物）

解説 頭が三角形で、カマのような前足をもつ昆虫。「とうろう」ともよばれる。

刈田（地理）

解説 実ったイネを刈り取ったあとの田。その近くには、刈ったイネが干されていることがある。

刈ったイネを干す木組みなどを「稲架」といい、秋の季語になるよ。

かんたん（動物）

解説 コオロギ（→105ページ〈こおろぎ〉）の仲間で、あわい黄緑色の昆虫。長い触角をもち、秋の初めにきれいな鳴き声をひびかせる。

菊《きく》 植物

解説 日本を代表する花の一つ。中国《ちゅうごく》から伝《つた》わった花で、日本で品種改良《ひんしゅかいりょう》が盛《さか》んにすすめられた。花の色や形、大きさには多くの種類《しゅるい》があり、大きくは大《おお》菊《ぎく》・中菊《ちゅうぎく》・小菊《こぎく》に分けられる。

例句 **菊《きく》の香《か》や奈良《なら》には古《ふる》き仏達《ほとけたち》**　松尾芭蕉《まつおばしょう》

意味 キクのよいかおりがただよっているこの奈良《なら》は、古くから伝《つた》えられる多くの仏《ほとけ》たちがおられるところだ。

提供：杉並大宮八幡宮

キクの被綿《きせわた》（一晩《ひとばん》キクの花にかぶせ、つゆをうつし取った綿《わた》）で翌朝《よくあさ》にからだをぬぐうと長寿《ちょうじゅ》を保《たも》つといわれる。

まめ知識　重陽《ちょうよう》の節句《せっく》

九月九日の「重陽《ちょうよう》の節句《せっく》」は、キクを飾《かざ》ったり菊酒《きくざけ》を飲んで長寿《ちょうじゅ》を願《ねが》う日。古来、奇数《きすう》は縁起《えんぎ》のよい数字（陽数という）とされ、一けたの陽数でいちばん大きい九が重なる九月九日を、おめでたい日として祝《いわ》ったよ。

きつつき 動物

解説 森林にすみ、するどいくちばしで木に穴《あな》を開けて、幹《みき》の中にいる虫を掘《ほ》り出して食べる鳥。「てらつつき」ともよぶ。

例句 **啄木鳥《きつつき》や落葉《おちば》をいそぐ牧《まき》の木々《きぎ》**　水原秋櫻子《みずはらしゅうおうし》

意味・解説 牧場《まきば》の木ぎはまるで急いで冬支度《ふゆじたく》をしているかのように、盛《さか》んに葉を落としている。そこに、キツツキの木をつつく音がひびいている。「牧《まき》の木々《きぎ》」とは、牧場《まきば》の木ぎのこと。

きのこ 植物

解説 山林の木の根っこの近くや朽《く》ちた木などに生える大型《おおがた》の菌類《きんるい》。種類《しゅるい》が豊富《ほうふ》で、食べられるキノコと、毒《どく》のあるキノコがある。

しいたけ 植物

茶色いかさの部分が厚《あつ》く、いろいろな料理《りょうり》に使われる。乾燥《かんそう》させたシイタケは、よりかおりが高くなる。

しめじ 植物

「においまつたけ味しめじ」といわれ、特《とく》にホンシメジのことをさす。

まつたけ 植物

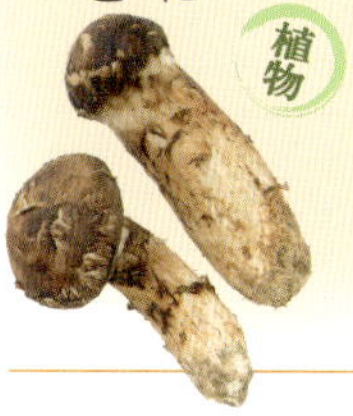

おもにアカマツ林に生える、かおりがとてもよいキノコ。

霧《きり》 天文

解説 気温が下がることで、空気中の水《すい》蒸気《じょうき》が冷《ひ》やされ、小さな水の粒《つぶ》となってできる。白い煙《けむり》のように見え、遠くがかすんで見えなくなる。また、春にも同じ状態《じょうたい》になることがあるが、春の場合は霧《きり》ではなくかすみ（→72ページ）という。

きりぎりす 動物

解説 野原などに生息する緑または褐色《かっしょく》の昆虫《こんちゅう》。古くは、コオロギ（→105ページ（こおろぎ））のことをキリギリスとよんでいた。

桐一葉《きりひとは》 植物

解説 桐《きり》の葉が一枚《まい》落ちること。また、秋の訪《おとず》れを知ることもさす。「桐《きり》」を省略《しょうりゃく》して「一葉《ひとは》」という言葉を使うこともあるが、これも桐《きり》の葉を意味する。

例句 **桐一葉《きりひとは》日当《ひあた》りながら落《お》ちにけり**　高浜虚子《たかはまきょし》

意味・解説 （→57ページ）

草の花

植物

解説 秋に花を咲《さ》かせる草のこと。あまり名前を知られていない草花をさすことが多い。「千草《ちぐさ》の花」ともいう。

例句 **がんばるわなんて言《い》うなよ草《くさ》の花《はな》**　**坪内稔典《つぼうちねんてん》**

意味・解説 「『がんばるわ』なんて言うなよ」、と道ばたの草の花も言っているようだ。だれにほめられるでもなく人知れず咲《さ》く草の花が、力《りき》んでいる自分に語りかけているのかもしれない。

くり

植物

解説 秋の味覚《みかく》として古くから食べられているクリの実は、トゲのあるイガに包《つつ》まれ「いがぐり」ともよばれる。緑色のイガが熟《じゅく》して茶色になると、さけて中の実が見えるようになる。

くるみ

植物

解説 実の中にかたい種《たね》があり、そのからを割《わ》って子葉《しよう》の部分を食べる。夏に青い実をつけ、秋になると熟《じゅく》す。日本の山野に生えているのは「おにぐるみ」とよばれ、秋の季語《きご》になる。

例句 **「おや?」というくるみ「えへん!」というくるみ**　**塩見恵介《しおみけいすけ》**

意味・解説 クルミは「おや?」という表情《ひょうじょう》に見えるものもあるし、「えへん!」といばっている表情《ひょうじょう》に見えるものもあり、さまざまだ。無造作《むぞうさ》に置《お》かれたクルミを見て、同じクルミでも一個《こ》一個《こ》ちがう形をしていることに、作者は友だちと出会ったかのように楽しんでいる。

暮《くれ》の秋

時候

解説 秋の終わりのころのことで、「晩秋《ばんしゅう》」や「暮秋《ぼしゅう》」ともいう。混同《こんどう》しやすい言葉に「秋の暮《くれ》」があるが、これは秋の日の夕暮《ゆうぐ》れを示《しめ》す言葉。

鶏頭花《けいとうか》

植物

解説 奈良《なら》時代に中国《ちゅうごく》から伝《つた》わった花で、「からあい」ともいう。花の形と色が、ニワトリの頭の赤いトサカに似《に》ていることからこの名がついた。

例句 **鶏頭《けいとう》の十四《じゅうし》五本《ごほん》もありぬべし**　**正岡子規《まさおかしき》**

意味・解説 庭に咲《さ》いているケイトウ。十四〜十五本ぐらいはあるにちがいない。作者が病気でねこんでいるときによんだ句《く》。庭に出てケイトウの数をたしかめることができないため、「ありぬべし」と推測《すいそく》している。

こおろぎ

動物

解説 秋の夜に、縁《えん》の下や草地などで鳴く黒色の昆《こん》虫《ちゅう》。美しい声で鳴くことから、「ころころ」や「ちちろ虫」ともよばれる。昔は、キリギリスのことをコオロギ、コオロギをキリギリスとよんでいた。

コスモス

植物

解説 キク 104ページ(菊) の仲間《なかま》で、メキシコ原産《げんさん》の花。ピンクや白などの花をつける。庭で栽培《さいばい》されていて、秋にいたるところで見かける花の一つ。「秋桜《あきざくら》」ともいわれる。

秋刀魚《さんま》

動物

解説 秋を代表する魚の一つ。漢字で秋刀魚《さんま》と書くように、刀のような銀色の細長いすがたをしている。夏の間、北海道《ほっかいどう》の東方沖《とうほうおき》にいたサンマが、秋になると水温が下がるため、三陸沖《さんりくおき》から房総半島沖《ぼうそうはんとうおき》まで南下してくる。

残暑《ざんしょ》

時候

解説 立秋 ↓111ページ をすぎると、こよみの上では秋になるが、例年《れいねん》まだ暑い日が続《つづ》く。この立秋から秋の彼岸《ひがん》までの暑さを残暑《ざんしょ》という。夏のあいさつ状《じょう》も立秋をすぎると「暑中見舞《しょちゅうみま》い」から「残暑見舞《ざんしょみま》い」に変《か》わる。

鹿《しか》

動物

解説 山などの森林に生息するほ乳類《にゅうるい》。オスには枝《えだ》分かれした角がある。秋の繁殖期《はんしょくき》になると、オスがさびしそうな声で鳴くことから、秋の季語《きご》になっている。

例句 **びいと啼《な》く尻声《しりごえ》かなし夜《よる》の鹿《しか》**　**松尾芭蕉《まつおばしょう》**

意味 夜ふけにシカが「びい」と長く尾《お》を引くように鳴く声は、とても悲しげに聞こえる。

終戦記念日《しゅうせんきねんび》

生活

解説 八月十五日。第二次世界大戦《だいにじせかいたいせん》を戦《たたか》っていた日本は、ポツダム宣言《せんげん》を受諾《じゅだく》し、一九四五年八月十五日、降伏《こうふく》を国民《こくみん》に発表した。「終戦《しゅうせん》の日」や「戦没者《せんぼつしゃ》を追悼《ついとう》し平和を祈念《きねん》する日」ともいい、戦没者《せんぼつしゃ》を追悼《ついとう》する行事が行われる。

新米《しんまい》

生活

解説 その年に新しく収穫《しゅうかく》した米。今年米《ことしごめ》ともいい、十月ごろに市場《しじょう》に出まわる。新米《しんまい》に対して、前年に収穫《しゅうかく》した米を「古米《こまい》」という。新米《しんまい》が出ることによってできるため、「古米《こまい》」も秋の季語《きご》となる。

秋分

時候

解説 秋の彼岸《ひがん》の中日《ちゅうにち》（まん中の日）。この日を境《さかい》に、夜の時間が昼の時間よりも長くなっていく。九月二十三日ごろで、「秋分の日」は国民《こくみん》の祝日《しゅくじつ》になっている。

> **まめ知識　秋の彼岸《ひがん》**
>
> 彼岸《ひがん》は春と秋にあるよ。春の彼岸《ひがん》には「ぼたもち」を、秋の彼岸《ひがん》には「おはぎ」を先祖《せんぞ》に供《そな》える習慣《しゅうかん》がある。どちらも材料《ざいりょう》は同じで、もち米《ごめ》とうるち米《まい》を合わせて蒸《む》し、あんやきなこで包《つつ》んだものだよ。

すいか

植物

解説 球形とだ円形のものがあり、果肉《かにく》には赤いものと黄色いものがある。暑い夏に冷《ひ》やして食べることが多いが、俳句《はいく》では秋の季語《きご》となる。

例句 **西瓜独《すいかひと》り野分《のわき》をしらぬ朝《あした》かな**　**山口素堂《やまぐちそどう》**

意味 強風のふいた翌朝《よくあさ》、ほかの草木は倒《たお》れたりしているのに、スイカだけは何もなかったように平然《へいぜん》としている。

すずむし

動物

解説 「りーん、りーん」と鳴くコオロギの仲間《なかま》。古くは「チンチロリン」と鳴くマツムシ(↓110ページ(松虫))を今のスズムシ、今のスズムシをマツムシとよび、逆《ぎゃく》にあつかわれていた。

すもう

生活

解説 日本の国技《こくぎ》。土俵《どひょう》という円の中で、おし出したり、投《な》げ倒《たお》したりして勝負する格闘技《かくとうぎ》。宮中《きゅうちゅう》で行われた「すまいの節会《せちえ》」という行事が七月だったことから、秋の季語《きご》になった。

例句 **脱《ぬ》ぎすてて角力《すもう》になりぬ草《くさ》の上《うえ》**　**炭《たん》 大祇《たいぎ》**

意味・解説 「角力《すもう》」はすもうとり(力士《りきし》)のこと。着ていたものを脱《ぬ》ぎ捨《す》てて、ふんどし一枚《まい》の力士《りきし》になって、みんなで草の上ですもうをとった。

まめ知識 すまいの節会《せちえ》

すもうは、もとは農作物の収穫《しゅうかく》を占《うらな》う儀式《ぎしき》だったよ。勝負に勝つと豊作《ほうさく》になると信じられていたんだ。奈良《なら》時代になると、宮中《きゅうちゅう》に力士《りきし》を集めて、力をくらべさせたといわれているよ。

願《ねが》いごとがかないますように。

台風

天文

解説 秋になると日本をおそう暴風雨《ぼうふうう》。野原の草を分けるほどの強い風がふくことから、古くは台風のことを「野分《のわき》」とよんでいた。

例句 **大《おお》いなるものが過《す》ぎ行《ゆ》く野分《のわき》かな**　**高浜虚子《たかはまきょし》**

意味・解説 野分《のわき》という、言いようのないおそろしいものが、すぎ去《さ》っていくのをただ待っているしかない。この句《く》は大きな被害《ひがい》をあたえた室戸台風《むろとたいふう》(一九三四年)のときによまれた句《く》だといわれる。

七夕《たなばた》

生活

解説 織姫《おりひめ》と彦星《ひこぼし》が年に一度、天《あま》の川《がわ》(↓101ページ)をわたって会うことができるとされる、中国《ちゅうごく》の星伝《ほしでん》説《せつ》に由来する行事。昔は旧暦《きゅうれき》の七月七日(今の八月ごろ)に行われていたが、今では新暦《しんれき》の七月七日に行うことが多い。

例句 **七夕《たなばた》の仲人《なこうど》なれや宵《よい》の月《つき》**　**松永貞徳《まつながていとく》**

意味 七夕《たなばた》の夜は、織姫《おりひめ》と彦星《ひこぼし》がやっと会える日だから、月も二人の邪魔《じゃま》をしないように、宵《よい》のうちに引っこんでしまった。

仲秋《ちゅうしゅう》

時候

解説 初秋《しょしゅう》と晩秋《ばんしゅう》の間、つまり秋の三か月間のまん中にあたる一か月。旧暦《きゅうれき》の八月のことで、今の九月にあたり、だんだん秋らしさを感じられるようになるころ。

つくつくぼうし

動物

解説 せみ(↓91ページ)の仲間《なかま》で、多くは秋になると鳴き始める。その鳴き声からこの名がつき、「ほうしぜみ」や「つくつくほうし」ともよばれる。

ツクツクホーシ

露《つゆ》

天文

解説 空気中の水蒸気《すいじょうき》が冷《ひ》えて水滴《すいてき》となり、草の葉や石の表面などについたもの。夏から秋の早朝に多く見られる。日が当たるとすぐに消えてしまうので、はかないものをあらわす言葉でもある。

例句 **芋《いも》の露連山影《つゆれんざんかげ》を正《ただ》しうす**　**飯田蛇笏《いいだだこつ》**

意味 サトイモの葉に、露《つゆ》がついている。遠くには山が姿《し》勢《せい》を正すように堂《どう》どうと連《つら》なっている。

どんぐり

植物

解説 クヌギの実。実の下部がおわんの形をした殻斗《かくと》でおおわれている。クヌギだけでなく、カシやナラの実もふくめて、ドングリとよぶこともある。実が熟《じゅく》すと自然《しぜん》に木から落下する。

例句 **団栗《どんぐり》の落《お》ちて沈《しず》むや山《やま》の池《いけ》**　**正岡子規《まさおかしき》**

意味 一粒《つぶ》のドングリが山の静《しず》かな池の表面に落ちた。そしてすぐに池の中へと消えていった。

クヌギ
つめこみすぎた…。
もぐもぐ

とうもろこし

植物

解説 イネの仲間《なかま》で、夏に花が咲《さ》き、秋に実を収穫《しゅうかく》することができる作物。やせた土地でもよく育ち、高さは二〜三メートルほどに成長《せいちょう》する。

とんぼ

動物

解説 細長いからだと四枚《まい》のはね、大きな複眼《ふくがん》が特徴《とくちょう》の昆虫《こんちゅう》で、「せいれい」ともいう。真夏に飛《と》んでいるトンボも多いが、秋になると胴体《どうたい》が赤い「赤とんぼ」が平地でも飛《と》び始める。

例句 **とどまればあたりにふゆる蜻蛉《とんぼ》かな**　**中村汀女《なかむらていじょ》**

例句 **赤蜻蛉《あかとんぼ》筑波《つくば》に雲《くも》もなかりけり**　**正岡子規《まさおかしき》**

意味・解説 ⬇ともに53ページ

長《なが》月《つき》

時候

解説 旧暦《きゅうれき》の九月のよび方の一つ。今のこよみでは十月ごろにあたる。夜が日増《ひま》しに長くなる月という意味。

ねこじゃらし

植物

解説 「えのころぐさ」の別名《べつめい》。細い茎《くき》の先端《せんたん》に、毛がふさふさした穂《ほ》をつける。子どもたちが穂《ほ》でネコと遊ぶことから、この名がつけられた。

例句 **行《ゆ》きさきはあの道端《みちばた》のねこじゃらし**　**坪内稔典《つぼうちねんてん》**

意味・解説 私《わたし》が今から進もうとしている行き先は、ほら、あの道ばたのネコジャラシだよ。ネコジャラシのようなどこにでも生える草を、行き先（旅の目的《もくてき》）としているところが楽しい句《く》。

えいッ！
えいッ！

ねぶた

生活

解説 青森県《あおもりけん》で八月に行われる東北三大祭りの一つ。もとは、「眠流《ねむりなが》し」とよばれていたとされる。和紙や針金《はりがね》(昔は竹)を使って武者《むしゃ》人形に仕立てた山車《だし》燈籠《とうろう》に明かりを灯《とも》して、町を練り歩く。地域《ちいき》によっては、「ねぷた」とよんでいる。

梨《なし》

植物

解説 秋に、水分が多く、みずみずしい果実《かじつ》をつける。春に白い花を咲《さ》かせるため、「梨《なし》の花」は春の季《き》語《ご》になっている。

野山の錦《にしき》

地理

解説 草木が紅葉《こうよう》して山野が美しく彩《いろど》られることを、錦《にしき》を織《お》り成《な》したようだとたとえている。錦《にしき》とは、金や銀などの糸でつくる絹織物《きぬおりもの》のこと。

ばった

動物

解説 イナゴの仲間《なかま》。緑色のからだで、飛《と》ぶときにはねが出す音から、「ハタハタ」や「きちきち」ともよばれる。「精霊《しょうりょう》バッタ」や「殿様《とのさま》バッタ」、「おんぶばった」など種類《しゅるい》も多い。

冬近し

時候

解説 立冬〔↓123ページ〕の日が近くなり、冬はすぐそこまで近づいている。冬のとなりという意味で「冬隣《ふゆどなり》」ともいう。

例句 **冬《ふゆ》ちかし時雨《しぐれ》の雲《くも》もここよりぞ**　**与謝蕪村《よさぶそん》**

意味・解説 もうすぐ冬がやってくる。時雨《しぐれ》の雲は、ここから起こるのだろうという意味。ここは、京《きょう》都府《とふ》の金福寺《こんぶくじ》にある芭蕉庵《ばしょうあん》のこと。

ぶどう

植物

解説 八～九月、果実《かじつ》が房《ふさ》をつくって垂《た》れるように実る植物。茎《くき》はつるをのばしてほかのものに巻《ま》きついてのびるため、ぶどう棚《だな》をつくって育てる。

へちま

植物

解説 夏から秋にかけて黄色の花が咲《さ》き、三十～六十センチメートルほどのまるい筒《つつ》状《じょう》の緑色の果実《かじつ》をつける。果肉《かにく》の中には、網《あみ》のような強い繊維《せんい》がある。

例句 **糸瓜《へちま》咲《さ》いて痰《たん》のつまりし仏《ほとけ》かな**　**正岡子規《まさおかしき》**

意味・解説 ヘチマの花が咲《さ》いたが、結核《けっかく》でねこんでいる私《わたし》は、タンがのどにつまって今にも死んで仏《ほとけ》になってしまいそうだ。ヘチマの茎《くき》からとれる水はタン止めなどの薬になるといわれる。その水は旧暦《きゅうれき》の八月十五日にとるとよいと伝《つた》えられているが、それまでからだがもちそうにないことをよんでいる。

果肉《かにく》の繊維《せんい》はたわしになるよ。

星月夜《ほしづくよ》

天文

解説 空がすんでいる秋は、星がいちだんと美しくかがやいて見える。そのため、月がなくても月夜のような、満天《まんてん》の星がかがやく夜のことをいう。「ほしづきよ」とも読む。

名月《めいげつ》

天文

解説 旧暦《きゅうれき》の八月十五日(中秋《ちゅうしゅう》)の月。また、どこもかけていない十五夜の月を「満月《まんげつ》」といい、名月《めいげつ》の美しい夜を「良夜《りょうや》」という。

例句 **名月《めいげつ》や池《いけ》をめぐりて夜《よ》もすがら**

松尾芭蕉《まつおばしょう》

意味 名月《めいげつ》をながめながら池のまわりを歩いていたら、夜もすっかりふけてしまった。

例句 **名月《めいげつ》を取《と》ってくれろと泣《な》く子《こ》かな**

小林一茶《こばやしいっさ》

意味・解説 中秋《ちゅうしゅう》の夜空、まんまるにかがやくあの名月《めいげつ》がほしくて、取ってくれと無理《むり》を言って泣《な》く子だよ。作者はのちに、この句《く》の「名《めい》月《げつ》」を「あの月」と変《か》えている。

> **まめ知識　お月見**
>
> 名月《めいげつ》を鑑賞《かんしょう》する行事。もとは秋の実りへの収穫祭《しゅうかくさい》だった。「芋《いも》名月《めいげつ》」ともいわれ、今でもお月見にはサトイモが供《そな》えられる。また、旧暦《きゅうれき》の九月十三日にもお月見をする習慣《しゅうかん》があり、これは「十三夜《じゅうさんや》」といわれ、「栗名月《くりめいげつ》」ともよばれている。

松虫《まつむし》

動物

解説 「チンチロリン」と鳴くコオロギの仲間《なかま》で、秋の夜にすんだ鳴き声をひびかせる。昔は「リンリン」と鳴くスズムシ↓107ページ（すずむし）と、マツムシのよび名が反対になっていた。

みのむし

動物

解説 ミノガとよばれるガの幼虫《ようちゅう》。枝《えだ》や葉でつくった「みの（わらなどでつくる雨具《あまぐ》）」に似《に》た形の巣《す》にすんでいることからこの名がついた。からだから出す糸で枝《えだ》にぶら下がっているすがたが特徴的《とくちょうてき》。

むくげ

植物

解説 初秋《しょしゅう》にあわい紅色《べにいろ》、うすむらさき色、白などの花を咲《さ》かせる低木《ていぼく》。花は朝に開き、夕方にはしぼんでしまうといわれるが、翌日《よくじつ》まで咲《さ》いていることもある。

例句 **道《みち》のべの木槿《むくげ》は馬《うま》に喰《く》はれけり**（わ）

松尾芭蕉《まつおばしょう》

意味・解説 自分の乗っていた馬が、道ばたに咲《さ》いていたムクゲの花を食べてしまった。前書きに「馬上吟《ばじょうぎん》」とあることから、馬に乗っているときに目の前で起きたことをよんだ句《く》。

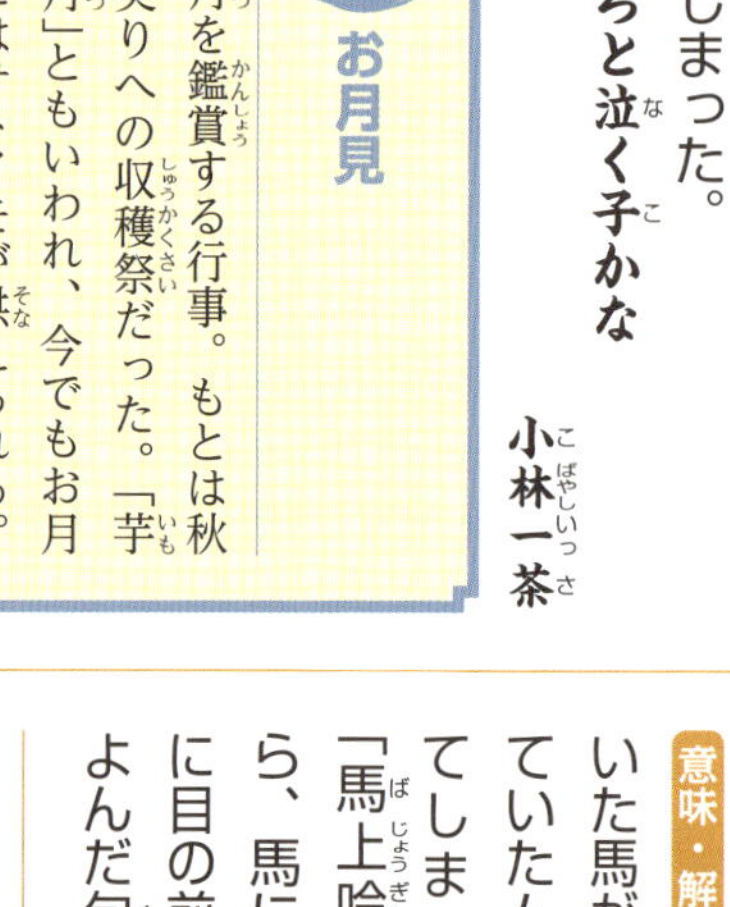

虫

動物

解説 秋に鳴く虫のこと。多くの虫の鳴き声を、雨がふる音にたとえて「虫時雨《むししぐれ》」という。古くは、秋に鳴く虫を総称《そうしょう》してコオロギ↓105ページ（こおろぎ）とよんだともいわれている。

もみじ

植物

解説 秋になり、木ぎの葉が赤や黄色などに色づく。もみじといえばカエデの葉を意味することが多いが、いろいろな種類《しゅるい》の木の葉のもみじをひっくるめて使われることもある。

鵙《もず》
動物

解説 トカゲや昆虫《こんちゅう》をとらえて食べる鳥。「キーイ、キーイ」とするどい鳴き声を発する。獲物《えもの》を木の枝《えだ》などに突《つ》き刺《さ》しておく「鵙《もず》のはやにえ」とよばれる行動をする。

例句 **御空《みそら》より発止《はっし》と鵙《もず》や菊日和《きくびより》**
川端茅舎《かわばたぼうしゃ》

意味・解説 キクの花が見事に咲《さ》いている秋晴れの日、モズが急に飛《と》んできて木の枝《えだ》にとまった。「発《はっ》止《し》」とは、矢《や》などが飛《と》んできて突《つ》きささるようすのことで、モズの急な動きとするどい鳴き声をあらわしている。

桃《もも》の実
植物

解説 奈良《なら》時代に中国《ちゅうごく》より伝《つた》えられた果物《くだもの》。その多くは夏に店先にならぶが、「白桃《はくとう》」などは立秋後も見かける。桃《もも》の花 82ページ は春の季語《きご》。

例句 **白桃《はくとう》に入《い》れし刃先《はさき》の種《たね》を割《わ》る**
橋本多佳子《はしもとたかこ》

意味 やわらかな白桃《はくとう》にナイフを入れたら、中の種《たね》が二つに割《わ》れた。

夜食
生活

解説 ふだんの夕食ではなく、夜おそい時間にとる軽食。昔は、農家で夜おそくまで作業しているときに夜食を食べていた。今では、仕事が長引いた人や受験生《じゅけんせい》など、夜食をとる人はさまざま。

夜寒《よさむ》
時候

解説 秋も深まってくると、日中はすごしやすくても、夜になると冷《ひ》えて寒さを感じることがある。このように、夜にだけ感じる寒さのこと。「寒き夜」は冬の季語《きご》。

例句 **鯛《たい》の骨《ほね》たたみにひらふ(ろう)夜寒《よさむ》かな**
室生犀星《むろうさいせい》

意味 夜になって肌寒《はだざむ》くなってきたころ、たたみの上に何か落ちていたので拾ってみたら、鯛《たい》の骨《ほね》だった。

夜長《よなが》
時候

解説 秋分 106ページ をすぎると、日の入りがだんだん早くなり、夜の時間が長くなってくる。そんな、秋の夜の長いことをいう。

立秋
時候

解説 八月七日ごろ。こよみの上では、この日から秋となる。二十四節気《にじゅうしせっき》 48ページ の一つで、立秋から立冬の前日までが秋となっている。

りんご
植物

解説 青森県《あおもりけん》や長野県《ながのけん》で多く栽培《さいばい》されている、秋を代表する果物《くだもの》の一つ。「ふじ」や「紅玉《こうぎょく》」、「国光《こっこう》」など品種《ひんしゅ》も多い。「りんごの花」は春の季語《きご》となる。

例句 **星空《ほしぞら》へ店《みせ》より林檎《りんご》あふれをり(お)**
橋本多佳子《はしもとたかこ》

意味 空はすみわたり、満天《まんてん》の星空だ。そんな夜の果物屋《くだものや》では、星空へ転がっていきそうなほどリンゴが高くつまれている。

わたり鳥
動物

解説 秋になるとシベリアなどの北方から日本で冬を越《こ》すために飛《と》んで来る。ツグミ、マガモ、ハクチョウ、マナヅルなどの鳥で、これらの鳥はわたり鳥の中でも冬鳥という。また、秋に日本から南の国へ飛《と》んで行くわたり鳥は夏鳥という。

うさぎ
動物

解説 雪国などにすむウサギは、冬になると白い毛に抜《ぬ》け変《か》わるものが多い。ノウサギは冬でも灰褐《はいかっ》色《しょく》。農作物を食い荒《あ》らすため、ウサギを網《あみ》などでつかまえたり、食用とすることもある。

あられ
天文

解説 「雪あられ」と「氷あられ」があり、一般的《いっぱんてき》に雪あられをさすことが多い。雪あられは雪に氷がくっつき、小さい白い粒《つぶ》になってふってくる。氷あられは雪あられのまわりがうすい氷でおおわれた、半とうめいの粒《つぶ》。あられが大きくなるとひょうになる。

あんこう
動物

解説 大きな頭にとても大きな口、うちわのように平べったいからだをした深海魚。頭部にある、背《せ》びれが変化《へんか》した長いとげを動かし、小魚をおびきよせ食べる。「あんこうなべ」にするとおいしい。

「あんこうなべ」も冬の季語《きご》になるよ。

提供：沼津港深海水族館

息白し
生活

解説 冬の朝などの空気が冷《つめ》たいときに、はいた息が白くなること。息の中の水蒸気《すいじょうき》が急に冷《ひ》やされて、小さな水の粒《つぶ》になることで起こる。

大みそか
時候

解説 月の最終日《さいしゅうび》を「みそか」といい、一年の最後《さいご》の日なので「大みそか」という。もとは旧暦《きゅうれき》の十二月三十一日のことだったが、今は新暦《しんれき》の十二月三十一日のことをさす。「大つごもり」ともいう。

例句 **大晦日《おおみそか》定《さだめ》なき世《よ》のさだめかな**　**井原西鶴《いはらさいかく》**

意味 この世の中は、移《うつ》り変《か》わりが激《はげ》しいが、大みそかだけは毎年きちんとやってくる。

落葉《おちば》
植物

解説 冬になると、桜《さくら》（→74ページ）や柿《かき》（→103ページ）などの落葉樹《らくようじゅ》は葉をすべて落とす。地面に落ちた葉、木から落ちていく葉などのこと。

例句 **待人《まちびと》の足音《あしおと》遠《とお》き落葉《おちば》かな**　**与謝蕪村《よさぶそん》**

意味 ずっと待っていた人がやってきたような足音がするが、落葉をふむその足音はまだ遠い。

おでん
生活

解説 こんにゃく、がんもどき、ちくわ、こんぶ、ダイコンなどをたっぷりのつゆで煮《に》こんだ料理《りょうり》。おでんの「でん」は、田楽《でんがく》の「田《でん》」で、もとは、串《くし》にさしたとうふをあぶり、みそをつけて食べていた料理《りょうり》。

田楽《でんがく》どうふ

風花《かざはな》 天文

解説 晴れているけれどとても寒いときに、花びらが舞《ま》い散《ち》るようにちらちらとふる雪。遠くの山などにふる雪が、強い風で飛《と》ばされてくるようなときに起こる。

風邪《かぜ》 生活

解説 鼻水や咳《せき》、熱《ねつ》などが出る病気。「鼻かぜ」や「インフルエンザ」も冬の季語《きご》となる。 ⬇117ページ

枯野《かれの》 地理

解説 積《つ》み重なる霜《しも》や雨によって草が枯《か》れ果《は》て、ひっそりとものさびしい冬の野原。天気や時間によって、いろいろな表情《ひょうじょう》を見せる。

例句 **枯野《かれの》かなつばなの時《とき》の女櫛《おんなぐし》** 井原西鶴《いはらさいかく》

意味・解説 枯野《かれの》の中に、女櫛《おんなぐし》が落ちている。つばなをつみにきた女性《じょせい》のものだろうか。「つばな」は、チガヤの花のこと。

例句 **遠山《とおやま》に日《ひ》の当《あた》りたる枯野《かれの》かな** 高浜虚子《たかはまきょし》

意味・解説 ⬇60ページ

かも 動物

解説 秋から冬にかけて日本にやってくるわたり鳥。池や湖などに群《む》れですんでいる。「マガモ」や「コガモ」など種類《しゅるい》が多い。

例句 **水底《みなそこ》を見《み》て来《き》た顔《かお》の小鴨《こがも》かな** 内藤丈草《ないとうじょうそう》

意味 水にういている小ガモが、水につっこんでいた顔を上げた。まるで水の底《そこ》を見て来たような顔をしている。

寒《かん》 時候

解説 寒さのきびしい時期で、寒《かん》の入《いり》(小寒《しょうかん》の一月五〜六日ごろ)から立春 ⬇83ページ の前日までのおよそ一か月間のこと。「寒《かん》の内《うち》」や「寒中《かんちゅう》」ともいう。

例句 **約束《やくそく》の寒《かん》の土筆《つくし》を煮《に》て下《くだ》さい** 川端茅舎《かわばたぼうしゃ》

意味・解説 前に約束《やくそく》した、ツクシを煮《に》てください。作者の弟子が、病にかかった作者を見舞《みま》いに来たときによんだ句《く》。一般《いっぱん》に、ツクシは春にとれる。

寒菊《かんぎく》 植物

解説 冬に花を咲《さ》かせるキクのこと。秋に咲《さ》くキク ⬇104ページ(菊) よりも小さく黄色い花。「冬菊《ふゆぎく》」や「霜菊《しもぎく》」ともいう。

例句 **冬菊《ふゆぎく》のまとふ《(う)》はおのがひかりのみ** 水原秋櫻子《みずはらしゅうおうし》

意味・解説 ⬇54ページ

寒《かん》げいこ 生活

解説 おもに剣道《けんどう》や柔道《じゅうどう》、弓道《きゅうどう》などの武術《ぶじゅつ》を身につける者が、寒中《かんちゅう》の朝早く、または夜おそくに行うきびしいけいこ。歌やおどりなどの寒中《かんちゅう》に行うけいこのこともいう。

寒風《かんぷう》 天文

解説 冬にふく風は北からふいてきて冷《つめ》たい。寒中《かんちゅう》にふく風のことではなく、寒さの激《はげ》しい風のこと。「北風《きたかぜ》」や「冬の風」ともいう。

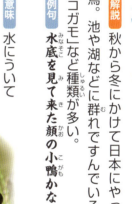

「クリスマスツリー」と「クリスマスケーキ」も冬の季語《きご》だよ。
Merry Christmas

クリスマス
行事

解説 十二月二十五日。イエス・キリストの誕生《たんじょう》を祝《いわ》う日で、キリスト教の祝日《しゅくじつ》。日本でもクリスマスツリーを飾《かざ》ったり、前日の晩《ばん》（クリスマスイブ）には、ケーキやローストチキンを食べたりする行事となっている。

例句 **ペンギンと空《そら》を見《み》ていたクリスマス**　塩見恵介《しおみけいすけ》

意味・解説 ペンギンと同じ方向に空を見上げてすごすクリスマスだよ。水から上がったペンギンは、しばしばじっと上を向いて立っている。クリスマスの今日、空からトナカイのソリでやってくるサンタクロースを待っているのかもしれない。

着ぶくれ
生活

解説 寒さをしのぐために、何枚《まい》も重ねて服を着ているので、からだがふくれて見える状態《じょうたい》のこと。

くしゃみ
生活

解説 鼻の中が冷《つめ》たい空気などで刺激《しげき》されて、吸《す》いこんだ空気がとつぜん鼻や口からいきおいよく出てくること。もとは「くさめ」といい、それが変化《へんか》した言葉。「はなひり」ともいう。

ザブーン

くじら
動物

解説 海にすむ大きなほ乳類《にゅうるい》。冬になると、日本の海でも見ることができる。歯のないヒゲクジラ、歯のあるハクジラに大きく分けられる。動物の中で最《さい》大《だい》の「シロナガスクジラ」は体長が三十メートルにもなる。古くは「いさな」とよんだ。

熊《くま》
動物

解説 山や森にすむ大型《おおがた》のほ乳類《にゅうるい》。日本にいるのは、おもに本州にすむ「ツキノワグマ」と、北海道《ほっかいどう》にすむ「ヒグマ」。食べ物がなくなる冬に、クマが穴《あな》に入って冬眠《とうみん》（→119ページ）することを「熊穴《くまあな》に入《い》る」という。

毛糸編《あ》む
生活

解説 毛糸を使ってセーター ⬇117ページ や手ぶくろ ⬇118ページ、マフラーなどを編《あ》むこと。「毛糸玉」も冬の季語《きご》になる。

木《こ》枯《がらし》
天文

解説 初冬《しょとう》にふく、冷《つめ》たい強い風。木《こ》の葉を散《ち》らし、木を枯《か》らすことから、この名がついた。冬がやって来たことを知らせる。

例句 **木《こ》がらしや目刺《めざし》にのこる海《うみ》のいろ**　**芥川龍之介《あくたがわりゅうのすけ》**

意味・解説 木枯《こが》らしがふいている。メザシのからだには海の色が残《のこ》っているようだ。木枯《こが》らしのふく時期には、メザシが店先にならび始める。

木《こ》の葉ふる
植物

解説 落葉広葉樹《らくようこうようじゅ》の葉っぱが、葉の色を夏の緑から赤や黄色に変《か》え、しきりに木の下に落としていくようすのこと。

こたつ
生活

解説 昔は、「やぐら」といわれるテーブルのような木の枠《わく》の中に火ばちを入れ、その上にふとんをかけてあたたまる「置《お》きごたつ」などを使っていた。

この上から、ふとんをかけるよ。
やぐら

例句 **ずぶ濡《ぬ》れの大名《だいみょう》を見《み》る炬燵《こたつ》かな**　**小林一茶《こばやしいっさ》**

意味・解説 ずぶぬれになって大名行列が通るのを、こたつの中からのぞき見する。宿のこたつに入りながら、雨の中を参勤交代《さんきんこうたい》のための大名行列が通るのを見てよんだ句《く》。

小《こ》春《はる》
時候

解説 旧暦《きゅうれき》十月(今の十一月ごろ)のよび方の一つ。この時期は寒さがやわらぎ、春のようなおだやかな日が続《つづ》くことが多い。「小春日和《こはるびより》」は、このころの春のような天気の日のこと。

例句 **玉《たま》の如《ごと》き小春日和《こはるびより》を授《さず》かりし**　**松本《まつもと》たかし**

意味・解説 さわやかに晴れた、かんぺきな小春日和《こはるびより》にめぐまれた。すばらしい小春日和《こはるびより》に喜《よろこ》び、感謝《かんしゃ》の気持ちをあらわしている。

さざんか
植物

解説 ツバキ ⬇77ページ(椿) の仲間《なかま》の木。葉と花がツバキに似《に》ているが、どちらもツバキより少し小さい。いろいろな種類《しゅるい》があり、十一月から一月ごろにかけて花を咲《さ》かせる。

例句 **山茶花《さざんか》に囮《おとり》鳴《な》く日《ひ》の夕《ゆうべ》かな**　**池西言水《いけにしごんすい》**

意味・解説 サザンカの咲《さ》く庭に置《お》かれたカゴの中の鳥が、夕暮《ゆうぐ》れにさびしく鳴いている。「囮《おとり》」はほかの鳥をおびきよせるために、カゴの中に入れられている鳥のことをさしている。

寒さ
時候

解説 からだに感じる寒さのこと。また、「寒き空」のように、からだではなく気持ちで感じる寒さのこともあらわす。

例句 **水枕《みずまくら》ガバリと寒《さむ》い海《うみ》がある**　**西東三鬼《さいとうさんき》**

意味・解説 ⬇61ページ

三《さん》寒《かん》四《し》温《おん》
時候

解説 寒い日が三日、そのあとにあたたかい日が四日続《つづ》き、これをくり返す気候《きこう》。あたたかい日の四日間を「四温日和《しおんびより》」という。

縁起物《えんぎもの》の「千歳飴《ちとせあめ》」も冬の季語《きご》になるよ。

七五三《しちごさん》
生活

解説 十一月十五日、神社にお参《まい》りして子どものすこやかな成長《せいちょう》を願《ねが》う儀式《ぎしき》。数え年(生まれた年を一歳《さい》とし、正月に一歳《さい》ずつ加《くわ》える数え方)で三歳《さい》と五歳《さい》の男の子、三歳《さい》と七歳《さい》の女の子が参拝《さんぱい》する。

時雨《しぐれ》
天文

解説 晴れていたところに、急にふってきたと思ったらやみ、ふったりやんだりをくり返す雨。秋の終わりから冬の初《はじ》めにかけての、朝方や夕方に多い。

例句 **しぐるるや蒟蒻《こんにゃく》冷《ひ》えて臍《へそ》の上《うえ》**　正岡子規《まさおかしき》

意味・解説 時雨《しぐれ》がふってきて、こんにゃくがへその上で冷《ひ》えていた。当時、こんにゃくは熱《あつ》くしておなかの上に置《お》き、おなかを温めるのにも使われた。

霜《しも》
天文

解説 空気の中の水蒸気《すいじょうき》が冷《ひ》えて、地面や草木にふれて細かい氷になったもの。冬のおだやかな夜に気温が下がると、次の朝に見られる。その冬に初《はじ》めておりる霜《しも》を「初霜《はつしも》」という。

例句 **霜強《しもつよ》し蓮華《れんげ》と開《ひら》く八ヶ岳《やつがたけ》**　前田普羅《まえだふら》

意味・解説 強い霜《しも》がおりた寒い朝、八ヶ岳《やつがたけ》はまるでレンゲの花が開いたようだ。この句《く》のレンゲは、極《ごく》楽浄土《らくじょうど》にある花びらが八枚《まい》のハスの花のこと。寒さのきびしい朝、八つの峰《みね》が連《つら》なった八ヶ岳《やつがたけ》の美しいすがたを、八枚《まい》のハスの花にたとえた句《く》。

霜柱《しもばしら》
地理

解説 地面の水分がしみ出してきて柱状《ちゅうじょう》にこおり、その多くは地面をおし上げる。とても寒い冬の夜にできることが多い。

除夜《じょや》の鐘《かね》
行事

解説 「除夜《じょや》」とは大みそか 112ページ をさし、その夜の十二時からお寺でつかれる鐘《かね》のこと。「百八《ひゃくはち》の鐘《かね》」ともいわれ、人の百八の煩悩《ぼんのう》(からだや心の苦しみを生み出す気持ち)を消すために、時間をかけて百八回、鐘《かね》がつかれる。

師走《しわす》
時候

解説 旧暦《きゅうれき》十二月(今の一月ごろ)のよび方の一つだが、今のこよみの十二月もさす。年末《ねんまつ》年始の準備《じゅんび》であわただしくなる月。

例句 **市《し》に入《い》りてしばし心《こころ》を師走《しわす》かな**　山口素堂《やまぐちそどう》

意味・解説 市《いち》に出かけて、しばらく師走《しわす》の気分を味わった。この句《く》の「市」は「し」と読む。

シュー

スキー
生活

解説 くつに長い板をつけて、雪の上をすべる冬のスポーツ。もとは、ふり積《つ》もった雪の上を移動《いどう》する交通手段《しゅだん》の一つだった。「スノーボード」も冬の季語《きご》になる。

スケート
生活

解説 くつの底《そこ》に金具をつけて、氷の上をすべるスポーツ。速さを競《きそ》うスピードスケート、演技《えんぎ》を競《きそ》うフィギュアスケート、氷の上でホッケーを行うアイスホッケーの三種類《しゅるい》がある。

例句 **スケートの紐《ひも》むすぶ間《ま》も逸《はや》りつつ**

山口誓子《やまぐちせいし》

意味・解説 ⬇67ページ

すす払《はらい》
生活

解説 年末《ねんまつ》、新しい年をむかえるために、一年にたまったすすやほこりをはらって、きれいにすること。昔は十二月十三日に行うのが決まりだった。今では、年末《ねんまつ》に大そうじをする家がふえている。

仏像《ぶつぞう》のほこりを、はらい落としているよ。

所蔵：中尊寺
提供：エフエム岩手平泉支局

咳《せき》
生活

解説 風邪《かぜ》⬇113ページなどにより、のどが刺激《しげき》を受けて、いきおいよくはき出される息。空気がかんそうする寒い冬は、咳《せき》が出やすい。

例句 **咳《せき》の子《こ》のなぞなぞ遊《あそ》びきりもなや**

中村汀女《なかむらていじょ》

意味・解説 ⬇65ページ

セーター
生活

解説 毛糸などで編《あ》んだ寒さを防《ふせ》ぐための上着。頭からかぶるものをさし、前開きのセーターを「カーディガン」という。

節分《せつぶん》
時候

解説 立春⬇83ページの前日で、二月三〜四日ごろ。豆をまいて、鬼《おに》を追いはらう「豆まき」が行われる。また、ヒイラギの枝《えだ》にイワシの頭をさして出入り口に立てる習わしがある。もともと節分《せつぶん》は季節《きせつ》の変《か》わり目のことで、すべての季節《きせつ》に節分《せつぶん》がある（立春・立夏・立秋・立冬の前日）。

「豆まき」も冬の季語《きご》だよ。

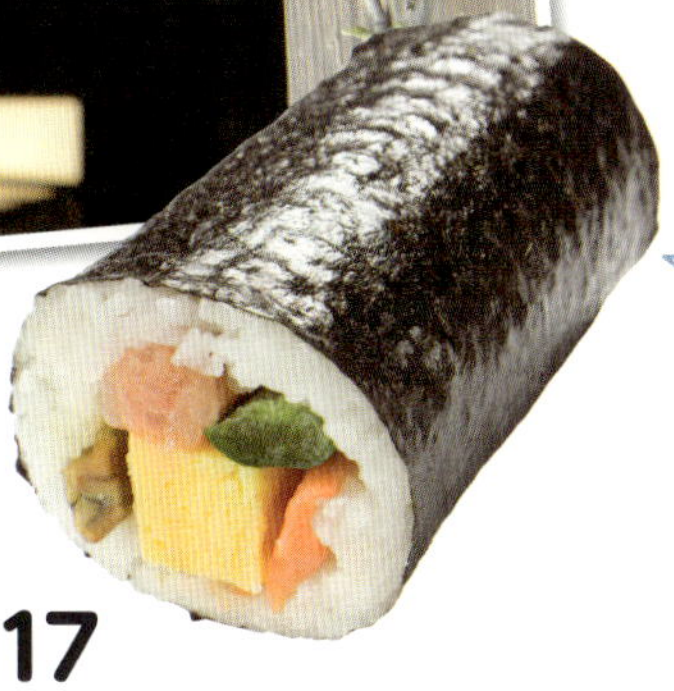

最近《さいきん》では、恵方巻《えほうま》き（太巻《ふとま》き）を食べる人がふえてきた。その年の恵方《えほう》（縁起《えんぎ》のよい方角）を向いて食べるよ。

竹馬 生活

解説 二本の竹に足を乗せる台をそれぞれくくりつけ、それに乗ってバランスをとりながら歩く遊び道具。古くは、葉のついた一本の竹にまたがって遊ぶことを、竹馬とよんだ。

例句 **竹馬《たけうま》やいろはにほへとちりぢりに**　**久保田万太郎《くぼたまんたろう》**

意味・解説 竹馬で遊んでいた子どもたちが、日が暮《く》れてきたのでばらばらに帰って行く。子どものころ竹馬でいっしょに遊んでいた仲間《なかま》が、大人になって、それぞれの道を歩みばらばらになってしまったという解釈《かいしゃく》もできる。

大寒《だいかん》 時候

解説 二十四節気《にじゅうしせっき》 ↓48ページ の一つで、今の一月二十日ごろ。一年のうちで、いちばん寒さがきびしい時期。一年間の最低気温《さいていきおん》も、このころに出ることが多い。

例句 **大寒《だいかん》や転《ころ》びて諸手《もろて》つく悲《かな》しさ**　**西東三鬼《さいとうさんき》**

意味・解説 大寒《だいかん》の日、転んで両手をついてしまい、それが悲しい。転んで両手を地面についているすがた、年をとっておとろえてしまったこと、それらを悲しく思う気持ちをあらわした句《く》。

大根 植物

解説 アブラナの仲間《なかま》の根菜《こんさい》。古くは「おおね」といった。収穫《しゅうかく》するときに畑から引きぬくことから、「大根引《だいこんひき》」も冬の季語《きご》になっている。

例句 **流《なが》れ行《ゆ》く大根《だいこん》の葉《は》の早《はや》さかな**　**高浜虚子《たかはまきょし》**

意味・解説 ダイコンの葉が、小川をすごい早さで流れていく。橋の上から川をながめていたときの、目の前のできごとをよんでいる。

例句 **大根《だいこ》引《ひ》き大根《だいこ》で道《みち》を教《おし》へ(え)けり**　**小林一茶《こばやしいっさ》**

意味・解説 ↓51ページ

たき火 生活

解説 からだをあたためるために、外でたく火。落《お》ち葉《ば》↓112ページ や枯《か》れ木などを集めて燃《も》やす。たき火で焼《や》きいも ↓122ページ をつくったりもする。

暖炉《だんろ》 生活

解説 炭《すみ》やまきなどを燃《も》やして、部屋をあたためるための炉《ろ》。煙《けむり》を外に出すためのえんとつが屋根についている。「ストーブ」も冬の季語《きご》になる。

例句 **一片《いっぺん》のパセリ掃《は》かるる暖炉《だんろ》かな**　**芝不器男《しばふきお》**

意味 この暖炉《だんろ》の燃《も》える部屋では、床《ゆか》に落ちた一片《いっぺん》のパセリもすぐに暖《だん》炉《ろ》の中へはきこまれてしまう。

手ぶくろ 生活

解説 手を入れて寒さを防《ふせ》ぐもの。毛糸や革《かわ》でできている。寒い冬の外出には欠《か》かせない。

冬至《とうじ》 時候

解説 二《に》十《じゅう》四《し》節《せっ》気《き》 ⬇48ページ の一つで、今の十二月二十二日ごろ。一年でいちばん昼が短く、夜が長い。カボチャやおかゆを食べ、ゆず湯に入る習慣《しゅうかん》がある。

いとこ煮《に》
小豆粥《あずきがゆ》

災《わざわ》いや病気をさける「いとこ煮《に》」や「小豆粥《あずきがゆ》」を食べるよ。

ゆず湯に入ると、風邪《かぜ》をひかないという言い伝《つた》えがあるよ。

冬眠《とうみん》 動物

解説 動物がエサを食べることや動くことをやめ、ねむるように冬を越《こ》すこと。きびしい寒さを乗り越《こ》えるための工夫《くふう》。ときどき目を覚《さ》まして、エサを食べる動物もいる。

年越《としこ》しそば 生活

解説 大みそか ⬇112ページ の夜に食べる習わしのそば。細く長いそばのように、長生きできますようにと願《ねが》って食べるといわれる。「みそかそば」や「つごもりそば」ともいう。

年忘《としわす》れ 生活

解説 年末《ねんまつ》に、一年の苦労《くろう》を忘れ、一年無事《ぶじ》にすごせたことを祝《いわ》うこと。家族や友人が集まってお酒や料理《りょうり》をいっしょに楽しむことが多い。「忘年会《ぼうねんかい》」ともいう。

酉《とり》の市《いち》 行事

解説 十一月の酉《とり》の日(十二支《し》で日にちを数えたときに酉《とり》にあたる日)に行われる祭り。「おかめ市《いち》」ともいい、おかめのお面などをつけた熊手《くまで》が売られる。酉《とり》の日は、一の酉《とり》、二の酉《とり》、年によって三の酉《とり》まであり、三の酉《とり》まである年は火事が多いといわれている。

『十二月ノ内　霜月酉のまち(画・豊国)』

熊手《くまで》には、大判小判《おおばんこばん》や七福神が飾《かざ》られている。運を「かっこむ」、福を「はきこむ」といい、商売繁盛《しょうばいはんじょう》を願《ねが》った縁起物《えんぎもの》だよ。

なわとび 生活

解説 縄《なわ》の両はしを持ってまわし、その縄《なわ》をとぶ遊び。一人でとんだり、長い縄《なわ》を使って大勢《おおぜい》でとんだりする。

南天《なんてん》の実 植物

解説 南天《なんてん》は高さ一〜三メートルの木で、夏に白い小さな花を咲《さ》かせる。秋から冬にかけて、枝先《えださき》に小さな赤い実がたくさん熟《じゅく》す。縁《えん》起物《ぎもの》として正月 ⬇126ページ の飾《かざ》りにも使われる。

ねぎ 植物

解説 ユリの仲間《なかま》。独特《どくとく》のかおりがあり、薬味にもよく使われる野菜《やさい》。関東《かんとう》では棒《ぼう》のような葉(葉鞘《ようしょう》)を長く太くして育てた白いものが好《この》まれ、関西《かんさい》ではやわらかい緑色の葉の部分が好《この》まれる。

例句 **白葱《しらねぎ》のひかりの棒《ぼう》をいま刻《きざ》む**　黒田杏子《くろだももこ》

意味・解説 ⬇50ページ

白鳥《はくちょう》
動物

解説 カモの仲間《なかま》。冬に日本にやってくるわたり鳥。全身が白い大きな水鳥。長い首を水中に入れて、水草などを食べる。

白菜《はくさい》
植物

解説 アブラナの仲間《なかま》。明治《めいじ》時代に中国《ちゅうごく》から伝《つた》わった。また、冬から春にかけて畑から収穫《しゅうかく》できる白菜《はくさい》などの葉を「冬菜《ふゆな》」という。

霜《しも》（⬇116ページ）がおりて葉が傷《いた》まないように、ひもでしばっているよ。

初雪《はつゆき》
天文

解説 その年に初《はじ》めてふる雪。北海道《ほっかいどう》では十月の終わりごろに見られる。関東《かんとう》では十二月ごろ。たいていの場合、積《つ》もるほどはふらない。

柊《ひいらぎ》の花
植物

解説 ヒイラギはモクセイの仲間《なかま》。まわりにギザギザとトゲがついた厚《あつ》くてかたい葉が特徴的《とくちょうてき》。秋から冬にかけて、かおりのよい白くて小さな花を咲《さ》かせる。

春近し
時候

解説 冬もそろそろ終わりのころ、天気や野山のようすなどから、春の訪《おとず》れを感じること。

例句 **春近《はるちか》し雪《ゆき》にて拭《ぬぐ（う）》ふ靴《くつ》の泥《どろ》**

沢木欣一《さわききんいち》

意味・解説 ⬇66ページ

ひなたぼっこ
生活

解説 冬、陽だまりで日の光を浴《あ》びて、ぽかぽかとからだをあたためること。「ひなたぼこ」や「ひなたぼこり」ともいう。

ふくろう
動物

解説 昼は木にとまって休み、夜になると活動する鳥。羽音を立てずに飛《と》び、ネズミや虫をつかまえて食べる。

例句 **ふわふわの闇《やみ》ふくろうのすわる闇《やみ》**　**坪内稔典《つぼうちねんてん》**

意味・解説 羽毛に包《つつ》まれたフクロウがすわるように、こずえにとどまっている森の闇《やみ》は、少しだけあたたかみのある、ふわふわの闇《やみ》のようだ。闇《やみ》の手ざわりを表現《ひょうげん》していてふしぎだけれど、フクロウのすわる闇《やみ》はふわふわな気がしてくる。

冬木立《ふゆこだち》
植物

解説 冬木《ふゆき》が群《む》らがって立っていること。「冬木《ふゆき》」とは冬のすべての木のことをさすが、特《とく》に冬枯《ふゆが》れしている木のことをいう。

例句 **斧《おの》入《い》れて香《か》におどろくや冬《ふゆ》こだち**　**与謝蕪村《よさぶそん》**

意味・解説 木を切ろうと斧《おの》を打ち入れたら、思いがけず新鮮《しんせん》な木のかおりがした。葉が落ちてしまって、枯《か》れているように見える木でも、しっかりと生きていることに気づき、感動したことをよんだ句《く》。

冬の梅《うめ》
植物

解説 冬から咲《さ》いている梅《うめ》。特《とく》に寒さのきびしい寒《かん》中《ちゅう》〔↓113ページ(寒)〕に咲《さ》く梅《うめ》を「寒梅《かんばい》」という。

例句 **梅《うめ》一輪《いちりん》一輪《いちりん》ほどの暖《あたた》かさ**　**服部嵐雪《はっとりらんせつ》**

意味・解説 〔↓56ページ〕

冬の空
天文

解説 雲がかかって暗く寒いイメージだが、太平洋側《がわ》では青く晴れわたった空が見られることが多い。

冬の月
天文

解説 冬に出ている月は、寒ざむとして、さびしいイメージをもつ。寒い日のさえわたった夜空にかがやく月を「寒月《かんげつ》」という。

例句 **襟巻《えりまき》に首引《くびひ》き入《い》れて冬《ふゆ》の月《つき》**　**杉山杉風《すぎやまさんぷう》**

意味・解説 寒くてえり巻《ま》きにうずめるように首をすくめ、冬の月を見た。えり巻《ま》きはマフラーのこと。

冬休み
生活

解説 学校の冬期休み。小・中学校では、十二月二十五日ごろから一月七日ごろまでが一般的《いっぱんてき》。クリスマス〔↓114ページ〕や年末《ねんまつ》、正月〔↓126ページ〕など行事が多い。会社などでも、年末《ねんまつ》から正月にかけての休みがある。

冬山
地理

解説 草も木も枯《か》れた冬の山は、さびしさを感じる。雪をかぶった山は美しく、登山をする人や、スキー〔↓117ページ〕などを楽しむ人も多い。

例句 **冬山《ふゆやま》やどこまで登《のぼ》る郵便夫《ゆうびんふ》**　**渡辺水巴《わたなべすいは》**

意味・解説 冬山をどこまで登って配達《はいたつ》に行くのだろうか、あの郵便配達人《ゆうびんはいたつにん》は。日光《にっこう》で出会った郵便配達《ゆうびんはいたつ》人《にん》のことをよんだ句《く》。

ポインセチア
植物

解説 メキシコ原産《げんさん》の低木《ていぼく》で、クリスマス〔↓114ページ〕のころに花が咲《さ》く。寒さに弱いため、日本では温室で育てている。花びらのように赤く見えるのはほう葉《よう》(花や芽《め》を包《つつ》む葉)で、黄緑色の花はあまり目立たない。ほう葉《よう》が、クリーム色やピンク色のものもある。

ぬるま湯でしめらせた手でもちを返しながら、杵《きね》でつくよ。

一口大に切りわけるよ。

まるめてできあがり！

もちつき

生活

解説 年末《ねんまつ》に、正月（↓126ページ）のもちをつくこと。昔はどこの家でも、もちをついて正月の準備《じゅんび》をした。今は、すでにつきあがったもちを買うことが多くなっている。

例句 **もちつきや犬《いぬ》の見上《みあ》ぐる杵《きね》の先《さき》**　森川許六《もりかわきょりく》

意味・解説 もちつきをしている中、もちをつく男がふり上げる杵《きね》を、臼《うす》の横にすわっているイヌが、ふしぎそうに見上げていることだよ。年末年始《ねんまつねんし》、人びとがいそがしくも活気あふれる中、イヌがきょとんとそれをふしぎそうに見ているのがおもしろい。動物の視点《してん》になってよんでいるところも楽しい。

マスク

生活

解説 鼻と口をおおい、風邪《かぜ》（↓113ページ）を予防《よぼう》したり、ほかの人にうつさないようにしたりするもの。また、乾燥《かんそう》を防《ふせ》ぐこともできる。

みかん

植物

解説 夏に白い小さな花を咲《さ》かせ、冬に収穫《しゅうかく》する果物《くだもの》。日当たりのよい斜面《しゃめん》にみかん畑をつくり、その一帯《いったい》を「みかん山」とよぶ。

例句 **を《（お）》とめ今《いま》たべし蜜柑《みかん》の香《か》をまとひ《（い）》**　日野草城《ひのそうじょう》

意味・解説 少女がいる。今さっき食べたミカンのかおりを身にまといながら。みかんを食べるという日常《にちじょう》の動作から少女を美しくえがいている句《く》。

焼《や》きいも

生活

解説 サツマイモ（↓102ページ（さつまいも））を焼《や》いたもの。つぼの中に入れて焼《や》く「つぼ焼《や》き」や、熱《あつ》くした石の中で焼《や》く「石焼《いしや》き」が一般的《いっぱんてき》。冬になると、石焼《いしや》きいもを売る屋台が見かけられる。

ホカホカ

山ねむる

地理

解説 冬の山を人にたとえた言葉。じっとだまりこみ、静《しず》かにねむっているように見えることから。

雪　天文

解説 雲の中の水蒸気《すいじょうき》が冷《ひ》やされ、小さな氷の結晶《けっしょう》となってふってくるもの。雪の結晶《けっしょう》にはさまざまな形があるが、一般《いっぱん》には、六角形のため「六花《むつのはな》」ともいう。

例句 **うつくしき日和《ひより》になりぬ雪《ゆき》のうへ《(え)》**　炭《たん》 大祇《たいぎ》

例句 **むま《(う)》さうな雪《ゆき》がふうはり《(わ)》ふうはり《(わ)》と**　小林一茶《こばやしいっさ》

例句 **いくたびも雪《ゆき》の深《ふか》さを尋《たず》ねけり**　正岡子規《まさおかしき》

意味・解説 ↓ともに62・63ページ

例句 **雪《ゆき》の朝《あさ》二《に》の字《じ》二《に》の字《じ》の下駄《げた》の跡《あと》**　田《でん》 捨女《すてじょ》

意味・解説 ↓67ページ

雪だるま　生活

解説 雪を転がしてまるめたものを、二つ重ねてだるまの形にしたもの。木の枝《えだ》や葉などを使って、目や鼻、手などをつくる。

例句 **雪《ゆき》だるま星《ほし》のおしゃ《(や)》べりぺちゃ《(や)》くちゃ《(や)》と**　松本《まつもと》たかし

意味・解説 雪だるまの上を見上げると、星がおしゃべりするようにかがやいている。雪国の湯沢《ゆざわ》（新《にい》潟県《がたけん》の湯沢町《ゆざわまち》）でよまれた句《く》。空いっぱいにかがやく星のまたたきをおしゃべりにたとえている。

行《ゆ》く年　時候

解説 新しくやってくる年を前にして、すぎ去ろうとしている年のこと。今年を見送ることから「年送る」ともいう。

湯ざめ　生活

解説 おふろから出たあとに、からだが冷《ひ》えてしまって寒く感じること。冬はゆだんすると、すぐにからだが冷《ひ》えてしまい、風邪《かぜ》↓113ページをひきやすい。

湯どうふ　生活

解説 こんぶだしの汁《しる》で、とうふを煮《に》ながら食べる料理《りょうり》。ネギ↓119ページ（ねぎ）やかつおぶしなどの好《す》きな薬味を加《くわ》えて、しょうゆやポン酢《ず》をつけて食べる。

寄《よ》せなべ　生活

解説 季節《きせつ》の魚貝や肉、野菜《やさい》などをなべで煮《に》ながら食べる料理《りょうり》。決まっている材料《ざいりょう》はなく、好《す》きなものを煮《に》て、ポン酢《ず》などにつけて食べる。冬のいろいろな材料《ざいりょう》を寄《よ》せ集めてつくるので「寄《よ》せなべ」という。

ラグビー　生活

解説 一チーム十五人ずつで、相手チームのゴールを目指し、だ円形のボールを運ぶ冬のスポーツ。ラグビー選手《せんしゅ》のことを「ラガー」という。

立冬　時候

解説 二十四節気《にじゅうしせっき》↓48ページの一つ。今の十一月七日ごろ。こよみの上では、この日から冬になる。「冬立つ」ともいう。

おせち料理《りょうり》のそれぞれの食べ物には、さまざまな願《ねが》いがこめられているよ。

おせち料理《りょうり》 生活

解説 新年に食べる「重詰《じゅうづめ》（重箱に詰《つ》めること）」された料理《りょうり》で、もとは「くいつみ」とよばれた。三《さん》が日《にち》は水仕事をさける習わしがあるため、大みそか（→112ページ）までに料理《りょうり》を重箱に詰《つ》めておく。関《かん》西《さい》では、儀式《ぎしき》を行うための台に食べ物をのせて飾《かざ》る「蓬萊《ほうらい》」で新年を祝《いわ》った。

だて巻《ま》き

形が巻物《まきもの》（書物）に似《に》ていることから、知識《ちしき》がつくことを願《ねが》う。

こぶ巻《ま》き

こんぶは「よろこぶ」にかけて縁起《えんぎ》がよいとされている。

黒豆

まめに働《はたら》けるようにとの願《ねが》いがこめられている。

紅白《こうはく》かまぼこ

赤は魔《ま》除《よ》け、白は清浄《せいじょう》さをあらわしている。

くりきんとん

くりきんとんの黄金色《こがねいろ》は財宝《ざいほう》をあらわし、豊《ゆた》かさを願《ねが》う。

数の子

ニシンのたまごを塩漬《しおづ》けや乾燥《かんそう》させたもの。子宝《こだから》と子孫繁栄《しそんはんえい》を願《ねが》う。

新しき年 時候

解説 一年の始まりのこと。ほかにも「新年」や「年始め」、「明くる年」、「初年《はつとし》」など、さまざまな言い方がある。

お年玉 生活

解説 正月のお祝《いわ》いのおくり物。もとは、正月の神様「年徳神《としとくじん》」に供《そな》えたもちを、神様からのおくり物として子どもたちにあたえていたといわれている。

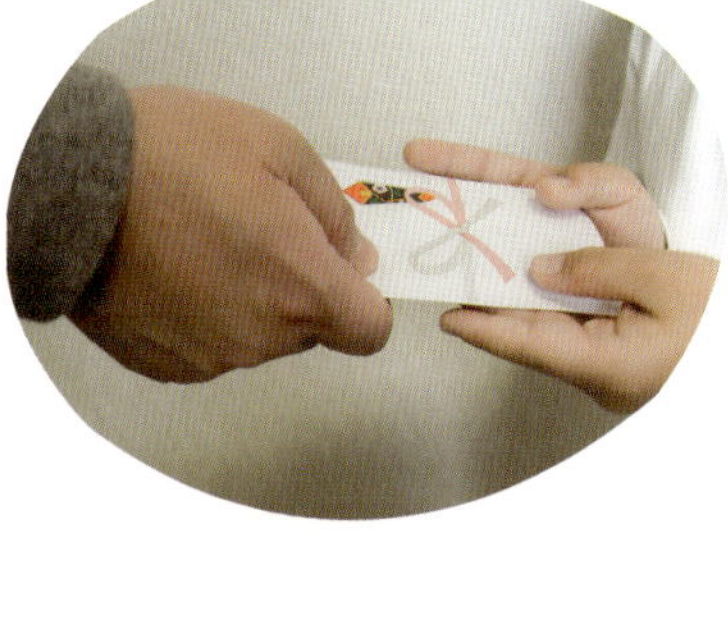

鏡開《かがみびら》き 生活

解説 お供《そな》えしていた鏡《かがみ》もちを一月十一日に下げて、食べる行事。神様からのいただきものなので、もちは刃物《はもの》では切らずに、小槌《こづち》などで割《わ》る。また、もちを「切る」とはいわずに「開く」と表現《ひょうげん》する。

「鏡《かがみ》もち」も、新年の季語《きご》だよ。

書《か》き初《ぞ》め
生活

解説 新年になって初《はじ》めて文字や絵を書くこと。古くから一月二日に行われている。書《か》き初《ぞ》めで書いたものを、一月十五日の左義長《さぎちょう》(どんど焼《や》き)のたき火に入れたときに、紙が高く舞《ま》い上がると、うでが上《じょう》達《たつ》するといわれている。

例句 **書《かき》初《ぞ》めや五《ご》六《ろく》枚《まい》目《め》を初《はじ》めとし** 鹿島《かじま》白羽《はくう》

意味 なかなか思うように書けず、五、六枚《まい》書いてようやく納《なっ》得《とく》するものが書けたので、これを今年の書《か》き初《ぞ》めにしよう。

水を入れた硯《すずり》の中で
墨《すみ》をゆっくり動かして、
墨汁《ぼくじゅう》をつくるよ。

門《かど》松《まつ》
生活

解説 正月に家の門に立てる松《まつ》飾《かざ》り。門《かど》松《まつ》は神様がよりつくところとされ、神様を家に招《まね》き入れるためのもの。年《ねん》末《まつ》に飾《かざ》り、一月七日にしまうことが多い。

かまくら
生活

解説 もとは、秋《あき》田《た》県《けん》で小《こ》正月《しょうがつ》(旧暦《きゅうれき》の一月十五日)に行われる「かまくら祭《さい》」という行事のこと。子どもたちが二メートルほどの雪山をつくり、まん中をくりぬいた雪穴《あな》に祭《さい》だんを置《お》いてお供《そな》えをする。この雪穴《あな》のことも「かまくら」とよぶ。

かるた
生活

解説 読《よ》み札《ふだ》に合わせて、ならべられた札《ふだ》を取り合う正月の遊び。おもに、「小《お》倉《ぐら》百《ひゃく》人《にん》一《いっ》首《しゅ》(⬇7ページ)」のかるたで遊ぶことをさす。ほかにも、「いろはかるた」などがある。

例句 **加《か》留《る》多《た》とる皆《みな》美《うつく》しく負《ま》けまじく** 高浜《たかはま》虚子《きょし》

意味・解説 ⬇64ページ

元日
時候

解説 一月一日。年の初《はじ》めの日で、国民《こくみん》の祝日《しゅくじつ》になっている。元日の朝を「元旦《がんたん》」という。

例句 **元日《がんじつ》や晴《は》れて雀《すずめ》のものがたり** 服部《はっとり》嵐雪《らんせつ》

意味 よく晴れた元日、スズメが語り合うかのようにさえずっている。

去《こ》年《ぞ》今《こ》年《とし》
時候

解説 新年をむかえたことを、古い年が去ったことと合わせていう言葉。古い年が去って、新しい年に変《か》わること。

例句 **去《こ》年《ぞ》今年《ことし》貫《つらぬ》く棒《ぼう》の如《ごと》きもの** 高浜《たかはま》虚子《きょし》

意味 あわただしく年が去り、新しい年がくる。去年も今年も変《か》わらず、まっすぐな棒《ぼう》のようなものが貫《つらぬ》いている。

こま
生活

解説 新年の代表的《だいひょうてき》な遊びの一つ。昔は「こまつぶり」ともいった。つぶりとは巻貝《まきがい》のこと。その中に重しとなる詰《つ》め物《もの》をして、貝の先をまわして遊んでいた。今では木でできたものが多い。

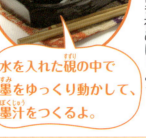

獅子舞《ししまい》

生活

解説 獅子《しし》のかぶりものをかぶって舞《ま》う神楽《かぐら》の一種《しゅ》。町を笛《ふえ》やたいこの音に合わせて舞《ま》い歩いたり、人びとの家を訪《たず》ねて、新年を祝《いわ》い厄《やく》をはらう。

新潟県《にいがたけん》の出雲崎町《いずもざきまち》で行われている正月の獅子舞《ししまい》は、江《え》戸《ど》時代から続《つづ》いているよ。

三《さん》が日《にち》

時候

解説 一月の元日、二日、三日の三日間のこと。もっとも多く正月の行事が行われる時期。

正月

時候

解説 一年の最初《さいしょ》の月、一月のこと。ただし、元日から三《さん》が日《にち》まで、または七日までの松《まつ》の内《うち》を意味することも多い。

例句 **正月《しょうがつ》や三日《みっか》過《す》ぐれば人古《ひとふる》し**　高桑蘭更《たかくわらんこう》

意味 正月になると、今年こそはと心新たに意気ごむが、三日もすると、去年と同じようにすごしてしまっている。

しめ飾《かざ》り

生活

解説 神様のいる清浄《せいじょう》な場所を示《しめ》す縄《なわ》。年末《ねんまつ》に飾《かざ》り、新年をむかえる。玄関《げんかん》にしめ飾《かざ》りをかけるのは、ここから悪いものが家の中に入ってこないようする魔除《まよ》けの意味をもっている。

すごろく

生活

解説 中国《ちゅうごく》より伝《つた》わった室内の遊びの一つ。もとは平たい台の上に十二の線を引き、さいころをふって石をすすめる遊びだった。今のすごろくは正月の遊びの一つで、「絵すごろく」といい、江戸《えど》時代に生まれたといわれる。

たこ

生活

解説 細い竹でつくった骨組《ほねぐ》みに和紙をはったもので、空に飛《と》ばして遊ぶ道具。「いかのぼり」ともよぶ。春の季語《きご》として使われるが、正月の遊びの一つとしてもあつかわれる。

雑煮《ぞうに》 生活

解説 新年を祝《いわ》う汁物料理《しるものりょうり》。年神様がやどるとされているもちを入れた雑煮《ぞうに》を家族で食べ、一家の無病《むびょう》息災《そくさい》を願《ねが》う。

例句 **三椀《さんわん》の雑煮《ぞうに》かゆるや長者《ちょうじゃ》ぶり**　**与謝蕪村《よさぶそん》**

意味 いかにも長者ぶっているようだが、雑煮《ぞうに》を三杯《ばい》もおかわりする。

まめ知識 雑煮《ぞうに》の種類《しゅるい》

正月に食べる雑煮《ぞうに》は、地域《ちいき》によってつくり方がさまざまだよ。大きく分けて、関東《かんとう》と関西《かんさい》でちがいを見てみると、まず関東《かんとう》のつゆはすまし仕立てだけど、関西《かんさい》はみそ仕立て。入れるもちも、関東《かんとう》は四角い切りもち（角もち）だけど、関西《かんさい》はまるもちを入れるよ。

関西風《かんさいふう》

関東風《かんとうふう》

手まり 生活

解説 昔は正月に遊ぶものだったおもちゃ。美しい糸が表面にかかっている手まりを、手ではずませながら遊ぶ。このとき、「手まりうた」を歌いながら手まりをつく。

例句 **鳴《な》く猫《ねこ》に赤《あか》ん目《め》をして手毬《てまり》かな**　**小林一茶《こばやしいっさ》**

意味 ネコが遊んでほしそうに鳴きながらじゃれついてきたが、ネコにあかんべえをして、手まりを続《つづ》けた。

七草《ななくさ》 生活

解説 せり、なずな、ごぎょう、はこべら、ほとけのざ、すずな、すずしろ、この七種類《しゅるい》を春の七草《ななくさ》という。一月七日の朝に、七草《ななくさ》を入れた「七草粥《ななくさがゆ》」を食べる風習がある。

「七草粥《ななくさがゆ》」も新年の季語《きご》だよ。

なずな 新年

春に花を咲《さ》かせ、「ぺんぺん草《ぐさ》 ↓81ページ」の名で親しまれる。

ごぎょう 新年

ハハコグサの別名《べつめい》。ごぎょうとよぶときは新年の季語《きご》になる。

ほとけのざ 新年

タビラコの別名《べつめい》。葉が仏《ほとけ》の蓮《れん》華座《げざ》に似《に》ていることから。

すずな 新年

カブのこと。すずなとよぶときは新年の季語《きご》になる。

すずしろ 新年

ダイコン ↓118ページ（大根） のこと。すずしろとよぶときは新年の季語《きご》になる。

「せり」と「はこべら」は、春の季語《きご》だよ。

せり

はこべら

なまはげ 生活

解説 わらを身につけ、鬼《おに》の面をかぶり、「なまけ者はいねが、泣《な》く子はいねが」と言いながら、人びとの家をめぐる秋田《あきた》県《けん》の行事。昔は小正月《こしょうがつ》（旧暦《きゅうれき》の一月十五日）だったが、今では大みそか ↓112ページ の晩《ばん》に行われる。

新年 ね～は

初《はつ》日《ひ》

天文

解説 一月一日の日の出。元日の朝、海や山から太陽がのぼってくるのを待ち、その御来光《ごらいこう》を拝《おが》む風習がある。

例句 **初日《はつひ》さす硯《すずり》の海《うみ》に波《なみ》もなし**

正岡子規《まさおかしき》

意味・解説 正月の書《か》き初《ぞ》めで使う硯《すずり》の中の墨汁《ぼくじゅう》は、波も立たずおだやかだ。硯《すずり》の中の小さな世界を大きな海にたとえ、おだやかな正月を祝《いわ》っている句《く》。

年《ねん》賀《が》状《じょう》

生活

解説 新年を祝《いわ》い、あいさつまわりをすることを「年賀《ねんが》」といい、そのやりとりをするハガキや手紙のことを「年賀状《ねんがじょう》」という。

例句 **ねこに来《く》る賀状《がじょう》や猫《ねこ》のくすしより**

久保《くぼ》より江《え》

意味 ネコを宛名《あてな》にして年賀状《ねんがじょう》が来たよ。差出人《さしだしにん》はネコのお医者さんからだよ。

羽《は》子《ご》板《いた》

生活

解説 正月の遊びに使われる板状《いたじょう》の道具。ムクロジという木の実に羽根をつけた羽子《はご》(はね)を、羽子板《はごいた》でついて遊ぶ。昔は子どもの蚊《か》よけのまじないだったともいわれる。江戸《えど》時代から装飾《そうしょく》された羽子板《はごいた》がつくられるようになり、女の子の初正月《はつしょうがつ》(生まれて初《はじ》めての正月)のお祝《いわ》いにおくる習慣《しゅうかん》もある。

初《はつ》げいこ

生活

解説 新年になって初《はじ》めて行う、武道《ぶどう》などのけいこ。「けいこ始め」ともいう。

初《はつ》景《げ》色《しき》

地理

解説 元日に見る景色《けしき》。新年をむかえ、見なれている景色《けしき》も新年を喜《よろこ》ぶ気持ちをもって見ると、生き生きと美しく見えることからできた言葉。

初《はつ》春《はる》

時候

解説 年の初《はじ》めのこと。旧暦《きゅうれき》で新年は春とされていたため、旧暦《きゅうれき》の名残《なご》りで春と書く。「おらが春」も新年の季語《きご》で、信州《しんしゅう》の方言で「わが新年」という意味。

例句 **めでたさもちう位《(ちゅう)くらい》なりおらが春《はる》**

小林一茶《こばやしいっさ》

意味・解説 新年をむかえるめでたさも、いいかげんなものだが、おれにはふさわしい正月だ。貧《まず》しくて正月の準備《じゅんび》もできないけれど、新年をむかえたことを喜《よろこ》んでいる。「ちう位《ちゅうくらい》」とは、いいかげんなこと。

初《はつ》すずめ

動物

解説 元日に見るスズメ。身近なスズメも、新しい年になってながめると、めでたく感じられる。

初《はつ》夢《ゆめ》

生活

解説 初夢《はつゆめ》の夜は大みそか（↓112ページ）、元日、二日など、地域《ちいき》によってさまざま。縁起《えんぎ》がよいとされる夢《ゆめ》は、「一富士《いちふじ》、二鷹《にたか》、三茄子《さんなすび》」といわれている。

例句 **初夢《はつゆめ》の父《ちち》より速《はや》く走《はし》りけり**　**河野《かわの》けいこ**

意味・解説 正月の初夢《はつゆめ》の中で、私《わたし》は父よりも速く走ったことだなあ。「初夢《はつゆめ》の」は「初夢《はつゆめ》の中で」ということ。「走りけり」は「走ったことだなあ」と感動する言い方。

まめ知識　まくらの下にしく宝船《たからぶね》

めでたい初夢《はつゆめ》を見るため、七福神を乗せた宝船《たからぶね》や、「獏《ばく》」の字が書かれた宝船《たからぶね》がえがかれた絵をまくらの下にしいてねる風習があったよ。絵には、「なかきよの　とおのねふりの　みなめさめ　なみのりふねの　おとのよきかな」という、上から読んでも下から読んでも同じ回文《かいぶん》が書かれている。これを三回唱《とな》えてねると、よい夢《ゆめ》を見ると信《しん》じられているよ。

初《はつ》富《ふ》士《じ》

地理

解説 元日に見る富士山《ふじさん》。富士山《ふじさん》のほかに、「初筑《はつつく》波《ば》」（茨城県《いばらきけん》の筑波山《つくばさん》）や「初比叡《はつひえい》」（京都府《きょうとふ》の比叡《ひえい》山《ざん》）も新年の季語《きご》になる。

獏《ばく》は、中国《ちゅうごく》に伝《つた》わる想像《そうぞう》上の動物。人の悪夢《あくむ》を食べるといわれているよ。

『宝船（画・葛飾北斎）』
所蔵：東京国立博物館
提供：TNM Image Archives

初《はつ》もうで

行事

解説 新しい年になって、最初《さいしょ》に神社やお寺にもうでる（お参《まい》りする）こと。

破《は》魔《ま》矢《や》

生活

解説 縄《なわ》でつくった輪《わ》を弓で射《い》る遊びがあり、その輪《わ》を「はま」、弓を「はま弓」、矢を「はま矢」といった。この弓矢を装飾《そうしょく》し、厄除《やくよ》けのお守りとするようになった。また、男の子の初正月《はつしょうがつ》には、初《はつ》もうでの神社で授《さず》けられる習慣《しゅうかん》もある。

福寿草《ふくじゅそう》

植物

解説 冬から春にかけて、黄色の花を咲《さ》かせる。縁起《えんぎ》のいい名前の花ということで、古くから正月用の花として栽培《さいばい》されている。「元日草《がんじつそう》」や「朔日草《ついたちそう》」ともよばれる。

例句 **日《ひ》の障子《しょうじ》太鼓《たいこ》の如《ごと》し福寿草《ふくじゅそう》**　**松本《まつもと》たかし**

意味 太陽の光が当たっている障子《しょうじ》はたいこのようにぴんと張《は》られている。そのそばで福寿草《ふくじゅそう》もかがやいている。

福引《ふくびき》

生活

解説 今ではくじを引いて景《けい》品《ひん》をもらう催《もよお》しものとなっているが、もとは正月の遊びの一つ。二人でもちを引っぱり合い、その取ったもちの大きさによって、その年の福《ふく》を占《うらな》う遊びだった。

福笑《ふくわら》い

生活

解説 正月の遊びの一つ。おかめの顔のりんかくだけがかかれている絵に、目かくしをした人が目や鼻、口、まゆなどがえがかれた紙を置《お》いていく。できあがった変《へん》な顔を見て大笑《わら》いする遊び。

松《まつ》の内《うち》

時候

解説 正月の松飾《まつかざ》りがしてある期間のこと。ふつうは一月七日までだが、地域《ちいき》によって三日までのところや十五日まででのところがある。

もち花《ばな》

生活

解説 ミズキやヤナギの枝《えだ》に、花が咲《さ》いているかのように紅白《こうはく》のもちをつけたもの。小正月《こしょうがつ》（旧暦《きゅうれき》の一月十五日）に飾《かざ》り、イネの豊作《ほうさく》を祈願《きがん》する。もち花《ばな》を「まゆ玉《だま》」とよぶところもある。

例句 **餅花《もちばな》やかざしにさせる嫁《よめ》が君《きみ》**　**松尾芭蕉《まつおばしょう》**

意味・解説 もち花《ばな》のそばにネズミがいるが、まるでもち花《ばな》を髪飾《かみかざ》りにしたみたいだ。正月の三《さん》が日《にち》の間は、ネズミのことを「嫁《よめ》が君《きみ》」という。

俳《はい》句《く》をつくってみよう！

見たものや感じたことを、五・七・五の言葉であらわして俳《はい》句《く》にしてみよう。ここでは、かんたんにできる俳《はい》句《く》のつくり方を紹《しょう》介《かい》するよ。

①季《き》語《ご》をさがす

俳《はい》句《く》をつくるときには季《き》語《ご》を入れます。まずは身のまわりにある季《き》語《ご》をさがして、五・七・五の最《さい》初《しょ》の五音に入れてみましょう。

五文字の季《き》語《ご》をさがそう

歳《さい》時《じ》記《き》辞《じ》典《てん》を使って、「天《あま》の川《がわ》」や「かたつむり」、「しゃぼん玉《だま》」のような、五音の季《き》語《ご》をさがしてみよう。それを最《さい》初《しょ》の五音に入れるよ。

季《き》語《ご》に言葉をたして五文字にしよう

「桜《さくら》」や「梅《うめ》」、「すいか」のような二音や三音の季《き》語《ご》に、言葉をたして「桜《さくら》咲《さ》く」「梅《うめ》の花《はな》」「すいか切る」のように五音にしよう。

ポイント

五・七・五の数え方

五・七・五は、文字の数ではなく「音の数」を数えるよ。言葉を声に出して読んで、音の数を数えてみよう。

- **小さな「ゃ」「ゅ」「ょ」は前の字とくっついて一音となる。**
  例 かぼちゃ（三音）／べんきょう（四音）
- **小さな「っ」は一音となる。**
  例 ばった（三音）／まっくろ（四音）
- **のばす音「ー」は一音となる**
  例 プール（三音）／ボールペン（五音）

②五・七・五にする

最《さい》初《しょ》の五音に季《き》語《ご》を入れたら、残《のこ》りの十二音（七・五）で、その季《き》語《ご》のもつイメージをふくらませたり、季《き》語《ご》をどのように感じたかを表《ひょう》現《げん》します。

季《き》語《ご》のイメージをふくらまそう

- 天《あま》の川《がわ》空を二つにわけている
- かたつむり雨の季《き》節《せつ》がやってくる
- しゃぼん玉ふわりふわりと飛《と》んでいく

感じたことをあらわそう

- 潮《しお》干《ひ》狩《が》り海からの風気持ちいい
- こいのぼり風にふかれて楽しそう
- 桜《さくら》咲《さ》く公園の道お気に入り

五・七・五のリズムになれてきたら、季《き》語《ご》を最《さい》後《ご》にもってきたり、さまざまな表《ひょう》現《げん》方《ほう》法《ほう》（➡49ページ）を使って、自由に俳《はい》句《く》をつくってみましょう。

俳《はい》号《ごう》をつけてみよう！

俳《はい》号《ごう》とは、俳《はい》句《く》をつくって発表するときに使う名前のこと。芸《げい》能《のう》人《じん》の芸《げい》名《めい》や小《しょう》説《せつ》家《か》のペンネームみたいなものだよ。自分の好《す》きな俳《はい》号《ごう》をつけると、俳《はい》句《く》を発表する楽しみがふえるね。

俳《はい》句《く》作《さく》者《しゃ》紹《しょう》介《かい》

江戸《えど》時代から現代《げんだい》までに活やくした、代表的《だいひょうてき》な俳人《はいじん》（俳句《はいく》をつくった人）を紹介《しょうかい》するよ。どんな人物だったのか見てみよう。

松尾芭蕉《まつおばしょう》（一六四四年〜一六九四年）

本名は松尾宗房《まつおむねふさ》。伊賀国《いがのくに》（今の三重県《みえけん》）生まれ。若《わか》いころから俳諧《はいかい》を学び、のちに江戸《えど》に出て活やくする。各地《かくち》を旅して、これまでの俳諧《はいかい》に芸術性《げいじゅつせい》を加《くわ》えた「蕉風《しょうふう》」という独自《どくじ》の俳諧《はいかい》をつくりあげた。それらの旅を多くの俳諧《はいかい》とともに『野《の》ざらし紀行《きこう》』や『おくのほそ道《みち》』などの紀行文《きこうぶん》に残《のこ》している。

与謝蕪村《よさぶそん》（一七一六年〜一七八三年）

本名は谷口信章《たにぐちのぶあき》。摂津国《せっつのくに》（今の大阪府《おおさかふ》）生まれ。江戸《えど》で俳諧《はいかい》を学び、のちに京都《きょうと》に出て南宗画《なんしゅうが》の修業《しゅぎょう》をし、画家としても認《みと》められる。松尾芭蕉《まつおばしょう》の死後、すたれかけていた芭蕉《ばしょう》の作風「蕉風《しょうふう》」を復活《ふっかつ》させるために力をつくした。おもな著書《ちょしょ》に『新花摘《しんはなつみ》』や『蕪村句集《ぶそんくしゅう》』などがある。

小林一茶《こばやしいっさ》（一七六三年〜一八二七年）

本名は小林信之《こばやしのぶゆき》（弥太郎《やたろう》）。信濃国《しなののくに》（今の長野県《ながのけん》）生まれ。奉公《ほうこう》に出された江戸《えど》で俳諧《はいかい》と出合う。その後、各地《かくち》を旅して俳諧《はいかい》の修業《しゅぎょう》をした。伝統《でんとう》にとらわれず、方言や日常《にちじょう》の言葉を用いて、親しみやすい俳句《はいく》をつくりあげた。おもな著書《ちょしょ》に『おらが春《はる》』や『父《ちち》の終焉日記《しゅうえんにっき》』などがある。

正岡子規《まさおかしき》（一八六七年〜一九〇二年）

本名は正岡常規《まさおかつねのり》（昇《のぼる》）。伊予国《いよのくに》（今の愛媛県《えひめけん》）生まれ。「俳句《はいく》」を誕生《たんじょう》させ、その基礎《きそ》を築《きず》いた。自然《しぜん》や人びとのようすを見たままに写す「写生《しゃせい》」を俳句《はいく》に取り入れた。また、俳句雑誌《はいくざっし》『ホトトギス』を中心になって発行し、俳句《はいく》を広めた。二十代に発症《はっしょう》した病気に苦しみながらも俳句《はいく》や短歌をつくり続《つづ》けた。

夏目漱石《なつめそうせき》（一八六七年〜一九一六年）

本名は夏目金之助《なつめきんのすけ》。小説家《しょうせつか》、英文学者。江戸《えど》（今の東京都《とうきょうと》）生まれ。友人の正岡子規《まさおかしき》の影響《えいきょう》を受け、俳《はい》句をつくり始める。『吾輩《わがはい》は猫《ねこ》である』や『坊《ぼ》っちゃん』などの小説《しょうせつ》を書きながらも、俳句《はいく》も続《つづ》けていた。没後《ぼつご》に、句集《くしゅう》『漱石俳句集《そうせきはいくしゅう》』がつくられている。

河東碧梧桐《かわひがしへきごとう》（一八七三年〜一九三七年）

本名は河東秉五郎《かわひがしへいごろう》。愛媛県《えひめけん》生まれ。高浜虚子《たかはまきょし》とともに、正岡子規《まさおかしき》のもとで俳句《はいく》を学ぶ。俳句《はいく》の定型《ていけい》にこだわらずに自由《じゆう》につくる新傾向俳句運動《しんけいこうはいくうんどう》を起こし、高浜虚子《たかはまきょし》の伝統《でんとう》を尊重《そんちょう》する考えと対立した。のちに、定型《ていけい》にも季語《きご》にもとらわれない「自由律俳句《じゆうりつはいく》」を試《こころ》みるようになる。新傾向俳句《しんけいこうはいく》を広げるために全国を旅したことをまとめた紀行文《きこうぶん》『三千里《さんぜんり》』がある。

高浜虚子《たかはまきょし》（一八七四年〜一九五九年）

本名は高浜清《たかはまきよし》。愛媛県《えひめけん》生まれ。正岡子規《まさおかしき》のもとで俳《はい》句を学び、『ホトトギス』を正岡子規《まさおかしき》から受けついで発行。俳句《はいく》とは、四季《しき》の移《うつ》り変《か》わりや、それにともなって変化《へんか》する人びとのようすなどを写生《しゃせい》するものだとした「花鳥諷詠《かちょうふうえい》」という考え方を理念《りねん》とした。『斑鳩物語《いかるがものがたり》』などの小説《しょうせつ》も書いている。

井原西鶴《いはらさいかく》（一六四二年〜一六九三年）

本名は平山藤五《ひらやまとうご》。大坂《おおさか》(今の大阪市《おおさかし》)生まれ。十五歳《さい》から俳諧《はいかい》を学び、一昼夜《いっちゅうや》で二万三千五百句《く》の俳諧《はいかい》をつくった記録《きろく》がある。浮世草子《うきよぞうし》(小説《しょうせつ》の一種《いっしゅ》)の始まりといわれる『好色一代男《こうしょくいちだいおとこ》』の作者。

村上鬼城《むらかみきじょう》（一八六五年〜一九三八年）

本名は村上荘太郎《むらかみしょうたろう》。江戸《えど》(今の東京都《とうきょうと》)生まれ。十九歳《さい》ごろに耳を病み、ほとんど聞こえなくなる。正岡《まさおか》子規《しき》に俳句《はいく》を学び、『ホトトギス』で活やくした。

飯田蛇笏《いいだだこつ》（一八八五年〜一九六二年）

本名は飯田武治《いいだたけはる》。山梨県《やまなしけん》生まれ。高浜虚子《たかはまきょし》より俳句《はいく》を学び、田園生活を送りながら『ホトトギス』の中心《ちゅうしん》的《てき》な俳人《はいじん》として活やく。俳句雑誌《はいくざっし》『雲母《うんも》』を主宰《しゅさい》。

室生犀星《むろうさいせい》（一八八九年〜一九六二年）

本名は室生照道《むろうてるみち》。詩人、小説家《しょうせつか》。石川県《いしかわけん》生まれ。十五歳《さい》から俳句《はいく》を学び始める。一時は俳句《はいく》から遠ざかるが、芥川龍之介《あくたがわりゅうのすけ》との交流により復帰《ふっき》。句集《くしゅう》に『魚眠洞発句集《ぎょみんどうほっくしゅう》』などがある。

杉田久女《すぎたひさじょ》（一八九〇年〜一九四六年）

本名は杉田久子《すぎたひさこ》。鹿児島県《かごしまけん》生まれ。兄のすすめで俳《はい》句《く》を始め、『ホトトギス』に俳句《はいく》を発表する。女流俳《はい》人《じん》による俳句雑誌《はいくざっし》『花衣《はなごろも》』を創刊《そうかん》。

芥川龍之介《あくたがわりゅうのすけ》（一八九二年〜一九二七年）

小説家《しょうせつか》。東京生まれ。俳句《はいく》は高浜虚子《たかはまきょし》のもとで学び、俳号《はいごう》には「我鬼《がき》」を用いた。有名な小説《しょうせつ》に『羅生《らしょう》門《もん》』や『鼻《はな》』などがある。

水原秋櫻子《みずはらしゅうおうし》（一八九二年〜一九八一年）

本名は水原豊《みずはらゆたか》。東京都《とうきょうと》生まれ。医師《いし》。高浜虚子《たかはまきょし》のもとで俳句《はいく》を学ぶが、考えが合わなくなったことから『ホトトギス』をはなれ、新しく俳句雑誌《はいくざっし》『馬酔木《あしび》』を主宰《しゅさい》した。

西東三鬼《さいとうさんき》（一九〇〇年〜一九六二年）

本名は斎藤敬直《さいとうけいちょく》。岡山県《おかやまけん》生まれ。歯科医。患者《かんじゃ》にすすめられて俳句《はいく》づくりを始める。水原秋櫻子《みずはらしゅうおうし》と山口《やまぐち》誓子《せいし》が『ホトトギス』をはなれたことから起こった「新興俳句運動《しんこうはいくうんどう》」に加《くわ》わり、新しい感覚《かんかく》で表現《ひょうげん》した。

中村汀女《なかむらていじょ》（一九〇〇年〜一九八八年）

本名は中村破魔子《なかむらはまこ》。熊本県《くまもとけん》生まれ。高浜虚子《たかはまきょし》のもとで俳句《はいく》を学ぶ。星野立子《ほしのたつこ》、橋本多佳子《はしもとたかこ》、三橋鷹女《みつはしたかじょ》らとともに4T《ティー》とよばれ、女流俳句《はいく》の基礎《きそ》を築《きず》いた。

中村草田男《なかむらくさたお》（一九〇一年〜一九八三年）

本名は中村清一郎《なかむらせいいちろう》。中国《ちゅうごく》で生まれ、愛媛県《えひめけん》で育つ。高浜虚子《たかはまきょし》のもとで俳句《はいく》を学ぶ。俳句《はいく》に人間の内面をもりこみ、人間探求派《たんきゅうは》とよばれた。

山口誓子《やまぐちせいし》（一九〇一年〜一九九四年）

本名は山口新比古《やまぐちちかひこ》。京都府《きょうとふ》生まれ。高野素十《たかのすじゅう》、阿波《あわ》野青畝《のせいほ》、水原秋櫻子《みずはらしゅうおうし》らと『ホトトギス』を支《ささ》える4S《エス》とよばれたが、のちに秋櫻子《しゅうおうし》の『馬酔木《あしび》』に参加《さんか》するようになる。

松本たかし《まつもとたかし》（一九〇六年〜一九五六年）

本名は松本孝《まつもとたかし》。東京都《とうきょうと》生まれ。家業の能楽《のうがく》をからだが弱いために断念《だんねん》する。俳句《はいく》は高浜虚子《たかはまきょし》に学ぶ。4S《エス》が中心となっていた時代のあとに『ホトトギス』で活やくし、俳句雑誌《はいくざっし》『笛《ふえ》』を主宰《しゅさい》する。

短歌さくいん

この本に出てくる短歌が引けるさくいんです。上《かみ》の句《く》（五・七・五）のみを、仮名《かな》で表記しています。旧《きゅう》かなづかいが使われている歌は、旧《きゅう》かなづかいで表記しています。細字は「まめ知識《ちしき》」や「作者紹介《さくしゃしょうかい》」で取り上げた歌です。

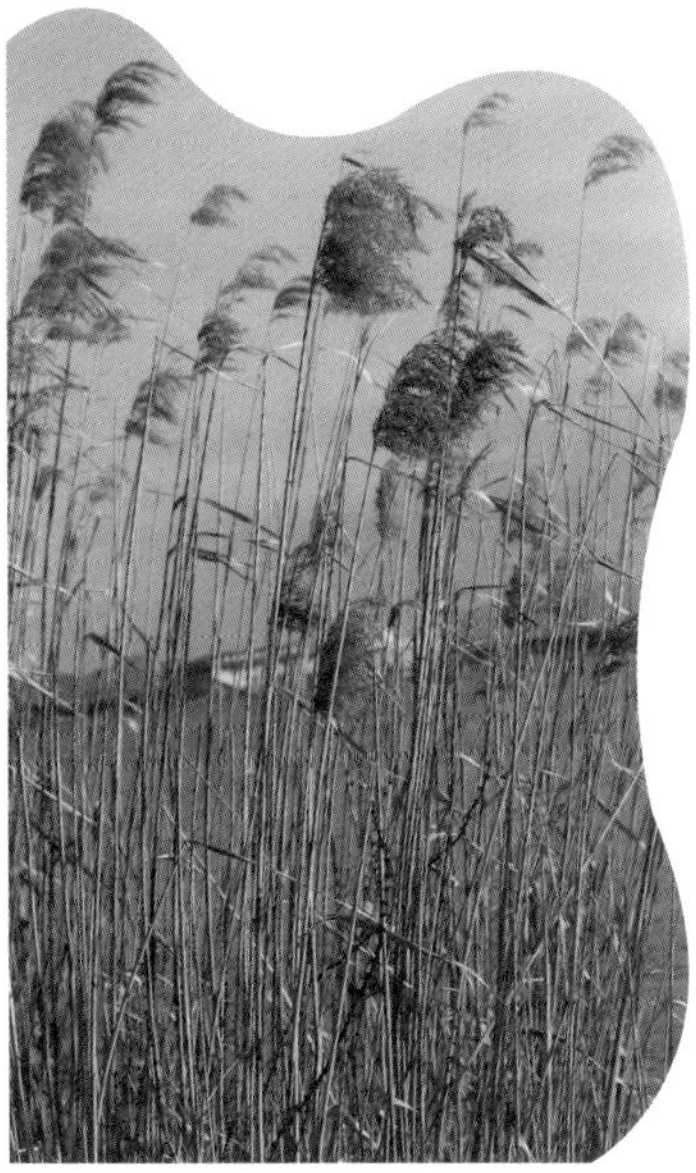

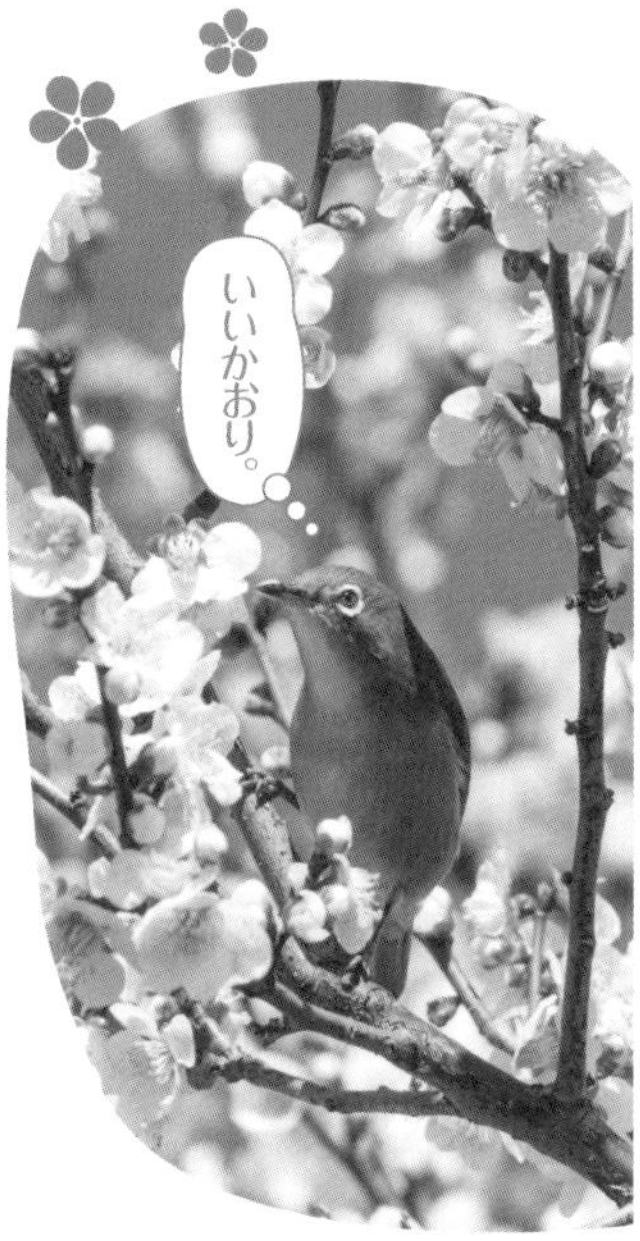
いいかおり。

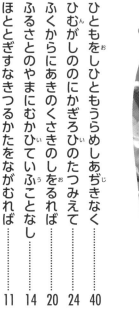

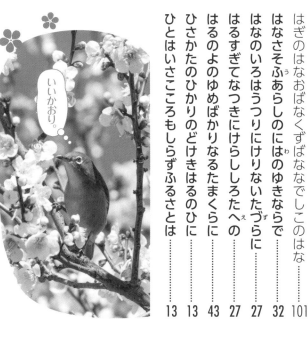

俳句《はいく》さくいん

この本に出てくる俳句《はいく》のさくいんです。初句《しょく》（最初《さいしょ》の五文字）のみを、仮名《かな》で表記《ひょうき》しています。旧《きゅう》かなづかいが使われている句《く》は、旧《きゅう》かなづかいで表記しています。

ま

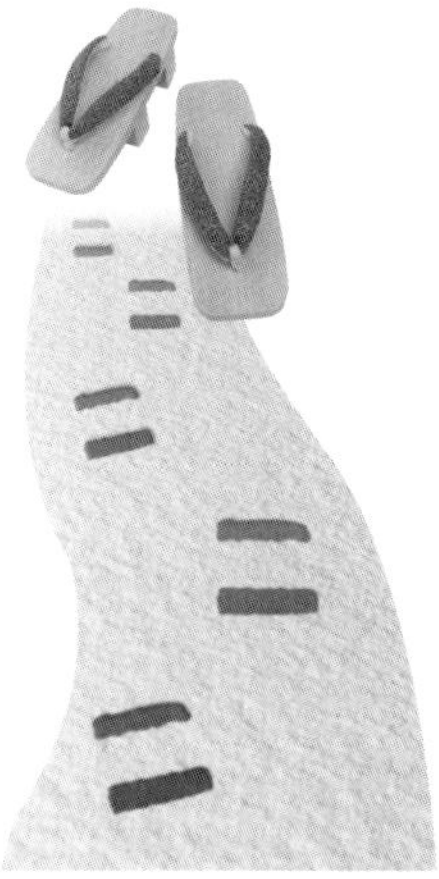

季《き》語《ご》さくいん

この本に出てくる季語《きご》が引けるさくいんです。太字は見出し語として取り上げた季語《きご》、細字は解説《かいせつ》やふき出しの中で取り上げた季語《きご》です。

作者さくいん

この本にのっている俳句《はいく》・短歌の作者が引けるさくいんです。

あ

赤染衛門《あかぞめえもん》……39
芥川龍之介《あくたがわりゅうのすけ》……52、84、85、115、133
安部仲麿《あべのなかまろ》……15
在原業平朝臣《ありわらのなりひらあそん》……17
在原行平《ありわらのゆきひら》……33
阿波野青畝《あわのせいほ》……55、97
飯田蛇笏《いいだだこつ》……55、101、102、107、133
池田澄子《いけだすみこ》……97
池西言水《いけにしごんすい》……115
石川啄木《いしかわたくぼく》……14、28
和泉式部《いずみしきぶ》……44
伊勢《いせ》……44
伊勢大輔《いせのたいふ》……32
井原西鶴《いはらさいかく》……89、112、113、133
殷富門院大輔《いんぷもんいんのたいふ》……45
上島鬼貫《うえしまおにつら》……100
右近《うこん》……44
右大将道綱母《うだいしょうみちつなのはは》……45
恵慶法師《えぎょうほうし》……37
大江千里《おおえのちさと》……41
大江匡房《おおえのまさふさ》……32
凡河内躬恒《おおしこうちのみつね》……19
大伴家持《おおとものやかもち》……42
大中臣能宣朝臣《おおなかとみのよしのぶあそん》……43
小野小町《おののこまち》……27
小野《おのの》 篁《たかむら》……16

か

加賀千代女《かがのちよじょ》……100
柿本人麻呂《かきのもとのひとまろ》……24、43
鹿島白羽《かじまはくう》……125
鎌倉右大臣《かまくらのうだいじん》(→源《みなもとの》 実朝《さねとも》)……30
河野けいこ《かわの》……129
川端茅舎《かわばたぼうしゃ》……75、87、111、113
河東碧梧桐《かわひがしへきごとう》……77、87、132
河原左大臣《かわらのさだいじん》(→源《みなもとの》 融《とおる》)……37
菅家《かんけ》(→菅原道真《すがわらのみちざね》)……35
喜撰法師《きせんほうし》……14
北原白秋《きたはらはくしゅう》……25
儀同三司母《ぎどうさんしのはは》(→高階貴子《たかしなのたかこ》)……44
紀《きの》 貫之《つらゆき》……13
紀《きの》 友則《とものり》……13
清原深養父《きよはらのふかやぶ》……24
清原元輔《きよはらのもとすけ》……33
久保田万太郎《くぼたまんたろう》……70、97、118
久保より江《くぼえ》……128
黒田杏子《くろだももこ》……50、119
謙徳公《けんとくこう》(→藤原伊尹《ふじわらのこれただ》)……46
皇嘉門院別当《こうかもんいんのべっとう》……31
光孝天皇《こうこうてんのう》……12
皇太后宮大夫俊成《こうたいごうぐうのだいぶとしなり》(→藤原俊成《ふじわらのとしなり》)……40
後京極摂政前太政大臣《ごきょうごくせっしょうさきのだいじょうだいじん》(→藤原良経《ふじわらのよしつね》)……10
小式部内侍《こしきぶのないし》……15
後徳大寺左大臣《ごとくだいじのさだいじん》(→藤原実定《ふじわらのさねさだ》)……11
後鳥羽院《ごとばいん》(後鳥羽天皇《ごとばてんのう》)……40
小林一茶《こばやしいっさ》……51、52、62、63、72、75、82、87、94、110、115、118、123、127、128、132
権中納言敦忠《ごんちゅうなごんあつただ》(→藤原敦忠《ふじわらのあつただ》)……46
権中納言定頼《ごんちゅうなごんさだより》(→藤原定頼《ふじわらのさだより》)……42
権中納言定家《ごんちゅうなごんていか》(→藤原定家《ふじわらのていか》)……22、30
権中納言匡房《ごんちゅうなごんまさふさ》(→大江匡房《おおえのまさふさ》)……32

さ

西行法師《さいぎょうほうし》……38
西東三鬼《さいとうさんき》……61、115、118、133
坂上是則《さかのうえのこれのり》……39
相模《さがみ》……45
前大僧正行尊《さきのだいそうじょうぎょうそん》……32
前大僧正慈円《さきのだいそうじょうじえん》……35
左京大夫顕輔《さきょうのだいぶあきすけ》(→藤原顕輔《ふじわらのあきすけ》)……25
左京大夫道雅《さきょうのだいぶみちまさ》(→藤原道雅《ふじわらのみちまさ》)……47
猿丸大夫《さるまるだゆう》……11
沢木欣一《さわききんいち》……66、120
参議《さんぎ》 篁《たかむら》(→小野《おのの》 篁《たかむら》)……16
参議《さんぎ》 等《ひとし》(→源《みなもとの》 等《ひとし》)……37
参議雅経《さんぎまさつね》(→藤原雅経《ふじわらのまさつね》)……34
三条院《さんじょういん》(三条天皇《さんじょうてんのう》)……39
三条右大臣《さんじょうのうだいじん》(→藤原定方《ふじわらのさだかた》)……35
塩見恵介《しおみけいすけ》……73、85、96、105、114
志貴皇子《しきのみこ》……12
持統天皇《じとうてんのう》……27
篠原鳳作《しのはらほうさく》……103
芝不器男《しばふきお》……65、75、81、118
寂蓮法師《じゃくれんほうし》……18
従二位家隆《じゅにいいえたか》(→藤原家隆《ふじわらのいえたか》)……38
俊恵法師《しゅんえほうし》……43
順徳院《じゅんとくいん》(順徳天皇《じゅんとくてんのう》)……37
式子内親王《しょくしないしんのう》……45
周防内侍《すおうのないし》(→平《たいらの》 仲子《なかこ》)……43
菅原道真《すがわらのみちざね》……35
杉田久女《すぎたひさじょ》……78、133
杉山杉風《すぎやまさんぷう》……121
崇徳院《すとくいん》(崇徳天皇《すとくてんのう》)……17
清少納言《せいしょうなごん》……26、79
蟬丸《せみまる》……40
僧正遍昭《そうじょうへんじょう》……20
素性法師《そせいほうし》……38
曾禰好忠《そねのよしただ》……30

た

待賢門院堀河《たいけんもんいんのほりかわ》……42
大納言公任《だいなごんきんとう》(→藤原公任《ふじわらのきんとう》)……41
大納言経信《だいなごんつねのぶ》(→源《みなもとの》 経信《つねのぶ》)……36
大弐三位《だいにのさんみ》(→藤原賢子《ふじわらのけんし》)……38
平《たいらの》 兼盛《かねもり》……46
平《たいらの》 仲子《なかこ》……43
高桑蘭更《たかくわらんこう》……126

高階貴子《たかしなのたかこ》……44
高野素十《たかのすじゅう》……53、87
高浜虚子《たかはまきょし》……56、57、60、64、71、79、86、90、94、104、107、113、118、125、132
宝井其角《たからいきかく》……73
竹下《たけした》しづの女《じょ》……99
橘《たちばな》 曙覧《あけみ》……29
谷《たに》 素外《そがい》……88
俵《たわら》 万智《まち》……28
炭《たん》 大祇《たいぎ》……62、81、107、123
中納言朝忠《ちゅうなごんあさただ》（→藤原朝忠《ふじわらのあさただ》）……47
中納言兼輔《ちゅうなごんかねすけ》（→藤原兼輔《ふじわらのかねすけ》）……41
中納言家持《ちゅうなごんやかもち》（→大伴家持《おおとものやかもち》）……42
中納言行平《ちゅうなごんゆきひら》（→在原行平《ありわらのゆきひら》）……33
坪内稔典《つぼうちねんてん》……74、76、91、98、105、108、121
貞信公《ていしんこう》（→藤原忠平《ふじわらのただひら》）……34
天智天皇《てんじてんのう》……36
田《でん》 捨女《すてじょ》……67、123
道因法師《どういんほうし》……47

な

内藤丈草《ないとうじょうそう》……71、113
中村草田男《なかむらくさたお》……57、133
中村汀女《なかむらていじょ》……53、58、65、71、108、117、133
夏目漱石《なつめそうせき》……75、86、132
西山宗因《にしやまそういん》……78
二条院讃岐《にじょういんのさぬき》……30
入道前太政大臣《にゅうどうさきのだいじょうだいじん》（→藤原公経《ふじわらのきんつね》）……32
能因法師《のういんほうし》……13

は

橋本多佳子《はしもとたかこ》……59、102、111
服部嵐雪《はっとりらんせつ》……56、92、121、125
原《はら》 石鼎《せきてい》……100
春道列樹《はるみちのつらき》……33
日野草城《ひのそうじょう》……70、122
藤原顕輔《ふじわらのあきすけ》……25
藤原朝忠《ふじわらのあさただ》……47
藤原敦忠《ふじわらのあつただ》……46
藤原家隆《ふじわらのいえたか》……38
藤原興風《ふじわらのおきかぜ》……33
藤原兼輔《ふじわらのかねすけ》……41
藤原清輔朝臣《ふじわらのきよすけあそん》……41
藤原公経《ふじわらのきんつね》……32
藤原公任《ふじわらのきんとう》……41
藤原賢子《ふじわらのけんし》……38
藤原伊尹《ふじわらのこれただ》……46
藤原定方《ふじわらのさだかた》……35
藤原定頼《ふじわらのさだより》……42
藤原実方朝臣《ふじわらのさねかたあそん》……36
藤原実定《ふじわらのさねただ》……11
藤原忠平《ふじわらのただひら》……34
藤原忠通《ふじわらのただみち》……31
藤原定家《ふじわらのていか》……22、30
藤原俊成《ふじわらのとしなり》……40
藤原敏行《ふじわらのとしゆき》……16、21
藤原敏行朝臣《ふじわらのとしゆきあそん》（→藤原敏行《ふじわらのとしゆき》）……16、21
藤原雅経《ふじわらのまさつね》……34
藤原道信朝臣《ふじわらのみちのぶあそん》……42
藤原道雅《ふじわらのみちまさ》……47
藤原基俊《ふじわらのもととし》……36
藤原義孝《ふじわらのよしたか》……47
藤原良経《ふじわらのよしつね》……10
文屋朝康《ふんやのあさやす》……40
文屋康秀《ふんやのやすひで》……20
法性寺入道前関白太政大臣《ほっしょうじにゅうどうさきのかんぱくだいじょうだいじん》（→藤原忠通《ふじわらのただみち》）……31
穂村《ほむら》 弘《ひろし》……22

ま

前田普羅《まえだふら》……116
正岡子規《まさおかしき》……18、50、53、60、63、82、103、105、108、109、116、123、128、132
松尾芭蕉《まつおばしょう》……54、58、61、68、69、71、72、75、81、82、83、84、85、88、90、91、92、98、100、101、104、106、110、130、132
松永貞徳《まつながていとく》……107
松本《まつもと》たかし……69、78、88、115、123、130、133
水原秋櫻子《みずはらしゅうおうし》……54、92、104、113、133
源《みなもとの》 兼昌《かねまさ》……10
源《みなもとの》 実朝《さねとも》……30
源《みなもとの》 重之《しげゆき》……31
源《みなもとの》 経信《つねのぶ》……36
源《みなもとの》 融《とおる》……37
源《みなもとの》 俊頼朝臣《としよりあそん》……34
源《みなもとの》 等《ひとし》……37
源《みなもとの》 宗于朝臣《むねゆきあそん》……35
壬生忠見《みぶのただみ》……46
壬生忠岑《みぶのただみね》……39
村上鬼城《むらかみきじょう》……68、74、133
紫《むらさき》 式部《しきぶ》……26
室生犀星《むろうさいせい》……99、111、133
元良親王《もとよししんのう》……16
森川許六《もりかわきょりく》……122

や

山口誓子《やまぐちせいし》……51、67、86、117、133
山口素堂《やまぐちそどう》……97、106、116
山崎宗鑑《やまざきそうかん》……80、86
山上憶良《やまのうえのおくら》……101
山部赤人《やまべのあかひと》……19
山本荷兮《やまもとかけい》……72
祐子内親王家紀伊《ゆうしないしんのうけのきい》……31
陽成院《ようぜいいん》（陽成天皇《ようぜいてんのう》）……34
与謝野晶子《よさのあきこ》……21、23
与謝蕪村《よさぶそん》……54、59、66、77、78、82、85、90、93、94、95、109、112、121、127、132

ら

良寛《りょうかん》……29
良暹法師《りょうぜんほうし》……23

わ

渡辺水巴《わたなべすいは》……93、121

監修
塩見恵介（しおみ　けいすけ）
1971年大阪府生まれ。甲南大学大学院人文科学研究科修士課程修了。甲南高等学校・中学校教諭（国語）。俳句グループ「船団」副代表。著書に『お手本は奥の細道　はじめて作る俳句教室』（すばる舎リンケージ）、句集に『虹の種』（蝸牛新社）、『泉こぽ』（ふらんす堂）などがある。

● 装丁・本文デザイン　五十嵐直樹・安達勝利・大場由紀（DAI-ART PLANNING）
● 執筆協力　漆原泉・宇田川葉子
● 校正協力　青木一平
● 編集制作　株式会社童夢

［写真提供］（五十音順・敬称略）
秋田県立図書館／イオンリテール株式会社／石山寺／伊豆シャボテン公園／出雲崎町観光協会／（一社）淡路島観光協会／（一社）佐渡観光協会／一般社団法人千代田区観光協会／今宮康博／岩国市産業振興部観光振興課／EditZ／エフエム岩手平泉支局／隠岐世界ジオパーク推進協議会／小野健吉／春日大社／株式会社青幻舎／株式会社便利堂／賀茂別雷神社／キャプテンズテーブル／京佃煮・京菓子 永楽屋／京都府農林水産技術センター海洋センター／工藤由里子／公益財団法人小倉百人一首文化財団／公益財団法人北野美術館／（公財）盛岡観光コンベンション協会／公益社団法人青森観光コンベンション協会／国土交通省信濃川河川事務所／国立国会図書館／杉並大宮八幡宮／総本山金剛峯寺／滝沢市役所／竹・木・籐製品 藤倉商店／多摩丘陵の植物と里山の研究室／中尊寺／燕市教育委員会／東京国立博物館／東京都立中央図書館／藤和建設株式会社／特定非営利活動法人岡山市日中友好協会／沼津港深海水族館／比叡山延暦寺／風俗博物館／フェリス女学院大学附属図書館／福井市橘曙覧記念文学館 ／ポーラ文化研究所／柳井小揺／やまむファーム／吉野山観光協会／わたやの里

［参考文献］（五十音順）
『鑑賞 日本の名歌』（角川学芸出版）／『欣一俳句鑑賞』（東京新聞出版局）／『現代の俳句1 自選自解 水原秋櫻子句集』（白凰社）／『現代の俳句4 自選自解 阿波野青畝句集』（白凰社）／『現代の俳人101』（新書館）／『現代俳句大事典』（三省堂）／『新編 日本古典文学全集72 近世俳句俳文集』（小学館）／『新編 俳句の解釈と鑑賞事典』（笠間書院）／『新編 和歌の解釈と鑑賞事典』（笠間書院）／『世界中が夕焼け 穂村弘の短歌の秘密』（新潮社）／『多佳子俳句研究』（七曜俳句会）／『啄木歌集全歌評釈』（筑摩書房）／『定本 現代俳句』（角川書店）／『日本名歌集成』（學燈社）／『俳句大観』（明治書院）／『百人一首大事典』（あかね書房）／『不器男百句』（創風社出版）／『平凡社俳句歳時記（全五巻）』（平凡社）／『村上鬼城新研究』（本阿弥書店）／『名句鑑賞読本』（角川書店）／『山口誓子 自選自解句集』（講談社）／『与謝野晶子の歌鑑賞』（短歌新聞社）他

写真で読み解く　**俳句・短歌・歳時記大辞典**

発行　2015年12月　初版
　　　2023年10月　第5刷

監修　塩見恵介
発行者　岡本光晴
発行所　株式会社あかね書房
〒101-0065
東京都千代田区西神田3-2-1
電話　03-3263-0641（営業）
　　　03-3263-0644（編集）
http://www.akaneshobo.co.jp
印刷・製本　図書印刷株式会社

ISBN 978-4-251-06647-3

NDC810
監修　塩見恵介
写真で読み解く　俳句・短歌・歳時記大辞典
あかね書房　2015　144P　31cm×22cm

いそ■んちゃく

↓70ページ

春の季語《きご》だよ。

打《う》■水《みず》

↓86ページ

夏の季語《きご》だよ。

し■飾《かざ》り

↓126ページ

新年の季語《きご》だよ。

●松《まつ》

↓125ページ

新年の季語《きご》だよ。

朝●

↓100ページ

秋の季語《きご》だよ。

●用《よう》鰻《うなぎ》

↓93ページ

夏の季語《きご》だよ。

春の季語《きご》だよ。

つ■め

↓77ページ

ス■ー

↓117ページ

冬の季語《きご》だよ。

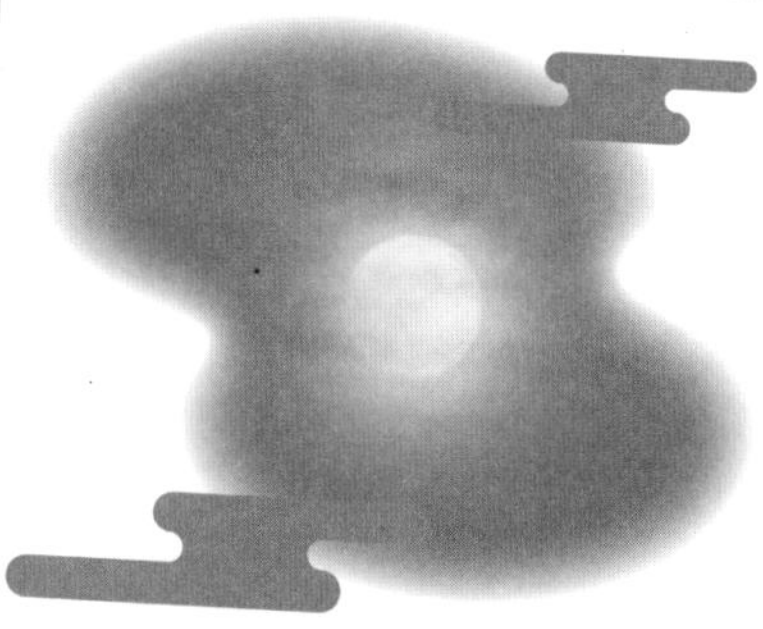

春の季語《きご》だよ。

お■ろ月

↓71ページ